ハヤカワ・ミステリ文庫

〈HM331-7〉

終わりなき道

〔上〕

ジョン・ハート

東野さやか訳

早川書房

8204

REDEMPTION ROAD
by
John Hart

Translated by
Sayaka Higashino
Published 2018 in Japan by
HAYAKAWA PUBLISHING, INC.
This book is published in Japan by
arrangement with
ST. MARTIN'S PRESS, LLC
through TUTTLE-MORI AGENCY, INC., TOKYO.

ノード、マシュー、そしてミッキーに。
いまは亡き、親友たち……

謝辞

以下にあげる方々のご厚意とご支援と忍耐に感謝の意を表したい。サリー・リチャードソン、ジョン・サージェント、トマス・ダン、ケイト・パーキン、ニック・セイヤーズ、ジェニファー・エンダリン、ピート・ウォルヴァートン、クリスチャン・ロア、エスター・ニューバーグ。いつもながら、力になってくれた人々はほかにもいる――家族と友人だ――が、有能なる版元の関係者、編集者、およびエージェントからの揺るぎのない支援はなによりも身にしみた。

献身的で知識が豊富な人々の不断の努力なしには本の成功はなく、それを誰よりもよく知るのは当の小説家本人である。そういう意味で――前述した業界のプロたちにくわえ――エマ・スタイン、ジェフリー・キャプショウ、ケン・ホランド、キャシー・トゥリアーノ、ケネス・J・シルヴァー、ポール・ホックマン、ジェフ・ドーズ、トレイシー・ゲスト、エミ・バッタリア、ジャスティン・ヴェレラ、ジミー・イアコベッリ、マイケル・ストーリングズにも感謝している。また、マクミランの営業部隊——真のプロフェッショナル集団であり、すばらしいのひとことにつきる——にも感謝したい。

法律に関して助言をいただいたジェイムズ・ランドルフ先生のお名前もあげておきたい。この分野に関する誤りがあるとすれば、すべてわたしの責任である。また、なにくれとなく励ましてくれたマーカス・ウィルヘルムにも感謝したい。インマン・メイジャーズは初期の草稿を読み、ひじょうにすぐれた指摘をしてくれた。コーバン、ジョン、インマン、チャドの意見の合わない四人組には格別の感謝を捧げたい——きみたちは最高だし、全員で創りあげたこの作品にわたしはとても満足している。

いつも言うことだが、妻は人間ができており、子どもたちはとにかくかわいいのひとことだ。というわけで、最後になるが、ケイティ、セイラー、ソフィーにも感謝を。きみたちがいなければ、なんの意味もない。

それは冷たく、途切れ途切れのハレルヤだ。
——レナード・コーエン

終わりなき道〔上〕

登場人物

エリザベス（リズ）・
　　フランシス・ブラック…………刑事
エイドリアン・ウォール……………………仮釈放者。元警官
キャサリン……………………………………エイドリアンの妻
チャニング・ショア…………………………監禁事件の被害者
アルザス………………………………………チャニングの父
ギデオン・ストレンジ………………………母を殺された少年
ロバート………………………………………ギデオンの父
ジュリア………………………………………ギデオンの母
フェアクロス（クライベイビー）・
　　ジョーンズ………老弁護士。エイドリアンの元弁護人
チャーリー・ベケット………………………刑事。エリザベスのパートナー
ジェイムズ・ランドルフ……………………古株の刑事。エリザベスの先輩
フランシス・ダイヤー………………………警部。エリザベスの上司
ハリソン・スパイヴィー……………………エリザベスの父の教会の信者
イーライ・ローレンス………………………エイドリアンの同房者
ウィリアム・プレストン
スタンフォード・オリヴェット　…………刑務所の看守
ハミルトン
マーシュ　………………………………州の特別捜査官

昨日

その女は自分の完璧さに気づいていないという意味で稀有《けう》な美女だった。ずっと観察していた男はそんな感じがしていたが、実際に会ったとたん、自分の勘は正しかったとわかった。彼女はひかえめで内気、そして他人に左右されやすかった。自分というものがないのか、あるいは頭が少し鈍いのだろう。寂しがり屋なのかもしれないし、住みにくいこの世の中で居場所が見つけられずにいるのかもしれない。

そんなことはどうでもよかった。まるっきり。

この女にしようと決めたのは、その目が理由だ。

彼女が目をきらきらさせながら歩道を歩いてくる。サンドレスは膝《ひざ》に届くくらいと短めだが、感心しないほどではない。サンドレスの裾《すそ》がひらひら揺れる様子も、脚と手のさっそうとした動きも気に入った。彼女は色白で、物静かだった。髪型はちがうほうが好みだが、とくに問題があるほどでもない。

とにかく、肝腎《かんじん》なのは目だ。濁《にご》りがなく、吸いこまれそうで、それでいて無防備な目でなくてはならない。そう思いながら、会う約束を取りつけてからの数日間で、なにも変わっていないか慎重に観察した。彼女はばつが悪そうに視線を泳がせているが、離れたところからでも、たちの悪い彼氏やくだらない仕事のせいでうつうつしているのがはっきりわかる。彼女は人生にもっと多くのものを望んでいる。そんな彼女の気持ちを、彼はたいていの男とはちがう形で理解していた。

「やあ、ラモーナ」

男とはすっかり親密になったからだろう、彼女はわざとらしくびくりとした。黒いまつげが頰《ほお》につくほど目を伏せ、顔をそむけたせいで完璧な顎《あご》が見えなくなった。

「やれることになってよかった」男は言った。「必ずや価値ある午後になるはずだ」

「時間を割《さ》いてくれてありがとう」女は顔を赤らめ、まだうつむいている。「忙しくなかった?」

「未来はわたしたちみんなの問題だからね。生活と暮らし向き、仕事と家族と個人の満足感。計画を立て、じっくり考え抜くことが大切だ。ひとりでやる必要などない。こういう街ではね。わたしたちはみな友人同士だ。だから助け合う。きみもここにしばらく住めば、わかると思う。みんないい人ばかりだ。わたしにかぎらず」

女はうなずいたが、男にはその奥にある思いが手に取るようにわかる。偶然のように出会ったふたりだが、彼女のほうは、なぜなんのためらいもなく、しかもまったくの赤の他人に心をひらいたのかわからずにいる。しかし、それこそ、この男の天与の才だ——顔立ち、やわらかな物腰、信頼を得やすい人柄。そういう、思いやりと寛容な心を必要とする女もいるのだ。男のほうに下心がないとわからせてやれば、話はとんとん拍子に進む。男はまじめで思いやりがある。女たちはそんな彼を世故に長《た》けていると思う。

「では、行くとしよう」男が車のドアをあけると、女は合成皮革のシートに煙草《たばこ》の焼け焦げや破れたところがあるのを見て不安な表情を浮かべた。「借りた車でね」男は言った。「申し訳ない。わたしの車は修理に出してしまって」

女は唇を噛《か》み、すべすべしたふくらはぎを硬くしている。染《し》みだらけのダッシュボード。擦《す》りきれたフロアマット。

もうひと押しする必要がある。

「本当は明日のはずだった、そうだね？　夕方近くに。コーヒーでも飲みながら話すことになっていた」男はほほえんだ。「最初の予定どおりならば、自分の車で来られたんだよ。でも、きみのほうから日を変えたいと言ってきた。あまりに急だったが、それもこれもきみのためを……」

男は語尾を濁し、会いたいと言ってきたのは女のほうであり、自分ではないことを強調した。女は最後に一度、うなずいた。相手の言うことはもっともだし、車のようなささいなことにこだわるタイプとは思われたくないからだ。なにしろ、自分はすかんぴんで車の一台も買えないのだから。「テネシーにいるママがこれから来るっていうんだもの」アパートメントを振り返った女の口もとに、いままでなかったしわが刻まれた。「それもいきなり」

「なるほど」

「ママが来るの」

「それはもう聞いた」その声にわずかないらだちが、わずかなあせりがにじむ。男はとげとげしさをごまかそうとほほえんだが、ど田舎生まれの田舎娘のくせにと言う気はさらさらなかった。「これは甥《おい》っ子の車でね。大学生の」

「だったらしょうがないわね」

においや汚れを指しての発言だが、そう言いながらもおかしそうに笑っているので、男もつられて笑った。「若者ってやつはまったく」

「本当に」

男はわざとらしくおじぎをし、あらためて車の件を詫《わ》びた。娘は笑ったが、それはもうどうでもよかった。

娘はすでに車に乗りこんでいた。

「日曜日って好きなんだ」男が運転席にすわると、娘は背筋をのばした。「静かだし、穏《おだ》やかだし。のんびりできるでしょ」彼女はスカートをなでつけ、あの目を見せた。「あなたも日曜日が好きなんじゃない？」

「もちろんだとも」そう答えるが、さらにどうでもよくなっている。「わたしと会うことを、お母さんには話した？」

「まさか。話したりしたら質問攻めにされちゃうもん。流されやすいとか、無責任だとか言われるに決まってる。だったらママに電話しなさいって」

「お母さんを見くびっているようだね」

「そんなことない、絶対」

男はきみが家族と疎遠にしているのはわかったよ、というようにうなずいた。母親は威圧的で、父親は近くにいないか死んでいる。男は車のキーをまわしながら、女がすわっている姿を堪能する——背筋をまっすぐにのばし、手を膝の上できちんと重ねている。「わたしたちを愛する人たちは、わたしたちの真《しん》の姿ではなく、自分たちの見たいものしか見ないものだ。お母さんはちゃんと目をひらいて見るべきだね。そうすれば、喜ばしい発見をするはずなのに」

そう言われて娘はうれしくなった。

男は車を出したあとも、娘の機嫌が変わらぬよう話をつづけた。「友だちは？　職場の人は？　みんなにきょうのことを教えたかな？」

「人と会うとしか言ってない。ふたりだけで会うとしか」娘はほほえみ、男がまず惹《ひ》かれた、温かみのある表情豊かな目を見せた。「みんな、興味津々《しんしん》だったけど」

「だろうね」男が言うと、娘はまたほほえんだ。

十分ほどしてようやく、娘がまともな質問をした。「ちょっと待って。コーヒーを飲みにいくんじゃないの？」

「さきに、連れていきたいところがある」

「どういうこと？」

「着いてのお楽しみだよ」

娘は後方に沈んでいく街並みを首をのばすようにして見ていた。田畑と木立《こだち》が右に左に流れていく。がらんとした道路があらたな意味を持ちはじめたのか、娘が指で自分の喉に、頬に触れた。「友だちが心配するわ」

「誰にも言わなかったはずではなかったのかな」

「あたし、そんなこと言った？」

男は娘のほうに目をやったが、とくになにも言わなかった。空は紫色に染まり、オレンジ色の太陽が木立のなかに分け入ろうとしていた。すでに街はずれはとうに過ぎ、遠くの丘に廃墟となった教会がぽつんと見える。暮れかかった空の重みに耐えかねたように、尖塔が壊れていた。「わたしは荒れ果てた教会が好きなんだよ」

「え？」

「ほら、見えるだろう？」

男が指で示すと、娘は古びた石造りの建物と、ゆがんだ十字架に目をこらした。「言ってる意味がわかんないんだけど」

娘は不安なのだろう、なにもおかしなところはないと自分に言い聞かせていた。男はクロウタドリの群れが廃墟の上にとまるのを見ていた。数分後、娘は家に帰りたいと言いだした。

「気持ちが悪くなっちゃった」

「あと少しで着くから」

娘はあきらかに怯《おび》えており、男の言葉にも、教会にも、男の唇から漏《も》れる聞き慣れない単調な口笛にも恐怖を感じていた。

「きみの目はとても表情が豊かだ」男は言った。「いままでそう言われたことはない？」

「あたし、吐いちゃいそう」

「すぐによくなるよ」

車は砂利道に乗り入れ、木々と夕暮れと娘の肌が放つ熱しかない世界へと入っていった。

さびたフェンスについたあけっぱなしの門をくぐると、娘が泣きだした。最初は声を殺していたが、じきにそうではなくなった。

「怖がることはない」男は言った。

「どうしてこんなことをするの？」

「こんなこととは？」

娘はいっそう激しく泣きじゃくったが、逃げようとはしなかった。車は木立を抜け、雑草と古い機材とさびた金属の破片で埋めつくされた空き地に出た。からっぽのサイロが一基、ぬっとそそり立っていた。円筒形の壁面には筋状の汚れがつき、てっぺんは沈む夕陽で薄紅色に染まっている。基部にある小さなドアが口をあけ、奥は暗く静まり返っていた。サイロを見あげていた娘が視線を下に戻すと、男が手錠を手にしているのが目に入った。

「これをはめなさい」

男が放った手錠が娘の膝に落ち、その下にぐっしょりと生温かい染みが広がった。見ると、娘は人か陽射しか希望のよりどころとなりそうなものはないかと、必死のおももちでウィンドウの向こうに目をこらしている。

「夢を見ていると思えばいい」男は言った。

手錠をはめると、金属が触れ合う小さなベルのような音がした。「どうしてこんなことをするの？」

さっきと同じ質問だったが、男はとがめなかった。エンジンを切り、しんと静まり返ったなかにカチカチという音が響くのに耳をすました。空き地は暑かった。車内はおしっこのにおいがしたが、男は気にしなかった。「やるのは明日の予定だった」そう言って、娘のあばらにスタンガンを押しつけ、引き金を引いたときに全身が痙攣《けいれん》するのをじっと見ていた。

「それまできみに用はない」

1

ギデオン・ストレンジが闇と暑さのなかで目をあけると、父親がすすり泣く声が聞こえた。すすり泣きはべつにめずらしくも意外でもなかったけれど、それでもじっと動かずにいた。父がいつの間にか部屋の隅っこにいる——息子の寝室がこの世に残された唯一まともな場所とばかりに膝を抱えている——のはしょっちゅうで、ギデオンは訊いてみようかと思った。もう十三年もたったというのに、いまだに悲しみに暮れ、ぐじぐじとしおたれているのはどうしてなのかと。簡単な質問だから、父に少しでも男らしいところがあるなら、ちゃんと答えてくれるだろう。でも、ギデオンは父がなんと言うかわかっていたから、枕に頭をのせたまま暗い一隅をじっと見つめていると、父が立ちあがって近づいてきた。そして長いあいだ無言で見おろしていた。やがてギデオンの髪に触れ、自分を叱咤《しった》するように〝神よ、どうか、神よ〟とつぶやき、それから、死んだ妻に力を貸してほしいと乞《こ》いはじめ、〝どうか、神よ〟は〝おれを助けてくれ、ジュリア〟に変わった。

無力感も涙も、震えも汚れた指も、ギデオンには情けなく思えた。じっと動かずにいるのは楽ではなかったけど、それは死んだ母がなにも答えてくれないからではなく、ちょっとでも動こうものなら、父から起きているのか、悲しんでいるのか、あるいはおまえもどうしていいのかわからないのかと訊かれるに決まっているからだ。そうなれば、そのどれでもなくて、同じ年頃の少年とはくらべものにならないほど心に孤独を抱えているんだと、本当のことを話すしかなくなる。けれど、父はもうなにも言わなくなっていた。息子の髪をなでながら、ひたすらじっと立っていた。ずっと探し求めていた力が魔法のように降ってくるとでもいうように。そんなのはありえないとギデオンは知っている。昔の父の写真は見たことがあるけれど、よく笑い、にこにことほほえみ、一日じゅう酒浸りでなかったころのことはぼんやりとも記憶がない。もう何年も、いつかは昔の父に戻ってくれる、夢は現実になると思いつづけてきた。しかしギデオンの父は、かつての自分を色あせたスーツのようにまとうだけの空っぽの男になりさがり、感情らしいものを見せるのは死んだ妻を思うときだけになっていた。そのときだけはやけに生き生きするけれど、ちょっとだけですぐに消えるのでは意味がない。

　父は最後にもう一度、息子の髪に触れると、部屋を出てドアを閉めた。ギデオンは一分待ち、きちんと服を着た状態でベッドから起きだした。いまの彼はカフェインとアドレナリンで動いているようなもので、最後に眠ったり、夢を見たり、人を殺す算段以外のことを考えたりしたのはいつだったか、思い出すのもむずかしかった。

ごくりと唾《つば》をのみこむと、小さくドアをあけながら、自分の腕が生《なま》っ白《ちろ》くてか細いことも、心臓の鼓動がウサギ並みに速いことも頭から追い払おうとした。十四歳はりっぱなおとなで、引き金を引くには充分な年齢だと自分に言い聞かせた。神は少年がおとなの男になるのをお望みなのだし、ギデオンは父がもっと男気《おとこぎ》のある人ならば自分でやったはずのことを、かわりにやろうとしているだけだ。つまり、殺しをするのも死ぬのも神の思《おぼ》し召しなんだ。真っ暗ななか、ギデオンはそうつぶやきながら、震え、冷や汗をかき、いまにも吐きそうになる自分をなんとかなだめようとした。

母が殺されて十三年、ギデオンが父の小さな黒い銃を見つけてから三週間、そして午前二時の列車に乗れば、郡の反対側にある灰色の四角い刑務所まで行けるとわかってから十日がたった。知り合いのなかには、その列車に飛び乗ったことがある連中もいる。彼らに言わせると、とにかく必死で走って、ぴかぴか光る大きな車輪が本当はとても鋭くて重たいことは考えないようにするのが大事だそうだ。でもギデオンは、飛び乗ろうとして失敗し、轢《ひ》かれるんじゃないかと不安だった。毎晩、その夢を見た。光と闇が現われては消え、生々しい痛みに襲われ、目が覚めたときにもまだ脚の骨にうずきを感じるほどだった。起きているときですらおぞましい夢の記憶をぐっと押さえこみ、居間のドアをあける。枕を胸に押しつけた恰好《かっこう》で古い茶色の椅子に力なくすわりこんだ父の姿が見える程度に。父は壊れたテレビをぼんやりながめているが、そこには二日前、父の整理簞笥《だんす》の抽斗《ひきだし》から盗んだ銃が隠してある。いま思えば、銃は自分の部屋に持ってきたほうがよかったけれど、ギデオンが五歳のときから映らないおんぼろテレビの埃《ほこり》まみれの内部よりもまともな隠し場所なんてなかったのだ。

でも、父親が真ん前に陣取っているのに、どうやって銃を取り出せばいい？

ほかのやり方もあったはずだが、ギデオンの思考はときにねじれることがある。べつにむずかしくしようとしているわけではない。自然とそうなってしまうだけで、理解のある教師からも、分厚くて重い本に出てくる凝った言葉ではなく、木工や金属加工のことに頭を使ったほうがいいと言われる始末だ。闇のなかにこうして立ちながら、先生たちの言うことは正しかったのかもしれないと考えていた。なにしろ、あの銃がなければ、撃つことも、自分の身を守ることも、自分にはやるべきことをなしとげる意志があると神に示すこともできないのだから。

けっきょくギデオンはドアを閉めた。列車が通るのは二時だと思いながら。

しかし時計はすでに一時二十一分を指していた。

やがて一時三十分になった。

もう一度、ドアからなかをのぞくと、瓶《びん》が上下していたが、やがて父はだらんとして動かなくなり、手から瓶が滑り落ちた。ギデオンはさらに五分待ってから、足音をしのばせて居間に入り、エンジン部品や何本もの瓶をまたぎながら進んだ。途中、なにかにつまずいたが、ちょうど車が一台、のろのろと走り過ぎ、光がカーテンの隙間からさっと射しこんだ。室内がふたたび暗くなると、テレビのうしろに膝をつき、背面板をそっとはずして、黒く、つややかで、記憶にあるよりも重い銃を取り出した。シリンダーを振り出し、弾《たま》を確認した。

「ギデオン？」

小さな男が発した小さな声だった。立ちあがって確認すると、父が目を覚ましていた——染みだらけの張り布にできた人間の形のくぼみ。そのとまどったような不安そうな表情を見て、ギデオンは一瞬、布団《ふとん》のなかに戻りたくなった。計画を中止すれば、なにもなかったことにできる。人を殺さないほうがいいように思えてきた。銃を置いて、ベッドに戻りさえすればいい。しかしそのとき、父の手のなかにある花のティアラに気がついた。すっかりひからび、もろくなっているそれは、母が結婚式の日に冠《かんむり》のように頭にのせていたものだ。いま一度、それに目を向け——カスミソウも白バラも白茶け、ぽろぽろと崩れている——他人がこの家を上からのぞいたら、どう見えるだろうと想像した。枯れた花を持った男に銃を持った少年。ギデオンはその光景が持つ威力を説明したかった——父がやろうとしないから、息子の自分がやるしかないんだと父にわからせたかった。けっきょく、背を向けて、駆けだした。また、名前を呼ばれたが、すでにドアを抜け、転《ころ》びそうになりながらポーチを飛びおり、全力で走った。手のなかの銃が熱を持ち、半ブロック走っただけで硬いコンクリートからの衝撃が脛《すね》を襲う。庭を突っ切り、小川沿いに東にのびる深い森に飛びこみ、大きな丘をのぼり、やがてたわんだ金網塀と閉鎖してさびついた工場にたどり着いた。

塀に倒れこむと、うしろから父の呼ぶ声が、何度も何度も聞こえてきた。あまりに大きなその声はしだいに割れてかすれ、最後には出なくなった。ギデオンは一瞬ためらったが、西から汽笛が聞こえると、銃をフェンスの下に押しこみ、大急ぎでよじのぼった。途中、あちこち引っかき傷をつくったうえ、反対側の草ぼうぼうの駐車場にへたな落ち方をしたときには両膝をしたたかに打った。

汽笛がさっきよりも大きくなった。

こんなこと、しなくたっていい。

誰も死なないほうがいい。

でも、そんなのは恐怖が言わせるたわごとだ。母が死んだ以上、殺したやつには償《つぐな》いをさせなくてはならない。だから彼は、燃え残った家具工場と、かつては糸を製造していたが、いまは片側が完全に崩落してしまった建物との隙間に向かった。両側を建物に隔《へだ》てられているせいで、暗さがいっそう濃くなったが、足もとのぐらぐらした煉瓦《れんが》の上を転ぶことなく進み、いちばん奥、大きなホワイトオークの木の近くのフェンスにあいた穴にたどり着いた。街灯と低く輝く星から光が射していたが、腹這《はらば》いになって金網塀の下をくぐり、反対側の溝に飛びこんだときには、それもなくなってしまった。溝の土はもろくて、崩れやすかった。銃が闇に落ちていかないよう苦労しながら滑りおり、ちょろちょろとした流れを突っ切って反対岸によじのぼると、息を切らしながら雑木林の小道にたどり着いた。前方に、金属のレールが土を背景に白く浮かびあがっていた。

横腹の痛みに耐えかねて腰を曲げたとき、列車がカーブをまわって現われ、丘全体が明るくなった。

そろそろスピードが落ちるはずだ。

でも、落ちなかった。

列車は丘などものともせずにのぼってきた。三基のエンジンを積んだ金属の箱が、ギデオンの肺から空気を奪い取ろうとするように走り過ぎた。しかし後続の車両が次々に丘をのぼりはじめると、五十両、さらには百両もの重みがエンジンの負担となって速度が落ち、ついにはどうにか並んで走れるくらいにまでなった。ギデオンがやろうとしたのはまさにそれで、車輪が黄色い火花を散らし、脚の骨を吸い取ってしまいそうな求心力を発するのを感じながら、全速力で走った。これと思って選んだ車両によじのぼろうとして果たせず、次の車両に挑戦したが、踏み段が高い位置にあるうえ、滑りやすかった。こわごわうしろに目をやると、二十両弱ほど後方を最後の車両が走ってくる。これに乗らなかったら、刑務所に間に合わない。指をめいっぱいのばしてみたが、転んで顔をすりむいた。すぐにまた走りだすと、ちぎれそうなほど腕をのばし、枕木の上で足を必死に動かすうち、どうにか踏み段に手が届いた。

やった。人を殺す場所に向かう列車に乗りこむと、暗闇のなか、殺すという言葉の意味が重くのしかかってきた。もはや、口先だけのことではなくなり、そのときを待つ段階も、計画を練る段階も過ぎたのだ。

あと四時間もすれば陽がのぼる。

銃弾が本当に人を撃ち抜く。

それがなんだ？

ギデオンは決意を胸に秘め、闇に包まれてすわっていた。丘の頂《いただ》きが高くなっては低くなり、丘のあいだに建つ家々は、まるで星のようだ。眠れずに過ごした夜とひもじさを思い出す。眼下に川がきらりとしたのが見え、刑務所はどこかと目をこらすと、何マイルも向こうの谷間に、明るい光がひとつぽつんと見えた。それがぐんぐん近づくなか、地面がほぼたいらで、あまりごつごつしていないあたりで列車から身を乗り出した。飛び降りる勇気を必死にかき集めたが、土の地面はあっという間に消え、刑務所が船のように闇に沈んでもまだ、ギデオンは列車に乗っていた。このままではやりそこなう。母の顔を思い浮かべると、足を一歩前に出してそのまま落下し、石ころを詰めこんだ袋のように地面にぶつかった。

　意識が戻ったときも、あたりはまだ暗かった。星の光は淡くなっていたが、それでも線路沿いをのろのろ歩くには支障はなく、やがて、いつだったか、走る車の後部座席から見えた茶色い建物群へと通じる道路に出た。〝よく来たな、囚人《しゅうじん》ども〟と黒文字で書かれた看板の下を通り、その向かいにある窓がふたつついたシンダーブロック造りのバーをのぞきこんだ。自分の顔がガラスにぼんやり映っていた。あたりに人の姿はなく、車は一台も走っていない。南に目を向けると、遠くに刑務所がそそり立っていた。ギデオンは長いこと、それをながめたのち、バーのわきの路地に入り、フライドチキンと煙草と小便のにおいがする大型ごみ容器にもたれた。ここまで来られた自分をほめてやりたい気分だったが、手にした拳銃がどうにも場違いな気がする。道路をうかがおうにも見るものはなにもなかったので、目を閉じ、幼かったときに連れていってもらったピクニックのことを思い出そうとした。あの日撮った写真は額に入れ、自宅のベッドわきのテーブルに飾ってある。ギデオンは大きなボタンのついた黄色いズボンを穿《は》いていた。父が高い高いをしながらくるくるまわってくれたことが思い出せるような気さえする。そんな幼年期のイメージを胸に抱きしめ、それを奪った男を殺したら、どんな感じがするんだろうと想像をめぐらせた。

撃鉄を起こす。

腕はまっすぐ、しっかりと。

頭のなかで何度も繰り返してきたから、いますぐにでもやれそうな気がする。しかし、想像のなかでさえ、銃は震え、沈黙を守っている。これまで千もの夜に千回も同じことを想像してきた。

父さんは意気地《いくじ》なしだ。

これからもそれは変わらない。

額《ひたい》に銃身を押しつけ、力をおあたえくださいと祈り、もう一度、同じ手順を繰り返した。

撃鉄を起こす。

腕をまっすぐのばす。

それから一時間、勇気を奮い起こそうとがんばったが、やがて闇のなかで吐き、この世のすべての熱まで奪われたかのように、わき腹を押さえた。

2

エリザベスは眠らなくてはならなかった――自分でもよくわかっていた――が、疲労は肉体的なものだけではなかった。疲れの源《みなもと》は死んだ男たちとそれにともなう質問、それにくわえ、不名誉な終わりを迎えそうな十三年間の警官生活だった。頭のなかで一部始終を再生する。行方不明の少女、地下室、血のついた針金、そしてパン、パンと撃ちこまれる最初の二発。二発なら言い訳もたつ。六発でもなんとかなるだろう。でもふたつの死体に十八発となると弁解の余地はあまりない。それで少女の命が助かったにしても。銃撃から四日たったが、あれ以来、生活は一変した。きのうは歩道で四人家族に呼びとめられ、世の中をよくしてくれてありがとうと礼を言われた。その一時間後には、お気に入りのジャケットの袖《そで》に唾を吐かれた。

エリザベスは煙草に火をつけ、その違いはどこから来るんだろうと考えた。子どもがいる人たちにとって、彼女は英雄だった。少女が拉致《らち》され、犯人が死んだのだから。多くの人にとってはまあまあ妥当な結果だった。もともと警察に不信感を抱いている人にとって、エリザベスは権力の横暴の証拠だった。ふたりの男がむごたらしく殺されたのだ。彼らが麻薬の売人で、誘拐犯で、強姦犯《ごうかんはん》だろうと関係ない。ふたりは十八発の銃弾を受けて死んだのであり、それは、一部の人にとっては許しがたいことだった。そういう連中は拷問《ごうもん》だの処刑だの警察の蛮行《ばんこう》だのという表現を使う。それについてはむっとするところもあるけれど、とにかくただただ疲れていた。もう何日、まともに眠っていないんだろう。ようやく眠りが訪れても、悪夢を見ることが何回あったか。街は前となにも変わらず、彼女の人生に関わる人々も変わらないが、一時間たつごとに、かつての自分をたもちつづけるのがむずかしく思えてくる。きょうはその最たる例だ。かれこれ七時間、車で市街地や郊外をあてどもなく流していた。警察署や自宅の前を素通りし、刑務所まで行って戻ってきた。けれど、それ以外にすることなんてないのだ。

自宅にいればむなしくなる。

職場には行けない。

ダウンタウンの危険地帯にある薄暗い一画に車を入れると、エンジンを切り、街の音に耳をかたむけた。二ブロック先のクラブから流れてくる大音量の音楽。交差点でファンベルトがきゅるきゅると鳴る。どこかで笑い声があがった。パトロール警官として四年、金バッジをつけた刑事として九年を過ごしてきたから、それぞれの音が持つ微妙な違いまですべて聞き分けられる。この街は彼女の人生そのものであり、ずっとここを愛していた。

それがいまは……どう言えばいい？

どこか変、とか？　それではとげとげしすぎる。

よそよそしい？

いつもとちがう？

車を出て闇のなかに降り立つと、遠くの街灯が二度またたき、パッと切れた。彼女はゆっくりと向きを変えながら、半径十ブロックの範囲にあるすべての路地とくねくねした通りを思い描いた。クラックの密売所も簡易宿泊所も知っているし、売春婦と密売人も知っている。それにまちがったことを言ったら殺される確率が高いのはどの街角かも熟知している。この殺伐《さつばつ》とした荒れ果てた地域では、つながりのない七人が殺されているが、それもこの三年間だけの数字だ。

これよりもっと暗い場所に足を踏み入れたことは千回もあるけれど、バッジがないと勝手がちがう。それが持つ道徳的権威と、身の丈よりも大きな組織に所属しているという感覚が大事なのだ。恐怖とはちがう。無防備という言葉がぴったりかもしれない。エリザベスには恋人も女友だちもいないし、これといった趣味もない。彼女はあくまで警官だった。それは格闘と追跡を好み、滅多にないことだけれど善意の人を助けるのもまた気持ちがいい。それを失ったら、いったいなにが残るっていうの？

チャニングよ、と自分に言い聞かせる。

チャニングが残る。

ろくに知りもしない少女がこんなにも重みを持つなんて妙な話だ。でも、事実だった。気持ちが沈んだり、自分を見失ったときには、少女のことを考える。世間の風当たりが強いときや、あの冷たくじめじめした地下室での一件で刑務所に入ることになりそうだと思ったときも。チャニングは死を逃れた。いまは心も体もぼろぼろでも、まともな人生を送るチャンスが残されている。そう言えない被害者のほうが多いのだ。それに、そう言えない警官がいるのも事実だ。

煙草をもみ消し、客のいないダイナーのかたわらにある自動販売機で新聞を買った。車に戻り、ハンドルの上に新聞を広げると、自分の顔が見つめ返してきた。モノクロ写真だと冷淡で無愛想《ぶあいそう》に見えるが、それに拍車《はくしゃ》をかけているのは見出しかもしれない。

英雄か、それとも死の天使か?

二段落ほど読んだところで、記者の立場が明確になった。〝〜と言われている〟という表現が頻出《ひんしゅつ》するが、〝不可解なまでの残虐性《ざんぎゃくせい》〟、〝正当な範囲を超えた権力の行使〟、〝苦痛にあえぎながら死亡〟という表現も同様に使われている。長年にわたって好意的だった地元新聞も、とうとう彼女に背を向けたらしい。市民からの激しい抗議や州警察の介入を考えれば、それもしかたのないところだ。掲載された写真がすべてを物語っている。裁判所の正面ステップから見おろす彼女は、冷ややかで近寄りがたく見える。高い頬骨と奥まった目、それに新聞だと灰色に見える白い肌のせいだ。

「死の天使だなんて、ひどい」

新聞を後部座席に放り投げると、エンジンをかけ、治安のよくない地域を抜け出し、大理石でできた裁判所も広場の噴水も通りすぎ、大学に向かったが、そこでもコーヒーショップやバー、大声で笑う若者のそばを幽霊のようにすり抜けた。やがて高級な界隈に出ると、分譲マンション、画廊、自家製ビールを出すパブ、日帰りスパ、実験劇場に改装された倉庫群を横目で見ながら車を流した。歩道には観光客の姿があり、サブカル系の若者もちらほら、わずかながらホームレスもいる。チェーン系レストランと古いショッピングモールの前の四車線道路に出たところで、スピードをあげた。交通量が少なくなり、歩行者も気をつけて歩いている。カーラジオをつけてみたが、トーク番組は退屈だし、音楽番組はどれもぴんとこない。東に折れ、細い道路に沿ってまばらな森や石の門をそなえた分譲地を通り抜けた。二十分後には市の境界線の外にいた。五分後、道はのぼりに転じた。山の頂上にたどり着くと、また煙草に火をつけ、街を見わたした。上からだとなんとも整然として見える。ほんの一瞬だが、少女のことも地下室のことも頭から消えた。悲鳴も血も煙もなく、傷ついた子どもも取り返しのつかない間違いもなくなった。あるのは光と闇だけ。灰色、あるいは薄暗いものはひとつとしてなかった。両極端なものしかなかった。山のへりに進み出て、下界を見おろし、希望が持てる理由を探そうとした。まだいかなる告発もされていない。刑務所行きに直面しているわけではない。あくまで、いまのところは……。

煙草を闇に投げ捨て、少女に電話をかけた。この三日間で三度めだ。「チャニング、わたし」

「ブラック刑事？」

「エリザベスと呼んでと言ったでしょ」

「そうだったね、ごめん。寝てたから」

「起こしちゃった？　ごめんね。最近、どうかしちゃってるの」エリザベスは電話を耳に強く押しつけ、目を閉じた。「時間の感覚がなくなっちゃったみたい」

「気にしなくていいよ。睡眠薬を飲んでるせいだから。ママが飲めってうるさくって」

さらさらという衣擦《きぬず》れの音が聞こえ、エリザベスは少女がベッドで体を起こす姿を思い浮かべた。彼女は十八歳で人形のようにかわいらしいが、怯えたような目をして子どもには酷《こく》な記憶を背負っている。「あなたのことが心配で」エリザベスは手が痛くなり、地球の自転が停止するまで電話を握りしめた。「こうもいろいろあると、あなたが元気なことだけが救いなの」

「たいていは眠ってる。ひどいのは起きてるときだけ」

「本当にごめんね、チャニング……」

「あたし、誰にも言ってないから」

とたんにエリザベスの体が固まった。ふもとから生暖かい風が吹きあげてくるのに、寒く感じた。「それを確認したくて電話したんじゃないのよ。べつに――」

「言われたとおりにしたから」エリザベス。実際になにがあったかは誰にも話してない。これからも話さないし、話すつもりもないよ」

「それはわかってるけど……」

「ときどき、世の中が真っ暗になることってある？」

「泣いてるの、チャニング？」

「あたしの場合は、薄い灰色になるんだ」

声が震えたのが聞こえ、エリザベスは街の向こう側に建つ大きな家の少女の自室を思い浮かべた。六日前、チャニングは街の通りから姿を消した。目撃者はゼロ。動機は不明。その二日後、エリザベスはしきりにまばたきしながら、廃屋《はいおく》の地下室から彼女を連れて出た。少女を拉致した男たちは死んだ――十八発撃たれて。いまはその四日後の深夜。少女の自室はあいかわらずピンクでまとめられ、子どものころから大事にしている品であふれている。そこになんらかのメッセージがあるとしても、エリザベスには読み取れなかった。

「電話しないほうがよかったわね。都合も考えずにごめん。もう休んで」

雑音が入った。

「チャニング？」

「みんな、なにがあったか訊いてくるの。両親とか弁護士さんとか。しょっちゅう同じことを訊かれるけど、刑事さんが男たちを殺してあたしを助けてくれたってことと、あいつらが死んですごくうれしいってことしか言ってないから」

「それでいいのよ、チャニング。それでいいの」

「あたしも悪い人間なのかな、エリザベス？　うれしいだなんて。十八発でもまだ足りないと思うなんて」

「そんなことない。あいつらはそれだけのことをしたんだから」

しかし少女はまだ泣いていた。「目を閉じると、あいつらが見える。ときどき言ってたジョークが聞こえる。あたしを殺そうと計画してたことも」彼女はまたも声を詰まらせたが、今度はもっと長くつづいた。「いまだに、あいつに嚙《か》まれたときの感覚が消えないの」

「チャニング……」

「同じことを何度も何度も言われるうち、あいつの言葉を真《ま》に受けそうになった。あたしはああいうことをされても当然なんだって。そのうち、死なせてほしいとこっちから頼むようになる、そしてさんざん泣きついた末にようやく死なせてもらえるんだって」

電話を握るエリザベスの手がいっそう白くなった。医師の報告によれば、嚙まれた痕《あと》は全部で十九、そのほとんどが肉にまで達していた。しかし、長時間にわたる聞き取りからエリザベスは見抜いていた。もっとも深く傷つけたものは連中の言葉であり、悟《さと》りと恐怖であり、人格の否定であったのだと。

「殺してってあいつに頼むところだった」チャニングは言った。「あのとき刑事さんが来てくれなかったら、お願いだからとすがりついていたと思う」

「もう終わったことよ」

「まだ終わってない」

「終わったの。あなたは自分で思ってる以上に強い子よ」

チャニングがふたたび黙りこみ、静けさのなかに彼女の荒い息づかいだけが聞こえた。

「明日、会いにきてくれる？」

「できれば」

「お願い」

「明日は州警察の事情聴取があるの。行けるようなら行く。だめだったら、あさってね」

「約束してくれる？」

「ええ」エリザベスは言ったものの、壊れてしまったものをどう直せばいいのかさっぱりわからなかった。

車に戻っても、エリザベスの孤独感はまだ癒《い》やされず、行くところもすることもないときの習いで、けっきょくは父親の教会に、夜空にちんまりとそびえる貧相な建物におもむいた。高い尖塔のもとに車をとめ、暗いなか、箱のように並ぶ小さな家々をながめ、これまで何度となく思ったことだが、こういうところに住むのも悪くないと考えた。貧しいながらも額に汗して働き、子どもを育て、たがいに助け合う。そういう近所づきあいは最近ではめったに見られなくなっているが、この界隈がそのめったにない存在なのは両親の尽力によるところが大きい。父とは人生とその生き方に対する考えが異なるけれど、彼がすぐれた牧師であるのは事実だ。神との結びつきを求める人にとっては、よき導き手となりうる。寛大さ。コミュニティ。父はこの地域をしっかりまとめているが、そのすべてが、父がやらなければうまくいかないものばかりだった。

エリザベスは十七のときにそういう父の信頼をなくした。

細いアプローチをたどり、鬱蒼《うっそう》とした木立をくぐると、やがて両親が暮らす牧師館にたどり着いた。教会と同じように小さくて質素、壁の色は無難な白だ。誰か起きているとは思っていなかったが、母がキッチンのテーブルについていた。エリザベスと同じ高い頬骨と奥まった目をした母は、白いものの交じった髪と、長年にわたって苦労してきたとは思えないほどすべすべの肌をした美人だ。エリザベスはたっぷり一分かけて様子をうかがい、犬の鳴き声、遠くのエンジン音、離れた家から聞こえる幼児の泣きじゃくる声に耳をすました。発砲事件後は、ここには近寄らないようにしていた。

だったら、どうして今夜は来たの？

お父さんに会いにじゃない、と心のなかでつぶやく。それだけは絶対にない。

だったらどうして？

でも彼女にはわかっていた。

ドアを軽くノックして待つと、スクリーンドアの向こうで布がこすれ合う音が聞こえ、母が姿を現わした。「ただいま、お母さん」

「エリザベス」スクリーンドアが大きくあき、母がポーチに歩み出た。光で目をきらきらさせ、いかにもうれしそうな顔をしながら、両腕を大きく広げ、娘を抱きしめた。「ちっとも電話をくれないし、会いにも来ないんだから」

言い方こそ軽い調子だったけれど、エリザベスは強く抱きしめ返した。「ここ何日か大変だったから。ごめん」

母はエリザベスから少し離れ、その顔をのぞきこんだ。「留守電にメッセージを残したのよ。お父さんからも電話がいってるでしょうに」

「お父さんには話せない」

「そんなに深刻な状況なの？」

「すでに充分すぎる批判を受けてるのに、神様からもお小言《こごと》をちょうだいするのはちょっとね」

冗談を言ったわけではなかったのに、母はおかしそうに笑った。「なにか飲みましょう」エリザベスをなかに入れ、小さなテーブルにつかせ、氷と半分だけ入っているテネシー・ウイスキーの瓶を出した。「あの事件のことを話す気はある？」

エリザベスは首を振った。母には正直に打ち明けたいけれど、どんなに深い井戸もほんの小さなうそで汚染されてしまうことを、はるか昔に悟っていた。なにも言わず、胸にしまっておくほうがいい。

「エリザベス？」

「ごめん」エリザベスはまた首を振った。「無愛想にするつもりはないの。ただ、頭のなかがものすごく……こんがらがっちゃってて」

「こんがらがっちゃってるですって？」

「そう」

「なに、ばかなことを言ってるの」エリザベスは口をひらきかけたが、母は手を振ってしゃべらせなかった。「あなたは、わたしが知るかぎり、誰よりも頭が冴《さ》えてるわ。子ども時代も、大人になってからも。そこらの人よりもずっとものがしっかり見えていた。その点ではお父さんにそっくり。自分ではそう思ってないようだけど」

エリザベスは闇の落ちた廊下をうかがった。「あの人、いるの？」

「お父さん？　いないわ。ターナーさんのところがまた揉《も》めていてね。仲裁に行ってるの」

エリザベスもターナー夫妻のことは知っていた。妻のほうは酔うと暴力をふるう癖がある。一度、夫に怪我《けが》をさせたことがあり、制服警官としての最終月だったエリザベスがその通報を受けた。目を閉じれば見えてくる。間口の狭い家、ピンク色の部屋着を着た、体重が百ポンドもなさそうな女性。

〈牧師さんを呼んでよ〉

手にした麵棒《めんぼう》をむやみやたらと振りまわしながら言った。夫は血まみれで倒れている。

〈あたしは牧師さんとしか話さない〉

エリザベスは力ずくでおとなしくさせるつもりでいたが、父がどうにかなだめ、夫のほうはまたもや被害届を出すのを拒んだ。何年も昔のことだが、牧師である父はいまだにあの夫妻の相談に乗っている。「そういうのを苦にしない人だから」

「お父さんのこと？　そうね」

エリザベスは窓の外を見やった。「あの人、事件についてなにか言ってた？」

「いいえ。いったいなにを言うっていうの？」

鋭い質問だけれど、エリザベスには答えがわかっていた。父は人を死なせたこと、そして、そもそも警官になったことで彼女を責めるだろう。おまえは信頼を裏切った、こんなことになったのはすべてあの愚かな決断に起因すると言うにちがいない――地下室、死んだ兄弟、警官としてのキャリア。「あの人はわたしが選んだ人生を、いまだに受け入れてないのよ」

「そんなことはないわ。なんといっても父親なんだし、ずいぶん苦しんでいるようよ」

「わたしのせいで？」

「もっと単純だった時代がなつかしいんじゃないかしらね。昔のことが。誰だって自分の娘に憎まれたくなんかないもの」

「憎んでなんかいないわよ」

「でも、許してもいないじゃないの」

たしかにそのとおりだ。父とはいつも距離を置いていたし、同じ部屋にいても、ふたりのあいだには常に壁があった。「お母さんたちはどうしてそんなにちがうの？」

「そんなにちがわないわよ」

「笑いじわと眉間《みけん》のしわ。容認と非難。まったくの正反対なのに、どうしてこんなにも長く一緒にいられるのか、不思議でしょうがないのよ。本当に」

「それじゃ、お父さんに対してあんまりでしょう」

「そう？」

「どう言ったらいいのかしらね」母はウイスキーを少し含んでほほえんだ。

「気持ちのことはどうにもならないものなのよ」

「何年たっても？」

「そうね、いまさら気持ちの問題というわけじゃないのかもしれない。お父さんは扱いにくい面もあるけど、世の中がはっきり見えているというだけのこと。善と悪を隔てる一本線がね。歳を取るにつれ、わたしもそういうはっきりした考えのほうが安心できるようになってきたわ」

「哲学を専攻していたくせに」

「そんなのはもう昔のことだし……」

「パリに住んでたのよね。詩も書いてたって」

母はその指摘を払いのけた。「あのころは若かったし、パリだろうとどこだろうと同じ。わたしたち夫婦がなぜ一緒に暮らせるのかと言うけど、いまもあのときの気持ちがよみがえってくるわ。夢と目的、この世をよりよいものにしようと固く決意していた日々。お父さんとの人生は、生々しい力と熱と目的が感じられて、いわば、たき火のすぐそばに立っているようなものだった。お父さんはなにかに突き動かされるように目を覚まし、その強い思いは一日の終わりにもまだつづいてる。お父さんのおかげで、わたしはこれまでずっと幸せだった」

「じゃあ、いまは？」

母はせつなそうにほほえんだ。「お父さんは頑固になったかもしれないけど、わたしが帰る家はこれからも、あの人という壁のなかなのよ」

エリザベスにもその結びつきが持つ素朴《そぼく》な美しさはわかる。牧師。牧師の妻。つかの間、両親はどう受けとめていたのかと考えた。情熱と信条、若かりしころと偉大なる石造りの教会。「ここは昔の教会とはずいぶんちがう」そう言って、窓に向き直り、石を並べた庭と茶色い芝生を、陽に灼《や》けた下見板に覆われた貧相で間口の狭い教会を見やった。「ときどき思い出すの。正面の階段から見あげたときの、凜《りん》として静かな姿を」

「あなたは古い教会を嫌ってるとばかり思ってた」

「ずっとそうだったわけじゃないわ。それに、見るのもいやというわけでもないし」

「どうして訪ねてきたの？」母の姿が同じ窓ガラスに現われた。「本当のところ？」

エリザベスは、そう訊かれたくて来たのだと気づき、ため息をついた。「わたしはいい人間？」母がほほえもうとしたのを制した。「まじめに訊いてるのよ、お母さん。いま知りたいの。真夜中だけど。人生がとんでもないことになって、どうしていいかわからないから、こうして訪ねてきたの」

「ばかなことを言うものじゃありません」

「わたしはどろぼうだと思う？」

「エリザベス・フランシス・ブラック、あなたは生まれてこの方、人からものを奪ったことなど一度だってないでしょうに。子どものときからずっと、あたえる側だった。最初はお父さんと信徒の人たちに。いまは街全体にあたえている。いくつメダルをもらったと思ってるの？　何人の命を救ったと思ってるの？　いったいなにが言いたいの？」

エリザベスはふたたび腰をおろし、肩を怒らせながら自分のグラスをのぞきこんだ。

「わたしの射撃の腕前は知ってるわよね」

「なるほど。そういうこと」母は娘の手を取ると、目のまわりにしわを寄せながら、一度だけぎゅっと握り、向かいの椅子にすわった。「あなたがあの男たちを十八回撃ったのには、それなりの理由があったんでしょう。ほかの人がどう言おうと、そう思う気持ちに変わりないわ」

「新聞は読んだ？」

「ざっとね」母は軽蔑《けいべつ》するような声を漏らした。「歪曲《わいきょく》もいいとこ」

「男ふたりが死んだのよ。ほかに書きようがないでしょう」

「いいこと」母はエリザベスのグラスに注ぎ足し、自分のにはさらに多く注いだ。「あんなのは、のぼる満月を描写するのに白いという言葉を、美しい海を表現するのに水浸しという言葉を使うのと同じ。あなたはいたいけな少女を救ったの。それ以外のことは重要じゃないわ」

「州警察が捜査してるのは知ってる？」

「わたしが知っているのは、あなたが正しいと思うことをしたことと、あの男たちに十八発撃ちこんだのなら、そうするだけの充分な理由があったはずだということだけ」

「州警察がそうは思わなかったら？」

「困った子ね、まったく」母はまたおかしそうに笑った。「そんな自信のないことを言うもんじゃないの。形ばかりの捜査があるだけで、すぐに疑いは晴れるわよ。絶対に」

「いまのところはまだ、なにもはっきりはしてないの。なにがあったのか。なぜそうなったのか。もう、ほとんど眠れなくて」

母はグラスに口をつけ、指を差した。「ひらめき《インスピレーション》という言葉の意味と由来は知っている？」

エリザベスは首を横に振った。

「中世の暗黒時代には、一部の人間を特別な存在にしているもの、たとえば想像力とか独創性とか洞察力といったものが理解されていなかったの。誰もが同じ小さな村で生き、そして死んでいった。なぜ太陽がのぼったり沈んだりするのかも、なぜ冬が来るのかもわからなかった。土にまみれてあくせく働き、若くして病死した。そんなつらく悲惨な時代の人たちは誰もが同じ限界に直面していたけれど、なかにはまったくちがうものの見方ができる、稀有《けう》な人たちもいたの。詩人、発明家、芸術家、石工などがそうよ。普通の人には彼らが理解できなかった。目が覚めたら、世の中がちがって見えるなんて理解できなかったの。そういう才能は神からの贈り物とされた。そして、ひらめき《インスピレーション》という言葉が生まれた。〝心に息を吹きこまれる〟というのが語源よ」

「わたしは芸術家じゃないわ。透視もできない」

「でも、詩人の才能と同じくらい稀有な洞察力をそなえているじゃないの。物事を深く見抜き、理解できる。そんなあなたが、必要もないのにあの男たちを殺すはずがないわ」

「ねえ、お母さん」

「ひらめきよ」グラスの中身を飲みほした母の目は潤《うる》んでいた。「神様がみずから心に吹きこんでくださったの」

三十分後、エリザベスは中心街まで戻った。この街はノース・カロライナ州としてはそこそこの規模で、市街地の人口が十万人、郊外にはその倍の住民が暮らしている。地域によってはいまも裕福だが、十年におよぶ不景気のせいで少しずつほころびが生じてきている。以前にはシャッターをおろしたままの店など一軒もなかったが、いまはちらほら見受けられる。割れた窓はほったらかしにされ、建物のペンキも剝《は》げたままだ。お気に入りのレストランだった場所を通りかかると、十代の若者たちが街角でなにやら言い争っていた。

最近はそういうのが増えてきた——怒り、不満。失業率は全国平均の二倍、しかも最良のときがまだつづいているふりをするのは年々むずかしくなっている。だからと言って、街をつくりあげている要素のひとつひとつが美しくないというわけではない——たしかに美しい。古い家に囲い柵、自信と戦争と犠牲について語るブロンズ像。プライドはそれなりに残っているものの、かなり威厳のある人でもそれをおもてに出すのにはためらいがあるようだ。なんとなく危険だと思っているのかもしれないし、身をひそめてもっと状況がよくなるのを待つのが最善と考えているのかもしれない。

警察署の前に車をとめ、窓ガラスの向こうに目をこらした。三階建ての建物は、裁判所と同じく、石と大理石でできている。向かって右のわき道沿いの小さな一画を中華料理店が占めている。一ブロック先には南部連合国の墓地、さらにその先には列車の駅があり、線路が南北に走っている。昔の子どもたちはその線路をたどって街までよく出かけたらしい。土曜の朝、友だちと一緒に歩いて映画を観にいったり、公園で男の子たちをながめたり。いまでは考えられない。子どもが線路伝いに歩いたり、街をうろうろするなんて。エリザベスはウィンドウをおろし、舗装と熱くなったタイヤのにおいを嗅《か》いだ。煙草に火をつけ、警察署をながめた。

十三年……。

もうないものと考えようとした。仕事も、仲間も、目的意識も。十七のときから警官になりたいとしか思わなかったのは、警官ならば普通の人が怖いと思うものも怖くないからだ。警官は強い。威厳も意義もある。そしていい人間だ。

いまの自分は胸を張ってそう言えるの？

エリザベスは目を閉じ、どうだろうと考えた。目をあけると、フランシス・ダイヤーが署の間口と同じ幅がある広い階段をおりてくるところだった。見慣れた顔にいらだちと悲しみを浮かべ、通りをまっすぐに渡ってくる。発砲事件以来、彼とは何度も言い合ったが、ふたりのあいだに確執はいっさいない。彼はかなり年上で性格は温和、そして心の底からエリザベスを案じている。

「あら、警部。こんな時間にここでお会いするとは思ってもいませんでした」

彼はおろしたウィンドウの手前で足をとめ、エリザベスの顔と車内をじろじろ見まわした。その目が煙草のパック、レッドブルの缶、後部座席に散らばった五、六紙ほどの丸めた新聞と移動していく。最後に、彼女のわきにある携帯電話のところでとまった。「六回も伝言をしたんだが」

「すみません。電源を切っていたもので」

「どうして？」

「かかってくるのはほとんど記者からなんです。連中と話せとおっしゃるんですか？」

その態度に警部はかっとなった。心配しているからであり、組織としての問題だからでもあった。彼女は刑事だが停職中で、友人ではあるが、いま彼が感じているようないらいらをぶつけられるほど親しくはなかった。高ぶった感情がその顔に表われていた。しわの寄った目とやわらかそうな唇に。急に赤らんだ顔に。「ここでなにをしてる、リズ？　もう真夜中だぞ」

彼女は肩をすくめた。

「言ったはずだ。きみの件がはっきりするまでは……」

「なかに入ろうとしたわけじゃありません」

警部はしばらく黙っていた。表情にも心配そうな目にも変化はない。「州警察による聞き取りは明日だ。忘れてはいないだろうね？」

「もちろんです」

「弁護士にはもう会ったのか？」

「はい」うそをついた。「ちゃんと用意できています」

「だったら、家族か友人と一緒にいなさい。きみを大事に思っている人たちと」

「さっきまでそうしていました。友だちと夕食を」

「ほう？　なにを食べた？」口をひらきかけたエリザベスだが、警部のほうが先だった。「答えなくていい。うそをついてほしくないからな」そう言って、細い眼鏡《めがね》ごしに彼女を見やり、それから通りの左右をうかがった。「わたしのオフィスに来い。五分後だ」

警部が立ち去ると、エリザベスは一分かけて気持ちを落ち着かせた。覚悟を決めて通りを渡り、街灯と星の光を反射する両開きのガラス扉を目指して階段を小走りであがった。入ってすぐの受付で作り笑いを浮かべ、防弾ガラスの奥にいる巡査部長に向かって片手をあげた。

「ああ、わかってる」巡査部長は言った。「警部からあんたを通せと言われたよ。ずいぶんと変わったたな」

「変わったってどこが？」

相手は首を横に振った。「おれは年寄りだから、そういうのはちょっとな」

「そういうのって？」

「女なんだからさ。あくまでおれの主観だけど」

巡査部長が押したブザーの音が、エリザベスのあとを追うように階段まで届き、さらには二階にあがって、刑事課が使用する細長い部屋にまで響きわたった。部屋はほとんど人がおらず、デスクの大半は闇に沈んでいた。ほろ苦い思いを抱きながら立っていた数秒間、誰も彼女に気づかなかった。ドアが大きな音をたてて閉まると、しわくちゃのスーツ姿のがっしりした刑事がデスクから顔をあげた。「よお、よお。ブラックのお出ましじゃんか」

「よお、よお？」エリザベスは奥へと歩を進めた。

「なんだよ」相手は椅子の背にもたれた。「おれのストリート言葉はいけてないかよ？」

「わたしなら、いまあるもので満足するけどね」

「いまあるもの？」

エリザベスは彼のデスクのそばで足をとめた。「住宅ローンに子ども。体重は三十ポンド増えて、奥さんとは結婚して何年だっけ。九年？」

「十年だ」

「ね、そういうこと。愛すべき家族、詰まりかけてる血管、引退までの二十年」

「笑える。ありがとよ」

エリザベスはガラスの入れ物からサワーボール・キャンディを一個取り、チャーリー・ベケットの丸顔を見おろした。身長は六フィート三インチでやや太りぎみだが、二百ポンドもある容疑者を駐車中の車の向こうに投げ飛ばすところを見たことがある。それも、車体にかすることなく。「その髪型、いかしてるよ」

さわってみると、髪はひどく短く、前髪はぎざぎざしていた。「本気で言ってんの？」

「皮肉だって。なんでそんなふうにしちまったんだ？」

「鏡のなかの自分を変えたかったのよ」

「そういうのは心得のあるやつに金を払ってやってもらうもんだ。いつやった？　たしか、二日前に会ったよな」

切ったときの記憶はうっすらとしかない。朝の四時で酔っ払っていた。浴室の電気はついていなかった。なにがおかしいのか、ばか笑いしていたけれど、むしろ泣いているのに近かった。「署に残ってなにしてるの、チャーリー。もう真夜中すぎなのに」

「大学で銃撃事件があったのさ」ベケットは答えた。

「まさか、また例のあれじゃ」

「いや、あれとはべつ。地元のガキどもが一年生を袋叩きにしようとしたんだ。ゲイだって理由でな。ゲイかどうかはさだかじゃないが、とにかくその一年生は銃の携帯許可法の大ファンだった。ガキどもはそいつを、キャンパスのはずれにある理髪店のわきの路地に追いつめた。四対一だ。そこで、そいつが三八〇口径を抜いたってわけだ」

「死人は出たの？」

「ひとりが腕を撃ち抜かれた。残りの連中はとっとと逃げたよ。名前はわかってるけどな。で、そいつらの行方を追ってるところだ」

「撃った学生は処罰されそう？」

「四対一だったんだぜ。しかも、一年生のほうには前科はない」ベケットはかぶりを振った。「おれが思うに、書類送検だけですむんじゃないかな」

「わたしもそう思う」

「だよな」

「ごめん、もう行かなきゃ」

「ああ、おまえが来ると警部から聞いた。うれしそうな顔じゃなかったよ」

「外で隠れてるところを見つかっちゃって」

「おまえは停職中なんだぞ。わかってんのか？」

「うん」

「なのに自分に不利なことばかりしてる」

ベケットが言わんとしていることはわかる。地下室での出来事については疑問が出ており、エリザベスはまともな答えを返していなかった。圧力は強まる一方だ。州警察。州検事総長。「話題を変えましょうよ。キャロルはどうしてる？」

ベケットは椅子の背にもたれ、肩をすくめた。「残業中だ」

「美容院でも緊急事態なんてあるの？」

「信じられないかもしれないが、そういうのは本当にあるんだよ。結婚式だったかな。でなければ、離婚記念パーティか。とにかく、今夜のうちに特殊なトリートメントをして、明日の朝にカットとスタイリングなんだとさ」

「大変ね」

「まったくだ。ところで、女房はあいかわらず男を紹介したがってるぜ」

「相手は誰だったっけ。歯列矯正医？」

「歯科医だ」

「どこがちがうの？」

「たしか、どっちかのほうが稼《かせ》ぎがいいんだよ」

エリザベスは肩ごしにうしろを指差した。「警部が待ってるから」

「なあ、リズ」ベケットは身を乗り出し、声を落とした。「発砲の件でおれは干渉しないようにしてきた。そうだろ？　パートナーであり、友人であり、理解ある態度を崩すまいとしてきた。だが、明日は州警察が――」

「供述書は提出してあるのよ。同じ質問をいくらしたところで、ちがう答えなんか引き出せやしないのに」

「連中は四日かけて目撃者を探し、チャニングから話を聞こうとし、現場を調べてる。同じ質問などするわけがない。そのくらいわかってるはずだろ」

エリザベスは肩をすくめた。「だからって、話したとおりなんだもの」

「こいつはもう政治なんだよ、リズ。わかってるのか、え？　白人の警官に黒人の犠牲者……」

「あいつらは犠牲者なんかじゃない」

「とにかく」ベケットは心配そうに彼女の顔をのぞきこんだ。「連中は人種差別主義者か、情緒不安定か、あるいはその両方と思われる警官の首根っこを押さえたがってる。連中の考えでは、それがおまえだ。選挙も近いから、州検事総長も黒人コミュニティの反感を買いたくない。これで幕引きにしようという考えなんだよ」

「そんなのどうだっていい」

「おまえはあのふたりに十八発を撃ちこんだ」

「あいつらはあの子を一日以上、レイプしつづけたのよ」

「わかってる。だが聞け」

「針金が骨に達するほどきつく手首を縛ったうえで」

「リズ——」

「リズ、リズってうるさいってば！　飽きたら絞め殺し、死体を採石場に捨てると本人に言ったのよ。すでにビニール袋もダクトテープも用意してた。片方は、死にかけた彼女を犯すことまで考えてたんだから。白人女のロデオと称してね」

「そんなのはおれだって全部知ってる」ベケットは言った。

「だったら、こんな会話なんかしなくていいはずだわ」

「だが、実際にはしてるわけだろ？　チャニングの父親は金持ちで白人だ。かたや、おまえが射殺したふたりは貧しい黒人だった。だからこいつはもう政治なんだよ。マスコミが騒ぐたぐいの事件なんだ。というか、もう騒ぎはじめてる。新聞を読んだろ」ベケットは親指と人差し指を立てた。「全国に知れわたるのもまもなくだ。だから制裁を求める連中がいるんだよ」

誰のことかはわかる。政治家。市民運動家。警察組織は腐りきっていると考えている連中。「その話はできないの」

「弁護士には話せるんだろう？」

「もう話した」

「いいや、話してないね」ベケットはエリザベスをにらみながら、椅子に背中をあずけた。

「弁護士から署に電話があって、おまえを探してたぞ。打ち合わせにも来ないし、折り返しの電話もしてこないとさ。州警察がおまえを二重殺人で挙げたがってるってのに、当の本人は丸腰の男にマガジンが空になるまで弾を撃ちこんでなんかいないって顔でほっつき歩いてるんだからな」

「ちゃんとした理由があったのよ」

「そうだろうとも。だがな、問題はそこじゃない。警官だって刑務所に入るんだ。そいつをおまえは誰よりもよく知ってるはずじゃないか」

ベケットのまなざしは言葉と同じくらいとげとげしかった。べつに気にならない。十三年がたったいまも。「あの人の話をするつもりはないから、チャーリー。今夜は。あなたとは」

「あいつは明日、刑務所を出る。皮肉なものだな」ベケットはその基本的事実に反論してみろと挑発するように、頭のうしろで手を組んだ。

警官も刑務所に入る。

ときには出所することもある。

「警部のところに行かないと」

「リズ、待て」

エリザベスは足をとめなかった。ベケットの席を離れ、二回ノックしてから警部のオフィスのドアをあけた。ダイヤーはデスクについていた。こんな遅い時間なのに、着ているスーツはぱりっとし、ネクタイもまっすぐだ。「大丈夫か？」

彼女はなんでもないというように手を振ったが、怒りと落胆を隠せてはいなかった。

「パートナーがちょっと。意見されました」

「ベケットはできるかぎりのことをしようとしているだけだ。それはほかの者も同じだ」

「だったら仕事に戻してください」

「そうするのがきみにとっていいことだと、本気で思っているのか？」

質問のあまりの鋭さに、エリザベスは顔をそむけた。「わたしは仕事くらいしか取り柄《え》がないんです」

「今度の件の先行きが見えるまで復職させるつもりはない」

エリザベスは椅子に身を沈めた。「そうなるまでに、あとどれくらいかかりますか？」

「それは正しい質問ではないな」

エリザベスは窓に映った自分の姿を見つめた。体重が減った。髪はひどいありさまだ。

「では正しい質問とはなんでしょう？」

「まじめに言ってるのか？」ダイヤーは両のてのひらを仰向けた。「最後に食事をとったのがいつかは覚えているか？」

「そんなことはどうでもいいことです」

「最後に睡眠をとったのはいつだ？」

「けっこうです。わかりました。ええ、たしかに、この数日間は……いろいろあって」

「いろいろあっただと？　勘弁してくれ、リズ。目の下にはペンキで描いたように隈《くま》ができているじゃないか。われわれの知るかぎり、きみはいつも留守にしている。電話には出ない。そしてあちこち走りまわっている、あのおんぼろ車で」

「六七年型マスタングです」

「公道を走っていい代物《しろもの》じゃない」ダイヤーは身を乗り出し、指を組み合わせた。「州警察の連中から何度も何度もきみについて訊かれるが、まともなやつだと答えるのがだんだん苦しくなってきたよ。一週間前には思慮分別、有能、抑制という言葉を並べたが、いまはどう言ったものやらさっぱりわからん。いまのきみはとげとげしているし、陰気だし、まったくあてにできなくなっている。酒は飲みすぎるし、煙草もかれこれ十年ぶりに吸いはじめた。弁護士とも同僚とも話そうとしない」彼はわざとらしくエリザベスのみっともない髪と血の気のない顔をながめた。「それではゴスのガキどもとおんなじゃないか。吸血鬼にでもなったみたいな——」

「話題を変えませんか？」

「わたしはきみが地下室でのことで虚偽の説明をしたと思っている。話題を変えろと言うなら、この話にしてもいいんだぞ」

エリザベスは目をそらした。

「きみの供述には時間のずれがあるんだ、リズ。州警察は納得していないし、わたしも同感だ。少女の話はやけにくわしすぎるしな。だから、彼女もうそをついているとにらんでる。きみには空白の一時間がある。弾を全部撃ちつくしている」

「もう話が終わったのなら……」

「終わってないぞ」ダイヤーはむずかしい顔で椅子の背にもたれた。「お父さんに電話をした」

「あら」声の響きに言わんとすることが表われていた。「ブラック牧師はどんな様子でした？」

「お父さんによれば、きみのなかにある亀裂は深すぎて、神の光ですら底が照らせないとのことだ」

「そうですか」エリザベスはまた目をそらした。「父はいつもうまいことを言う人ですから」

「お父さんはいい人だ、リズ。手を貸してもらうといい」

「一年に二度、父のミサに出ているからと言って、警部にわたしの人生を父と論じ合う権利なんかないはずです。父を巻きこみたくはありませんし、そもそも助けなど必要ありませんから」

「いや、必要だ」ダイヤーはデスクに肘《ひじ》をついた。「身を切られる思いなのは、まさにその点なんだよ。きみはわたしの知るなかでもっともすぐれた警官だが、いまはのろのろと走るおんぼろ列車になっている。われわれとしても見て見ぬふりはできない。みんなきみを助けたいと思っているんだ。きみの力にならせてほしい」

「そうしたらバッジを返してもらえますか？」

「本当のことを話せ、リズ。正直に話すか、州警察に生きたまま食われるかのどっちかだ」

エリザベスは立ちあがった。「自分がなにをしているかはちゃんとわかっていますから」

ダイヤーも立ちあがり、ドアに手をのばしかけたエリザベスの背中に向かって言った。

「昼間、刑務所の近くを車で通ったろう」

彼女は片手をドアノブにかけたまま固まった。振り返ったときには冷ややかな声になっていた。警部が話したかったのは明日の事情聴取と刑務所のことだったのだ。なるほどね。ベケットと同じだ。世の中の全警官と同じだ。「尾行していたのですか？」

「ちがう」

「誰が見かけたんです？」

「それはどうでもいい。わたしの言いたいことはわかるはずだ」

「わたしは他人の心が読めないということにしておいてください」

「エイドリアン・ウォールには絶対に近づくな」

「エイドリアン？」

「とぼけるのもやめろ。あいつの仮釈放が認められた。朝には出所する」

「おっしゃりたいことがわかりません」

だけど本当はわかっていたし、ふたりともそれを知っていた。

3

塀のなかの生活が矛盾しているのは、いつ流血の惨事で終わってもおかしくない場所でありながら、朝の始まりは必ず判で押したように同じであることだ。目覚めたのち、心臓が二拍打つあいだは、自分がどこにいるのか、あるいはどんな境遇に置かれているのかわからない。魔法のような、揺らめく炎のような数秒間ののち、現実が記憶という黒い犬を引き連れ、胸をよぎっていく。けさもこれまでとなにひとつ変わらなかった。まず静けさがあり、つづいて十三年におよぶ刑務所生活でのすべての出来事がよみがえった。ほとんどの人間にとってつらい瞬間だ。

警官ならばいっそうつらい。

エイドリアンのような警官にとってはあまりに耐えがたい。

彼は闇に包まれた自分の作りつけ寝台にすわり、とても自分のものとは思えない顔に触れた。左目のそばにできた五セント硬貨大のくぼみに指がもぐる。骨が折れた痕をなぞって鼻まで達すると、そこからさらに進んで、こけた頬にいくつもついた長い傷のところで指をとめた。傷はふさがって白くなっているが、刑務所の縫合の腕前はみごととは言いがたい。だが塀のなかでの歳月に教えられたことをひとつあげるとするなら、それこそが人生で本当に大事だという点だ。

失ったもの。

残してきたもの。

ごわごわのシーツをはねのけ、腕が震えるまで腕立て伏せをやると、暗いなかに立って、闇と静けさ、それに真っ白になるまで引っかいた記憶の感触を忘れようとした。入所したのは三十歳の誕生日の二カ月後だった。いまは四十三歳、傷だらけでぼろぼろで、まるで別人だ。おれだとみんなわかるだろうか？　女房は？

十三年か、と彼は心のなかでつぶやく。

「長かったな」

その声はあまりにかぼそく、ほとんど聞き取れなかった。目の隅でなにかがちらりと動き、監房のもっとも暗い一隅にイーライ・ローレンスの姿があった。作りつけ寝台の奥の暗がりにぽつんと立った彼は、黄色く濁った目をして、顔が黒いうえにしわだらけで、どこからが顔で、どこからが闇なのか判然としない。

「また、声がする」エイドリアンは言った。

老人は、〝そういうこともあるさ〟というように目をつぶった。

エイドリアンも目を閉じると背を向け、熱を帯びて汗をかいているような鉄格子をつかんだ。イーライが声をかけてくれるかどうか、わからなかった。黄色い目をあけるのか、まばたきするのか、それとも閉じたまま本人が闇にのみこまれていくのか、わからなかった。いまも、監房内に聞こえるのはエイドリアンの息づかいと、握った鉄格子を指が滑る音だけだ。きょうは塀のなかで過ごす最後の一日で、鉄格子の向こうでは夜が白《しら》みはじめている。そこと彼がいまいる場所のあいだには、人けのない灰色の廊下がのびている。塀の外も同じように空疎に感じるのだろうか。いまのエイドリアンは昔とはちがうし、現実にこれといった幻想を抱いてもいない。有罪判決を受けて以来、体重は三十ポンド減り、筋肉は古いロープのように硬く、引き締まっている。塀のなかでは痛い目にも遭《あ》った。囚人が口にする泣き言――おれがやったんじゃない、おれが悪いんじゃないというたぐいだ――には虫酸《むしず》が走るが、〝この傷はあいつにやられた〟、〝ここの骨を折ったのはあいつだ〟と名指ししてやることもできる。もちろん、そんなことをしても意味はない。これをやったのは刑務所長で、べつのは看守にやられた傷だと塔の上から叫んだところで、誰も本気に受けとめないか、気にもかけないだろう。

あまりに多くのダメージ。

暗闇のなかで過ごした長すぎる歳月。

「おまえさんならできる」老人が言った。

「出られるはずがないんだ。こんなに早く」

「理由はわかってるはずだ」

エイドリアンは鉄格子を握る手に力をこめた。十三年は二級殺人の刑期の下限だが、それには服役態度が良好であるとの条件がつく。所長が短縮を認めた場合のみ可能になる。

「やつらはおれを見張るつもりだ。そうだよな」

「そうだろうとも。それについてはさんざんふたりで話し合ったじゃないか」

「やれるかどうか自信がない」

「おまえさんならできると言ったろう」

老人の声は闇のなかから聞こえてきた。エイドリアンは湿っぽい鉄格子に背中を押しつけ、こんなにも長く一緒に過ごした相手のことに思いをはせた。イーライ・ローレンスは刑務所のルールを教えてくれた。いつ闘い、いつ折れるべきかを、最悪の事態もいずれ終わると教えてくれた。しかも、老人のおかげで彼は正気を失わずにすんだのだ。永遠につづくかと思われた闇のような日々、ばらばらになりそうな心をイーライの声がつなぎとめてくれた。どれだけ孤独でも、また、どれだけ血を流したとしても、それだけは変わらぬ事実だ。そしてイーライがその役割にぴったりだったのは、長年におよぶ変化のたまものだったように思う。塀のなかで暮らして六十年、老人の世界はふたりがいる監房の大きさにまで縮んでいた。彼はほかの誰も知らないし、ほかの誰にも話しかけない。老人と若い男、ふたりの関係が密接すぎたから、エイドリアンがこの監房を出たとたん、イーライが消えてしまいそうな気さえする。「あんたも連れていきたいよ」

「わかってるだろう、おれがここを生きて出ることはないよ」イーライはジョークだというように笑顔になったが、彼の言葉は刑務所のいかなる真実よりも真実だ。イーライ・ローレンスは一九四六年にノース・カロライナ州東部の農村地帯で起こった強盗殺人事件で終身刑を宣告された。殺した相手が白人だったら絞首刑になっていたところだ。しかし三回の終身刑となり、彼が二度と外の空気を吸えないのはエイドリアンもよくわかっている。謝罪し、暗闇に目をこらしながら、エイドリアンは老人にあれもこれも言いたくなった。礼を言い、えられたが、イーライがどれほど大切な存在だったかを説明し、これまではなんとか持ちこたえられたが、イーライという導き手なしに塀の外でやっていけるか自信がないと言いたかった。口をひらきかけたところで、重たい鉄の扉の向こうで光がちらつき、一帯にブザーが鳴り響いた。

「来るぞ」イーライが言った。

「まだ心の準備ができてない」

「できているとも、もちろん」

「あんたなしじゃ、だめだ、イーライ。ひとりじゃ出られない」

「落ち着け。ここを出たらたいていのやつが忘れちまうことを話してやるから」

「そんな話は聞きたくない」

「おれは一生とも言えるほどの年月をここで過ごしてきた。大勢の連中がこう言ったよ。〝ちゃんとやれるさ、自分がやってることくらいわかってるって〟ってな」

「べつに侮辱《ぶじょく》するつもりで言ったんじゃない」

「わかってるって。だから、落ち着いて、この老いぼれの言うことをもう一度聞け」

エイドリアンは金属がぶつかり合う音を聞きながらうなずいた。遠くで声がし、コンクリートの床を歩いてくる固い靴の音が響いた。

「金なんてどうでもいいんだよ」イーライは言った。「言ってる意味がわかるか？　ここで二十年つとめたあげく、六ヵ月後、わずか数ドルのために舞い戻ってくる連中を何人も見てきた。学習能力がないのか、出たり入ったりの繰り返しだ。金《きん》だのドルだのきらきら光るものなんてのは、そんな程度だ。おまえさんの人生や喜びや自由な日々を犠牲にするほどの価値などない。太陽の光。新鮮な空気。それで充分じゃねえか」イーライは暗がりのなかでうなずいた。「ということで、前に話したことは覚えてるな？」

「ああ」

「滝があって、小川が分岐しているところだぞ」

「覚えてる」

「おまえさんはここでぼろぼろにされ、外の世界でやっていくのは無理だと思ってるんだろうが、その傷も折れた骨も関係ないし、恐怖と闇も関係ない。記憶も憎しみも復讐《ふくしゅう》の夢もだ。そういうものはすっぱり断ち切れ。なにもかも。ここを出たら、ひたすら前を見て歩きつづけろ。この街を出て、よそに移れ」

「所長は？　あいつともおさらばするべきなのか？」

「やつが追ってきた場合か？」

「追ってきた場合でも、追ってこない場合でも。やつを見かけたらどうすればいい？」

いまのは危険な質問だった。イーライのどんよりした目が一瞬にして血走った。「いまさっき、復讐についてどうしろと言った？」

エイドリアンは歯ぎしりし、それだけで言いたいことは充分伝わった。

所長だけはべつだ。

「憎しみなんてものは断ち切れ。ちゃんと聞いてるのか？　おまえさんは早くに出られるんだ。それなりの理由があるのかもしれないし、ないのかもしれない。おまえさんが行方をくらましたところで、どうなる？」看守はますます近づき、もうあと数秒の距離まで来ていた。老人はうなずいた。「おまえさんがここで味わった痛みに関して言うなら、大事なのは耐え抜いたという事実だ。わかるな？　耐え抜いたことは悪いことではない。さあ、言ってみろ」

「悪いことではない」

「それから、おれのことは心配しなくていい」

「イーライ……」

「さあ、この老いぼれをハグしたら、とっとと出ていけ」

うなずいているイーライを見て、エイドリアンは喉が締めつけられる思いがした。友人というより父親的な存在のイーライ・ローレンスを抱きしめると、その体は思ったよりもずっと軽く、骨の空洞で石炭が燃えているのかと思うほど熱かった。「ありがとう、イーライ」

「胸を張って出ていけ。背筋をまっすぐのばして歩くおまえさんを見せてやれ」

エイドリアンは体を引き、最後にもう一度、老人の疲れたような、なんでもお見通しだという目を見ようとした。しかしイーライは暗がりに引っこみ、背中を向け、ほとんど見えなくなっていた。

「さあ、行け」

「イーライ？」

「心配することなどなにもない」老人は言ったが、エイドリアンの顔は涙でぐっしょり濡れていた。

看守たちはエイドリアンに廊下に出るよう指示したが、近づきすぎないようにしていた。

大柄でないとはいえ、看守たちの耳にも彼がどれほどの仕打ちをされ、それをどのように耐えたかという噂《うわさ》は届いていた。数字は否定しようがなかった――入院日数、縫合数、手術や骨折の回数。刑務所長でさえエイドリアン・ウォールを警戒しており、そのことが怯える気持ちにいっそうの拍車をかけた。所長にもなにかと噂があるが、誰も真相を究明しようとはしない。ここは所長が支配する刑務所であり、彼は容赦のない男だ。つまり、目立つようなことはせず、口を閉じていろということだ。そもそも噂が本当とはかぎらない。まともな看守たちはそれで折り合いをつけていた。

しかし、すべての看守がまともというわけではなかった。

手続きをする段になると、とりわけ悪質な三人が隅に立っていた。強面《こわもて》で感情のない目をした男たちを見ると、エイドリアンはいまだに腰が引けてくる。制服は折り目がしっかりついて染みひとつなく、靴やベルトはぴかぴかに磨きあげられている。壁際に一列に並んだふてぶてしい姿からはっきりとメッセージが伝わってくる。おれたちからは逃げられないぞ。そう言っている。塀のなかだろうと外だろうと、なにも変わらない、と。

「なにを見てる？」

エイドリアンは三人から目をそむけ、金属の柱と金網で仕切られたカウンターの向こうにいる小男の指示に従った。

「着ているものを脱いでくれ」カウンターの上に厚紙の箱がひとつ置いてあり、十三年間、目にしなかった衣類が出てきた。「さっさとしろよ」係官は三人の看守をちらりと一瞥《いちべつ》しただけで、すぐにエイドリアンに視線を戻した。「あいつらのことはいいから」

エイドリアンは刑務所支給の靴から足を抜き、オレンジ色のつなぎを脱いだ。

「なんだい、こりゃ……」無数の傷を目にしたとたん、係官は青ざめた。

エイドリアンはなんでもないようにふるまおうとしたが、なんでもないわけがなかった。彼を監房から連れてきた看守たちは黙ってじっと立っているだけだが、例の三人は曲がった指やビニールのようにてかてかした皮膚を冗談の種にして笑っている。エイドリアンは全員の名前を知っていた。声の響きも知っているし、誰がもっとも腕っぷしが強いかも知っている。誰がいちばんのサディストで、いまこの場でもほほえんでいるのがどの男かも知っている。それでも、彼は背筋をまっすぐにのばして立っていた。ひそひそ声がやむまで待ってからスーツを身に着け、ほかのことに気持ちを集中させた――カウンターの黒い染み、金網の向こうの時計。シャツのボタンを上までとめ、日曜日のようにネクタイを締めた。

「いなくなったよ」

「え?」

「さっきの三人」係官は身振りでしめした。「いなくなった」係官は細面《ほそおもて》の男で、そのまなざしはとても穏やかだった。

「おれ、ぼんやりしてましたか？」

「ほんの数秒ほどね」係官は気まずそうに目をそらした。「心ここにあらずという感じだった」

エイドリアンは咳払いをしたが、係官の言っているのは事実だと思った。ときどき、周囲が真っ暗になることがある。時間の感覚をなくすことがある。「申し訳ない」

小男が肩をすくめ、その表情からエイドリアンは、さっきの三人組は多くの者の人生をみじめなものにしたのだと察した。

「さてと、あんたをここから出してやらなきゃな」係官はつるつるしたカウンターの上を滑らすようにして、一枚の書類を差し出した。「こいつにサインしてくれ」エイドリアンは読まずに名前を走り書きした。係官は札を三枚数え、カウンターに置いた。「じゃあ、これを」

「五十ドル？」

「州からの餞別《せんべつ》だ」

エイドリアンは札に目をこらしながら思った。十三年で五十ドルか。係官がカウンターの向こうから札を滑らせ、エイドリアンはたたんでポケットにしまった。

「なにか質問は？」

なかなか言葉が出てこなかった。なにしろ、イーライ・ローレンスをべつにすれば、もう長いこと他人としゃべっていないのだ。「誰か来てるだろうか？　誰か……待ってる者は？」

「悪いな。そこまではわからないんだ」

「ここからの足はどうしたらいいんだろう？」

「刑務所でタクシーは呼べない決まりでね。前の道を行った先に〈ネイサンズ〉って店があって、そこなら公衆電話が使える。あんたらはみんな、知ってると思ってた」

「あんたらとは？」

「まえのある連中さ」

エイドリアンはその言葉をじっくり考えた。監房からここまで付き添った看守が無人の廊下を示した。「ミスタ・ウォール」

聞き慣れぬ呼び名をどう受けとめればいいかわからず、エイドリアンは振り返った。
ミ、ミ、ミスタ・ウォール……。
ま、ま、まえのある連中……。

看守が片手で左の廊下を示した。「こっちへ」

エイドリアンは彼に従い、ドアの前まで行った。扉があき、まぶしくも広々とした光景が目に飛びこむ。ここにも柵と金網からなる門はあるが、暖かな風を頬に感じながら、太陽から顔をそむけ、中庭を照らす太陽と感じ方がどうちがうか、正確に見定めようとした。

「受刑者が出所します」看守は無線で告げ、それから、車輪でひらきはじめたゲートのほうを指差した。「そのゲートをまっすぐ進め。第二ゲートは第一ゲートが閉まるまであかない仕組みになっている」

「女房は……」

「奥さんのことはおれの関知するところじゃないんでね」

看守に押され、エイドリアンはあっけなく塀の外に出た。所長室はどこかと探し、東側の壁の三階に目的の窓を見つけた。つかの間、陽射しがあたって窓はまぶしく光っていたが、すぐに雲が太陽の前に広がり、あの男の姿が確認できた。立っていたくて立っているように見えた。両手はポケットのなか。肩に余分な力は入っていない。しばらくふたりはたがいに見つめ合ったが、相手の目にはエイドリアンのこれまでの十三年にもおさまりきらないほど膨大《ぼうだい》な憎しみがこもっていた。さっきの三人組も現われるものと思っていたが、それはなかった。陽射しが雲を突きやぶって窓ガラスがふたたび鏡となるまでの十秒ほど、エイドリアンと所長はそうやってにらみ合っていた。

胸を張って出ていけ。

すぐそばにいるようにイーライの声が聞こえた。

背筋をまっすぐのばして歩くおまえさんを見せてやれ。

エイドリアンは駐車場を横切ると道路の端に立ち、妻が来ているのではないかと考えた。

いま一度、所長室を見あげてから、車が一台、また一台と走り去るのを見ていた。何度となく足を踏み替えるあいだも太陽は上へ上へとのぼっていき、一時間がたち、やがて三時間がたった。歩きはじめたときには喉はからからで、シャツが汗でぐっしょり濡れていた。なるべく道路ぎわを歩くようにしながら、片方の目で車を探し、もう片方の目は半マイルほど先にある、ぽつんぽつんと建物が集まった場所に据えていた。そこにたどり着くころには気温は三十五度を超えていた。道路から陽炎《かげろう》が立ちのぼり、白っぽい砂埃が舞いあがる。公衆電話が見え、その隣にトランクルーム、運送会社、それに〈ネイサンズ〉というバーがあった。あいているのはバーだけで、窓には看板、正面の入り口近くにさびだらけのピックアップ・トラックが一台、斜めにとまっていた。エイドリアンはポケットのなかの札を握りしめると、ドアノブをまわし、なかに入った。

「おっ、釈放されたね」

威勢のいいだみ声は、悪い意味ではなしにおもしろがっている口調だった。カウンターのほうに歩いていくと、六十過ぎとおぼしき男がずらりと並ぶボトルと長い鏡を背に立っていた。縦にも横にも大きく、うしろに流した白髪交《しらが ま》じりの髪が革のベストにまで届いている。エイドリアンはさらに近づき、かすかな笑みを返した。「なんでわかるんだい?」

「いかにも刑務所帰りって肌。しわくちゃのスーツ。それに、こっちはあんたみたいなのを一年に十人以上も見てんだぜ。タクシーを呼びたいんだろ?」

「両替できるかな」

エイドリアンは札を一枚差し出したが、バーテンダーは手を振って引っこめさせた。「公衆電話なんか使わなくていい。短縮番号でかけてやるよ。すわって待ってな」エイドリアンは合成皮革のスツールに腰をおろし、男が電話するのを見ていた。「やあ、〈ネイサンズ〉にタクシーを一台頼む……ああ、刑務所を出たばかりのやつがいてね」バーテンダーはしばらく相手の話を聞いていたが、送話口を覆ってエイドリアンに訊いた。「どこまでだい？」

エイドリアンは自分でもわからず、肩をすくめた。

「とにかく一台頼む」バーテンダーは電話を切り、カウンターに戻った。重たげなまぶたと灰色の目、頬を覆うひげは黄ばんでいる。「どのくらい入ってたんだ？」

「十三年」

「おっと、いけね」バーテンダーは片手を差し出した。「ネイサン・コンロイ。ここの主《あるじ》だ」

「エイドリアン・ウォール」

「さてと、エイドリアン・ウォール」ネイサンはグラスをサーバーの下で傾け、カウンターの上を滑らせた。「残りの人生の第一日にようこそ」

エイドリアンはビールが入ったグラスをじっと見つめた。シンプルのきわみだった。グラスについた水滴。ひんやりとした感触。一瞬、まわりの世界が傾いたように感じた。なぜまたたく間にこれだけ変わったのだろう？　握手とほほえみと冷たいビール。鏡に映った自分の顔から目がそらせない。

「つらいよな」ネイサンがカウンターに肘をつくと、太陽にあぶられた革のにおいがした。

「いまの自分と対峙《たいじ》し、過去の自分を思い出すってのは」

「あんたも刑務所に？」

「ヴェトナムで捕虜になってた。四年間」

エイドリアンは顔の傷に触れ、身をぐっと乗り出した。刑務所の鏡は磨いた金属だったから、人の本質を映し出すにはあまり向いていない。顔を横に、それから反対に向けた。思ったよりもしわが深く、目は大きく血走っている。「みんなそうするのか？」

「深く考えこむかって意味かい？　いいや」バーテンダーは首を横に振り、ショットグラスに茶色い液体を注いだ。「大半はただ酔っ払うか、女を抱くか、喧嘩《けんか》をおっぱじめるだけだ。いろんなパターンを見てきたよ」彼はグラスを干すと音をたててカウンターに置いた。ドアがぎしぎしいい、鏡のなかで光がきらめいた。「だが、あんたみたいなのはめずらしい」

エイドリアンが鏡から視線をはずすと、陽の光に包まれるようにやせっぽちの少年が立っていた。歳は十三か十四。手にした銃の重みで片腕がぶるぶる震えている。ネイサンがカウンターの下に手をもぐりこませると、少年は言った。「やめてください」

ネイサンは手をカウンターの上に戻した。少年は思いつめているのか、口数が少なく、ぴくりとも動かない。「来るところをまちがったんじゃないか、坊主」

「いいから……ふたりとも動かないで」

小柄で、身長はおそらく五フィート半。全体的にほっそりしていて、爪がのびていた。目は明るいブルーで、やけに見覚えのある顔だなと思っていたが、突然、強い圧迫感が胸を襲った。

まさかそんなはずは……。

いや、いや、いや。

だが、まちがいない。

口の形に髪の色、ほっそりした手首に顎のライン。

「あんた、あのガキを知ってんのかい?」ネイサンが訊いた。「うそだろ」

「知ってると思う」

少年の顔は整っているものの、やつれていた。着ているものは二年前ならぴったりのサイズだったろうが、いまは汚れた靴下と手首がたっぷり見えている。なにかに怯えたように、目を大きく見ひらいていた。手に持った銃がやけに大きく見える。「ぼくがいるところで、ぼくのことをあれこれ言うな」

少年がなかに入ると、そのうしろでドアが前後に揺れながら閉まった。エイドリアンはスツールをおり、両のてのひらをあげて見せた。「驚いたな。彼女そっくりだ」

「動くなって言ったろ」

「そうかりかりするな、ギデオン」

「なんでぼくの名前を知ってんだよ」

エイドリアンはごくりと唾をのみこんだ。最後に見たとき、少年はまだ乳飲み子《ちの》同然だったが、この顔立ちならいつでもわかる。「お母さんそっくりだ。それに、声も……」

「母さんのことを知ってるみたいに言うな」銃が震えていた。

エイドリアンは指を大きく広げた。「お母さんはきれいな人だったよ、ギデオン。そんな人をおれが傷つけるはずがないじゃないか」

「母さんの話はするなって言ったろ」

「おれは殺してない」

「うそだ」

銃が上下に揺れた。撃鉄がカチッ、カチッと二度鳴った。

「おれはきみのお母さんを知っていたんだ、ギデオン。きみが思ってるよりもずっとお母さんのことを知っていた。やさしくて気立てのいい人だった。そんなことをしてもお母さんは喜ばないぞ」

「喜ばないって、なんでわかるのさ」

「とにかくわかるんだ」

「こうするしかないんだってば」

「いくらだってやりようはあるとも」

「もう決めたんだ。男ならこうするべきだって。

「誰だって知ってることだよ」

「ギデオン、頼むから……」

少年の顔がゆがみ、きつく握った銃がさらに激しく揺れはじめた。目がしだいに輝きはじめたのを見て、エイドリアンは怯えるべきか、悲しむべきかわからなくなった。

「頼む、ギデオン。お母さんはこんなことを望まないはずだ。きみも、おれも。こんなことはしちゃいけないよ」

銃がほんのわずか持ちあがり、エイドリアンは少年の目に憎悪と恐怖と喪失感を見てとった。あとひとつだけ考える時間があり、なぜか少年の母の名前——ジュリア——が頭をよぎった直後、カウンターの奥ですさまじい音があがり、少年の胸に赤い穴があいた。ギデオンは衝撃で一歩あとずさりながら銃を持った手をおろし、油のようにどろりとした血がシャツの繊維にじわじわ広がるのを見ていた。

「あ」少年は痛いというより驚いた様子で口をあけていたが、エイドリアンと目が合うなり膝から倒れこんだ。

「ギデオン！」エイドリアンは三歩で店を突っ切った。銃を蹴って遠ざけ、少年の隣に膝をついた。

傷口から血がどくどく流れていた。目はうつろで、いまにも気を失いそうだ。「痛いよ」

「しゃべるな。じっとしてろ」エイドリアンは上着を脱ぎ、丸めて傷口に押しあてた。

「救急車を呼べ」

「おれはあんたの命を救ってやったんだぜ、兄弟」

「いいから！」

ネイサンは銀色の小さな拳銃をおろし、電話を手にした。「おまわりが来たら、ちゃんとそう言ってくれよな」彼は受話器を顎ではさみ、９１１をダイヤルした。「あんたを助けるためにそのガキを撃ったんだって」

4

エリザベスの自宅はこれまでずっと安らぎの場所だった。この街でも歴史ある地区の狭い土地に建つこぢんまりとしたヴィクトリア朝様式の建物で、枝振りのいい木々が庭に影を投げかけ、青々とした芝をたもっている。ひとり暮らしとはいえ、ここには彼女が人生でこよなく愛するもののすべてが完璧なまでに反映されており、寂しいと感じたことは一度もない。事件、人間関係、あるいはとばっちりなどいろいろあっても、玄関をくぐればいつも自然と仕事モードのスイッチが切れる。壁にかかった油彩画をながめるもよし、ずらりとならんだ本の背なり、子どものころから集めている木彫なりに指を這《は》わせるもよし。家はこれまでずっと避難場所だった。そのルールがおとなになってからの日々の癒《い》やしになっていた。

なのにいま、家は木とガラスと石でしかなくなった。

ただの場所になってしまった。

考え事が多すぎて夜はほとんど眠れなかった。この家と人生のこと。あるいは地下室で死んだ男たちのこと。四時をまわるころには、頭のなかはチャニングのことばかりになり、エリザベス自身の愚行について堂々めぐりを繰り返した。

わたしはあまりに多くの間違いをおかした。

その厳然たる事実に追いつめられたあげく、夜が白々《しらじら》と明けるころ、ようやく眠りに落ちるのだった。それでも、夢を見ながら体が痙攣《けいれん》し、野獣のような声をあげながら目を覚ますこともある。

五日がたった……。

手探りで浴室の洗面台まで行き、顔に水をかけた。

信じられない。

悪夢から逃れ、キッチンのテーブルについて、使いこまれた古いマニラフォルダーをじっと見つめた。自宅にあると知れたら、この首が飛びかねないほど危険な代物だ。きのうは三時間をこれに費やし、先週は十時間以上を費やした。エイドリアン・ウォールが有罪判決を受けて以来、ずっと手もとに置いていた。新聞の切り抜きや自分で撮った写真をべつにすれば、地区検事のオフィスのどこかに保管されているジュリア・ストレンジ殺害事件のファイルをそっくりコピーしたものだ。

写真を束ねたもののところで手をとめ、エイドリアンの写真を一枚取り出した。青い制服姿で、いまのエリザベスよりも若い。整った顔立ちをしていて、たいていの警官なら数年もすれば忘れてしまうような、きらきらした志《こころざし》にあふれて見える。次の一枚は私服姿で、もう一枚は裁判所の階段に立つ彼をとらえたものだった。裁判の前に彼女が撮ったもので、顔に光があたっている感じが気に入っている。いまの彼女以上に疲れた様子だ。それでも、ハンサムで真摯《しんし》で、警官としてずっと尊敬していた彼に変わりはなかった。

新聞記事をめくっていくと、ジュリア・ストレンジの検死写真が出てきた。この若い女性が殺害された事件は郡全体を揺るがしたが、そのような例はほかにほとんどなかった。生前は若く上品だった彼女だが、血の気のない肌、つぶれた喉、それにモルグのまぶしい光のせいで美しさは完全に奪われていた。美しかった彼女は、抵抗をこころみるほど強くもあった。その証拠はキッチンのそこかしこにあった。壊れた椅子、ひっくり返されたテーブル、粉々になって散乱した皿。エリザベスはキッチンの写真をぱらぱらと見ていったが、見えるものは変わらなかった。戸棚にタイル、隅のベビーサークル、冷蔵庫にぺたぺた貼った写真。

通りいっぺんの報告書があったが、中身は全部覚えていた。分析結果、指紋、DNA。一家の略歴を斜め読みする。妻が若いころはモデルをしていたこと、ギデオンの誕生、夫の仕事。いろいろな意味で理想的な家族だった。若く魅力にあふれ、金に不自由しないというほどではないにしろ、そこそこの暮らしはできていた。一家の友人から聞いた話によれば、被害者はすばらしい母親であり、夫は妻に夢中だったという。ファイルには証言はひとつしかなく、エリザベスはそれも百回は読んでいた。年配の隣人が午後三時ごろに言い争う声を聞いたが、その女性は寝たきりで、体も弱く、大まかな時系列を確認する以上の役にはたたなかった。

事件発生当時、エリザベスは新人で、職に就いて四カ月の制服警官だったが、街はずれから七マイルほどのところにあった教会の祭壇でジュリアの遺体を見つけたのは彼女だった。エリザベスが子ども時代を過ごした教会が現場だったのは不快ではあるものの、とくに関連はなかった。単に、建物のなかに遺体があったというだけで、あくまで犯行現場のひとつにすぎなかった。当時のエリザベスには、遺体を発見したことが自分の人生に、あるいは両親の人生に影響をあたえることになるとはわかるはずもなかった。あの日彼女は母の顔を見に寄って、ジュリア・ストレンジの遺体を見つけたのだった。ジュリアは無残にも絞殺されたのち、服を脱がされ、祭壇に寝かされたうえ、白い布を顎のところまでかけられていた。性的外傷の痕跡はまったくなかったものの、爪のなかで見つかった皮膚片からエイドリアン・ウォールのDNAが検出された。さらに捜索を進めたところ、キッチンに散乱したグラスのひとつと教会近くの側溝で見つかったビール缶に彼の指紋が付着していた。裁判所命令によっておこなわれた身体検査の結果、彼のうなじに引っかき傷があることが判明した。検察官がエイドリアンと被害者が知り合いだったことを証明してみせると、あとは有罪判決に向かってまっしぐらだった。彼はアリバイを証明できず、弁明もできなかった。パートナーまでもが不利な証言をしたほどだった。

エリザベスだけは彼が有罪とは思えずにいたが、なにしろまだ二十一歳だったから、誰もまともに取り合ってくれなかった。おまえは先入観にとらわれている、そう言われた。頭が混乱しているだけだと。でも、エイドリアンに対する信頼の念はそんな単純なものではなかった。証言者から二度めに話を聞こうとしたときは停職処分を受けた。その次のときは捜査妨害で告発すると脅《おど》された。そこでエリザベスはあきらめた。来る日も来る日も法廷にすわり、彼に不利な評決が出たときにはまっすぐ前を見つめていた。彼女がエイドリアン・ウォールを気遣う理由は、本人以外わかっていない。誰にもわからなかった。

エイドリアンでさえ。

さらに三十分ほどファイルを見ていると、玄関のドアを叩く音が聞こえ、部屋を突っ切りかけたところで、まだ下着姿なのを思い出した。「ちょっと待って。いま行く」狭い廊下に出てクローゼットのドアの裏からローブをわしづかみにして居間に戻ると、三度めのノックの音がした。のぞき穴に目を近づけると、ベケットの妻がポーチに立っていた。陽気な性格で小太りの彼女は手鏡をのぞきこんでいた。エリザベスはドアをわずかにあけた。

「キャロル、いらっしゃい。どうかした?」

キャロルはにっこりほほえむと、小さな青い手提《てさ》げかばんを持ちあげた。「手伝いに来たわよ」

「ごめん、なんのこと？」

「亭主の話では、あなたが髪をどうにかしたいと言ってるってことなんだけど？」キャロルは質問のように語尾をあげた。

「わたしの髪？」

キャロルは体をねじこみ、腰でドアを閉めた。感心したように室内を見まわしたのち、エリザベスの目の下にできた黒い隈、青白い顔、ひそかないらだちに目を向けた。「髪の話は冗談じゃなかったみたいだね」

エリザベスの手が無意識に動き、三本の指でぎざぎざの前髪に触れた。「ねえ――」

「あたしに来てほしいなんて言ってないんだね、ちがう？」

「あの人、そんなことを言ったの？」

「ごめん。どうやら、予定してなかったみたいだね」

エリザベスはため息をついた。キャロルは生まれてこの方、いらいらしたことがないほど辛抱強い人だ。「いいのよ」エリザベスはほほえみながらうなずいた。「ふたりとも、あの人のことはよくわかってるもの」

「ちょっと仕切りたがり屋なところがあるもんね。しょうがないなあ、もう」

「彼と働いてみたらいいわ」

「まったくだ。さてと」キャロルは急にきびきびとした表情になって、かばんをおろした。「うちの亭主はあたしを差し向けるとは言わなかった」両手を腰にあて、居間とキッチンをゆっくりながめまわした。「それはわかった」さっきほど力がこもっていなかったが、それでも彼女はうなずいた。「まずはシャワーを浴びておいで。コーヒーを飲みながら待ってる。そしたら、その頭をなんとかするから、なんか着ておいでよ」

「ちょっとそんな――」

「ちゃんとした服をさ」

「どういうこと？」

「なにが？」

「いま、ちゃんとした服を着ろと言ったでしょ」

「そうだった？」キャロルの顔が青ざめた。「あたしったら、もう。ごめん。全然、記憶にないよ」そう言いながら手を体の前で振った。「そんな丈の短いローブで長い脚を出してるもんだからさ。ううん、そうじゃない。そういうことを言いたいんじゃないんだ」彼女はいったん深呼吸してから、言い直した。「リズは美人だから、なにを着てもきれいだよ。あたしたち夫婦は家のなかでも、もうちょっとつつましい恰好をしてるんだ。本当にごめん。そんなことを言ったなんて自分でも信じられない。あなたの家に、いきなり押しかけておいて……」

エリザベスは片手をあげた。「もう気にしないで」

「本当に許してくれる？　頭の堅いやつだなんて思われたくないよ。あたしがどうこう言える筋合いのことじゃないのにさ」

「ちょっと時間をちょうだい。シャワーを浴びて、もう一杯コーヒーを飲みたいの」

キャロルは弱々しくほほえんだ。「そっちにその気があるならね」

「五分待って」

浴室に入って鏡の前に立ち、深呼吸をすると、笑顔が消えてなくなった。戸棚の扉を開閉する音や皿がぶつかり合う音を聞きながら、両手を洗面台に置き、鏡をのぞきこんだ。体重についてはダイヤーの言うとおりだ。エリザベスの身長は五フィート八インチ、ふだんなら、刑事という仕事を手際よくこなすだけの引き締まった筋肉がついている。がっしりした肩。力強い腕。しかしいまの彼女はホームレスのようにやせこけ、頬骨がいつも以上にくっきり浮き出ているうえ、淡い緑色の目が異様に大きく、落ちくぼんで見える。ローブを脱ぎ捨て、キャロル・ベケットのような人から自分はどう見えるかしらと想像をめぐらした。短く切った茶色の髪に、小さな鼻とほっそりした顎。顔色は悪いものの、肌にはしみひとつなく、顔立ちは完璧に整っている。自分でも美人なのは自覚しているけれど、麻薬の常習者にナイフであばらから腰骨のところまで切られたせいで下腹部に白い傷が走っているし、硬いコンクリートに倒れこんだせいで肩のところが醜《みにく》く変色している。男好きするタイプなのだろうが、だからと言って現実を甘くみてはいない。腕の骨を折ったことが一度、あばら骨に関しては四度あり、フェンスを越えようとして皮膚に裂傷を負ったこともあるし、窓から外に投げ出されたことも二度あった。警官になって十三年。で、いまのわたしはいったいなに？　簡単に答えられる質問ではない。五人の男性とまじめにつき合ったけれど、いずれも破局を迎えた。牧師の娘、大学中退、酒飲みの喫煙者、落ちこぼれ警官。男がふたり死んだ件で捜査を受けている身だけど、後悔の念は毛《け》ほども感じていない。感じることができれば、なにか変わったかしら？

変わったかもしれない、と思う。

どうせ変わらない、とも思う。

すべてのものには理由がある。なぜ父を憎むのか。なぜ警官になり、なぜ人づきあいが苦手なのか。地下室での発砲事件についても、エイドリアン・ウォールについても同じことが言える。大事なのは結果だが、理由も大事だ。

理由のほうが大事なことだってある。

さっぱりとして浴室を出たときには、できるかぎりおとなしめの服、つまりジーンズとブーツと麻のシャツという恰好だった。ジーンズは普通より低い位置で穿《は》いているし、シャツはキャロルのような人から見たらやや男っぽすぎるかもしれない。そういうことは深く考えないことにした。

「ましになった？」

「かなりね」

エリザベスはコーヒーテーブルにジュリア・ストレンジ事件のファイルが置きっぱなしだったのに気づき、ひょいと拾いあげた。「結婚式かなにかで忙しいんじゃなかったの？」

「大丈夫。ここ一時間は暇だし、そもそも、そんなに時間はかからないよ」

「本当に？」

もしかしてと思いながら言ったが、キャロルは椅子を引きずってくると、片手でぽんと叩いた。エリザベスはしかたなく腰をおろし、髪をカットされ、スプレーをかけられ、ブロウまでしてもらった。ふたりでとりとめのない話をしたが、大半はキャロルの夫の話題だった。「あの人はあなたと組めて喜んでるんだ」キャロルは一歩さがり、ブラシを微妙に動かした。「働いてるあなたを見るのは楽しいって言ってる」

「そう……」

「あの人、あたしの話はする？　一緒に車に乗ってるときとか、捜査してるときとか。あたしや子どもの話はする？」

「そりゃもう毎日」エリザベスは言った。「ほかの話のときと同じで、ぶっきらぼうだけど、胸のうちは見え見え。子どもたちがかわいくてしかたないし、奥さんを大切に思ってる。あなたたち夫婦を見てると励まされるわ」

キャロルは顔をほころばせ、ブラッシングする手に少し力をこめた。

「そろそろ終わる？」

キャロルはエリザベスに手鏡を差し出した。「見てごらん」

茶色の髪はボブに切りそろえてあった。自分の好みよりもややスプレーの量が多く、かっちりまとまりすぎている。手鏡を返して立ちあがった。「ありがとう、キャロル」

「それが仕事だもの」キャロルは青い手提げかばんを軽く叩いた。階段をおりる途中、彼女の携帯電話が鳴った。「ちょっとこれを持っててくれる？」かばんをエリザベスに押しつけ、前ポケットから電話を出した。階段の途中に立ったまま応答した。「もしもし」耳を傾ける。「あら、あなた……え、なに？……そうだけど」そう言ってエリザベスのほうを見た。「もちろんよ。まだ彼女の家にいる」はちきれそうな胸に電話を押しつけ、エリザベスに言った。「チャーリーから。話があるって」

電話を渡されると、エリザベスは薄化粧したキャロルの大きな顔の先にある通りに目をやった。「どうかしたの、ベケット？」

「おまえのうちの電話、受話器がはずれてるようだな」

「わかってる」

「しかも携帯電話の電源が切れてる」

「話をしたい相手なんかいないもの。で、なんの用？」

「刑務所の近くで少年が撃たれた」

「気の毒だと思うけど、なんでそれがわたしに関係あるの？」

「五十パーセントの確率で、撃ったのがエイドリアン・ウォールだからだ」

足もとの地面がぐらぐらするような感覚に襲われた。腰をおろしたかったが、キャロルがじっと見つめている。

「それだけじゃない」ベケットが言った。

「え？」

「撃たれた少年はギデオン・ストレンジだ。なあ、こんなことを伝えるのはつらいんだが——」

「ちょっと待って」

エリザベスは赤い靄《もや》と白い閃光《せんこう》が見えるまで目をぎゅっとつぶった。ジュリア・ストレンジの事件ファイルにあったすべての検死写真が次々と現われ、やがて母親の行方がわからなくなった日のギデオンの様子がまざまざとよみがえった。少年の家の居間の様子が細部にいたるまでまぶたに浮かぶ。家具、ペンキの色、刑事たち、キッチンから煙のようにさまよい出てきた鑑識職員。エイドリアン・ウォールの真っ青な顔も、血走った目をして泣きじゃくる父親がほかの警官になだめられているあいだ、エリザベスの腕のなかで身をよじらせながら泣きわめいていた幼子の体の熱さも覚えていた。

「命は助かったの？」

「手術中だ」ベケットは言った。「それ以上のことはわからん。悪いな」

太陽があまりにまぶしく、エリザベスはめまいがした。「撃たれた場所は？」

「右胸の上のほうだ」

「そうじゃない、ベケット。現場はどこ？」

「〈ネイサンズ〉っていうバイク野郎がたむろしてるバーだ」

「十分で行く」

「だめだ、おまえは現場近くに来ちゃいけない。ダイヤーから釘《くぎ》を刺されてる。おまえをエイドリアン・ウォールやこの事件に近づけるなとさ。わかってるだろうが、おれも当然だと思う」

「だったら、なんで電話してきたの？」

「おまえがあの子を大事に思ってるのを知ってるからさ。病院に駆けつけ、そばにいてやりたいんじゃないかと思ったんだ」

「病院に行ったところで、わたしにできることなんかないわ」

「こっちに来たってできることがないのは同じだ」

「ベケット……」

「あの子はおまえの息子じゃないんだ、リズ」エリザベスは身をこわばらせ、痛いほど電話を耳に押しつけた。「あの子の母親の遺体を見つけた警官にすぎない」

それは厳然たる事実だけれど、わたし以上に少年との絆《きずな》が強い者がいるっていうの？

父親？　社会福祉局の人間？　ギデオンの母親の行方がわからなくなったとき、最初に現場に駆けつけたのがエリザベスだった。それだけで終わるはずだったが、さらに彼女は父の教会の祭壇でこときれていたジュリア・ストレンジを発見し、その痛ましすぎる姿に、思わず泣きくずれそうになった。被害者と会ったことは一度もなかったが、それでもエリザベスはいまも彼女に親近感を抱いている。十三年という歳月に編みこまれ、忘れ形見の幼い少年のなかに埋めこまれた一本の糸のようなものを。ベケットのような男はそういう感覚をわかろうとしない。わからないのだ。

「病院へ行け」彼は言った。「あとでそっちで会おう」

電話が切れるとエリザベスは電話をキャロルに返したが、さよならの言葉はろくに聞いていなかった。ぼやけた顔と、道路に刷毛《はけ》でさっと色をつけたように車が走りだしたときの、咳きこむような音があるだけだった。それが消えてなくなると浴室に行き、顔を見ないよう目を伏せながら、洗面台で髪のスプレーを洗い流した。全身がしびれたように感じ、頭のなかで、よちよち歩きのギデオン、つづいて少年になったギデオンの姿がぐるぐるまわった。彼のことはすべて知っていると思っていた。望みも欲求も心の傷もすべて。

いったい、あの子はどうして刑務所なんかに行ったの？

その答えに向き合うのにためらいを感じたのは、心の奥底ではわかっていたからだ。

ソファに腰をおろして事件のファイルをひらき、ジュリア・ストレンジが行方不明と判明してから一時間そこそこの現場で撮影された写真を出した。制服姿で写ったエリザベスは、真っ赤な顔をした幼児を腕に抱いて立っていた。その奥に見えるストレンジ家のキッチンは雑然としていた。ギデオンはエリザベスのシャツを小さな手で握りしめている。新人であり、現場にいる唯一の女性であったエリザベスは、社会福祉局が到着するまでのあいだ、子どもの面倒を託されたのだった。当時の彼女は無力な子どもにどう対応すればいいかわからなかった。彼女自身もまだ子どもだったのだ。わかるはずがなかった。

エリザベスはソファにもたれ、母親を亡くした少年と過ごした日々に思いをはせた。担任の教師のことも、父親のことも、学校でつき合いのあった友だちのことも知っていた。少年のほうもおなかがすいたり、怖い思いをしたりすると電話をかけてきた。彼女の自宅まで歩いてきて、宿題をやったり、雑談したり、あるいはポーチにぼんやりすわっていることもときどきあった。少年にとっても、この古い家は安らぎの場所だった。

「ギデオン」

写真の彼に指で少し触れただけで目が潤んだけれど、頬を伝い落ちていく涙をぬぐおうともしなかった。

「どうして相談してくれなかったの？」

でも、思い出した。彼は相談しようとしたのだ。一日に三度電話が鳴ったことがあり、次の日もそれが繰り返され、やがてまったく鳴らなくなった。エイドリアンが出所することは前から知っていたし、ギデオンも知っていたはずだ。少年が抱えた苦悩を察してやるべきだったし、愚かなことをしでかす可能性にも気づくべきだった。あの子はそれほどに感受性が鋭く、思い悩むタイプなのだから。

「わたしがわかってあげなきゃいけなかったのね」

しかし、そのころの彼女は病院でチャニングに付き添っていたうえ、州警察から事情を訊かれ、内なる地獄の回廊をさまよっていた。なにも見えない状態だった。少年のことなんてちらりとも浮かばなかった。

「ひとりで思いつめたりして……」

彼女はわずかな時間、穏やかな気持ちになり、実際に母になったことはなくても母性愛にたっぷりとひたっていた。やがてファイルを片づけ、拳銃をベルトに差し、刑務所のすぐ近くに建つシンダーブロック造りのバーに車で向かった。

5

エリザベスは法定速度の二倍のスピードでメイン・ストリートを走った。歩道も狭い路地も、錬鉄の塀も、古びてオレンジ色の粘土《ねんど》にしか見えなくなった赤煉瓦の建物も、すべてがぼんやりかすんで見えた。図書館を過ぎ、時計台を過ぎ、一七一二年から存在しつづけ、いまも中庭にさらし台が残っている古い刑務所の前を通りすぎた。六分後、車はタイヤ痕を残しながら入りロランプをのぼり、街の残りの部分を抜けて北に向かう州のハイウェイに合流した。左手に遠くのビルがいくつか建ち並んでいたが、地面に吸いこまれたように、すぐに見えなくなった。そのあとは森と丘とくねくねした道路だけになった。

ギデオンが死んだら……と心のなかでつぶやく。

どういう経緯にしろ、撃ったのがエイドリアンなら……。

そんな仮定をするだけでも胸が張り裂けそうになるのは、どちらも大事な存在だからだった。男のほうも。少年のほうも。

「ちがう」エリザベスはつぶやいた。「大事なのはギデオンだけよ。少年のほうだけ」

しかし単純な真実は必ずしも単純とはかぎらない。この十三年間というもの、エイドリアンがかつて自分にとってどれほど大きな存在だったかを忘れようとつとめてきた。つき合っていたわけじゃない、とつぶやく。男女の関係などなかった。それはまぎれもない事実だ。

それなのに、運転しているいまも彼の顔がまぶたに浮かぶのはどうしてなの。

なぜわたしはいま病院にいないの。

その質問に答えるのは容易ではなく、ひたすら運転に集中した。峡谷にはさまれた道を走り、川を渡ると、遠くにこぶしのような刑務所が見えてきた。二マイルほど前方で、低い建物が集まった一画が陽炎に揺らめいており、エリザベスはそこをじっと見つめた。砂色の建物の前に何台もの車がとまっている。青い光がいくつもくるくるまわっているのが見え、救急車がとまっているのだろう、赤いラインがのぞいている。車をとめると、ベケットが近づいてきた。むっとした顔をしている。

「病院に行けと言ったじゃないか」

「どうして？　あなたに言われたから？」エリザベスはがっちりした腕を軽く叩きながら、彼のわきをすり抜けた。「わたしの性格はよくわかってるでしょ」ベケットも並んで歩きだした。現場のバーは三十ヤード前方にあり、ドアのまわりに警官が寄り集まっていた。

エリザベスは警察の車をちらりと見やった。「ダイヤーが見当たらないけど、まさか、怖くて顔を出せないとか？」

「どう思う？」

　考えるまでもなかった。エィドリアンの裁判では最前列の真ん中の席にすわっていたから、フランシス・ダイヤーの証言は一言一句《いちごんいっく》覚えている。

〈はい、わたしのパートナーは被害者を知っていました。彼女の夫が情報提供者だったので〉

〈はい、ふたりきりでいるところを見たことがあります〉

〈はい、エイドリアンは以前、彼女はとても魅力的だと言っていました〉

　検察官は十分かけてこの単純な事実を証明し、ものの数秒でそれを納得させた。

〈ウォール氏は被害者の外見についてどう表現したか教えてください〉

〈連れ合いにはもったいないほどいい女だと考えていました〉

〈連れ合いとは被害者の夫のロバート・ストレンジのことですね〉

〈はい〉

〈被告人は被害者の外見について、より具体的な言及をしましたか？〉

〈おっしゃる意味がよくわかりません〉

〈被告人、すなわちあなたのパートナーは被害者の外見についてより具体的な言及をしましたか？　わかりやすく言うなら、彼女が魅力的かどうかというようなことを言いました

か？〉

〈善良な男を悪事に駆り立てるような顔をしていると言っていました〉

〈すみません、刑事。いまの答えを繰り返してもらえますか？〉

〈善良な男を悪事に駆り立てるような顔をしていると言っていました。ですが、わたしが思うに――〉

〈ありがとう、刑事。質問は以上です〉

それで充分だった。検察官はダイヤーの証言から執着、拒絶、報復という絵を描いてみせた。エイドリアン・ウォールは被害者と知り合いだった。彼女の家も、日頃の行動も、夫の予定も把握していた。彼は仕事でつき合ううち、情報提供者の美しい妻にしだいに惹かれていった。口説《くど》いたものの拒絶されると、誘拐し、殺害した。被害者の自宅および殺害現場付近から彼の指紋が見つかった。被害者の爪から彼の皮膚片が見つかった。彼の首には引っかき傷がついていた。

動機があったのです、と検察官は言った。

古くからある、哀れなたぐいの動機が。

事件はそういうふうに起こったのかもしれない。一級殺人。二十五年以上の懲役。陪審は三日の評議ののち、それより軽い、第二級殺人の評決をくだした。警官は評決を出したあとの陪審と話してはならないが、エリザベスはその規則を無視した。陪審たちはかっとなっての犯行であり、計画性はなかったとみていた。被告人は被害者を自宅で殺害したのち、ゆがんだ悔恨の情を表現するため、遺体を教会に運んだのだと。そうでなければ、白い布をかけ、髪をとかし、金色の十字架の下に置くはずがない。十二人の陪審はそこに奇妙なやさしさを感じ、評決はすんなりと出た。二級殺人。懲役十三年以上。

「彼はどこ?」

「三台めの車のなかだ」ベケットは指差した。

警察車両の後部座席に男らしき人影が見えた。あまりよく見えないが、背格好は合致しているし、首のかしげ方も変わっていない。こっちを見ている。まちがいなく。

「立ちどまるなよ」

「わかってる」そう言ったけど、うそだった。話しながら歩みが少しずつゆっくりになった。車にいるのはエイドリアンではないし、彼のせいで人生が変わったわけではないし、彼を愛したことなどなかった。そう思いこもうとした。

「とまるなと言ってるだろ、リズ」ベケットが彼女の腕をつかみ、無理に歩かせた。「もう一台の車に乗ってるのがネイサン・コンロイだ」そう言って指で示した。「退役軍人で元バイカー。ここはやつの店だ。正当防衛で少年を撃ったと言っているが、たしかにそのようだ。駆けつけた制服警官は、カウンターにやつの銃を発見した。三二口径のワルサーで、一発だけ発射されていた。製造番号が削りとられてたんで、とりあえず銃の不法所持で拘束している。正当防衛の主張についてだが、三八口径のコルト・コブラが床に倒れたギデオンのわきに落ちていた。弾はこめてあったが発砲はしていない。きょうという日を考えれば、少年が銃で報復するためにやってきた可能性はきわめて高い」

「まだ十四歳なのよ」

「おふくろが死に、親父は廃人同然の十四歳だ」

「ちょっと、チャーリー……」

「現実を言ったまでだ」

「ギデオンの銃は登録されてるの？」

「おいおい、そもそもおまえはここにいちゃいけないんだぞ」

「わかってるってば。病院で付き添ってろ。他人のことに首を突っこむな。わたしのためにならないと言いたいんでしょ」

バーに向かって歩く途中、知り合いの刑事とあけはなしたドアの近くにできた血だまりに目が釘づけになった。ベケットに袖を引っ張られたがそれを振り払い、刑事に声をかけた。CJ・シモンズという名の穏やかな声をした、まじめな女性だ。「こんにちは、CJ。調子はどう？」

「あら、リズ。今度のことは残念ね。撃たれた少年を知ってたと聞いたわよ」

CJは薄暗い店内に入るよううながしたが、そこでは全警官が足をとめて見入っていた。

エリザベスはうなずいたものの、唇を固く引き結んだ。なかに入り、入り口近くの血に染まった床を大きくよけた。炎暑を逃れてあらためて見まわすと、バーは狭苦しく、消毒薬と饐《す》えたビールのにおいがぷんぷんしていた。数人の制服警官は忙しいふりをしていたが、床の血をよけ、椅子やカウンターにいちいち触れながら店内を歩く彼女を目で追っていた。警官である彼女に対し新聞は批判的で、つまりは市民の半分も同じように思っている。州警察からは二重殺人の容疑をかけられており、店内にいる全警官がエリザベスがこの現場にいるのはまずいとわかっている。彼女は撃たれた少年ともエイドリアン・ウォールともつながりがある。いまはバッジがなく、なんの資格もない。しかも、誰もひとことも言わないが、少年が死亡するか、マスコミが予告もなしに現われたりすれば、大勢の人間が怒り心頭に発するだろう。エリザベスは見られているのを無視しようとしたものの、あまりにとげとげしい視線に耐えかねて、われを忘れた。「なによ？」誰もなにも言わなかった。誰も目をそらさなかった。「あなたたち、なにを見てるの？」

ベケットが小声でたしなめた。「落ち着け、リズ」

しかし、どれもマスコミや隣人や道行く人から向けられるまなざしと同じだった。新聞にどう書かれようと、仲間の警官だけはちがっていてほしかった。彼らならこの仕事にともなう危険や闇の感覚がわかるはずだからだ。なのに、ここには仲間意識のかけらもなかった。

ひとりのパトロール警官がひときわ食い入るように見つめてきた。その視線が彼女の胸から顔、さらには背中へと移動していく。相手が警官ではなく、つまらぬ存在であるかのように。

「あなたがここにいるのはなにか理由があってのことなんでしょうね」エリザベスは言った。パトロール警官はベケットのほうを向いた。「その人のほうは見なくていい。わたしを見なさい」

パトロール警官は彼女よりも八インチ背が高く、九十ポンド体重が多かった。「おれは自分の仕事をしてるだけです」

「だったら、その仕事とやらは外でやりなさい」相手はまたベケットを見たが、エリザベスは言った。「その人もそうしろと言うはずよ」

「そういうことだ」ベケットはあけはなしたドアのほうを示した。「外に出ろ。CJ以外は全員」

一同は列をつくって、ぞろぞろと出ていった。巨漢のパトロール警官は最後のひとりになるまで待ち、エリザベスに肩をぶつけるようにして通りすぎた。触れたのはほんの一瞬だったが、巨体がものをいい、衝撃が全身に伝わった。彼が出ていくのをエリザベスはじっと見届けた。

ベケットが肘をつかんだ。「誰もおまえを非難してるわけじゃないよ、リズ」

「さわらないで」エリザベスの目には表情がなく、噴き出した汗で全身がぐっしょりしていた。パトロール警官の黒い髪は両側を刈りこんであった。彼はその黒い針金のような髪を両手でなでつけた。

「おれだよ」ベケットは言った。

「さわらないでと言ったでしょ。誰にもさわられたくないの」

「わかった、さわらないよ、リズ」

外に出ると、さっきのパトロール警官が彼女をにらんでから、友人に顔を近づけ、なにやらささやいた。首が太く、黒い目は底が知れず、尊大だった。

「リズ」

彼女は警官の手を、荒れた肌と四角い爪を見つめた。

ベケットが言った。「血が出てるぞ」彼女は取り合わなかった。店内がぼやけはじめた。

「リズ」

「なに？」彼女は顔をしかめた。

ベケットが指を差す。「口から血が出てると言ったんだ」

口もとに指で触れると、赤いものがついた。パトロール警官のほうに目をやると、相手はとまどったようにきょとんとしている。彼女は二度まばたきをして、彼がそうとう若いことに気がついた。せいぜい二十歳というところか。

「ごめん」と謝った。「なにか見えた気がして」

ベケットは彼女に触れようとしたが、思いとどまった。CJも見ているが、エリザベスは心配そうな目と他人の同情を受け入れる気分ではなかった。最後にもう一度パトロール警官に目をやってから、血のついた指をズボンでぬぐった。「エイドリアンはなんて言ってる？」

「おれたちには話そうとしないんだ」

「わたしになら話してくれるかも」

「どうしてそう思う？」

「エイドリアン・ウォールを知る全警官のなかで、彼が無《む》辜《こ》の女性を殺したと非難しなかったのは誰だった？」

そう言うと、早足でバーをあとにした。目的の車まで行く途中でベケットにつかまった。

「なあ、おまえがあの男に特別な感情を抱いていたのはわかってるが……」

「特別な感情なんて抱いてない」

「いまのことを言ってんじゃない。抱いていたと、過去形で言ったろ」

「あ、そう」エリザベスは勘違いを軽くいなした。「昔も特別な感情なんて抱いてなかったから」

ベケットが顔をしかめたのは、それがうそだとわかっていたからだ。いまのエリザベスがなにを言おうと、エイドリアンに対する彼女の思いは誰の目にもあきらかだった。当時の彼女は若く熱心で、エイドリアンはロックスター並みの警官であり、単に頭が切れるだけでなく、テレビ映りもよかった。重大事件をまかされ、大物を次々に逮捕していた。そのため、街のすべての記者が彼をヒーローに仕立てあげようと、列をなすありさまだった。駆け出しの警官たちは、彼のそういうところに夢中になった。先輩警官の多くはおもしろく思わなかった。しかし、エリザベスの場合は尋常でないのめりこみ方で、ベケットはそんな彼女をそばでずっと見守っていた。

「いいから聞け」彼は腕をつかんでとまらせた。「友だちとしての意見だ、いいな？　批判とかそういうんじゃない。だが、ほかの誰とも距離をおいているおまえが、エイドリアンには親近感を抱いている。やつはおまえにとって大きな存在だったんだろうが、それはそれでかまわない。メダルをたくさん獲得したからか、顔が男前だからか知らんが、そんなことはどうでもいい。だが、やつはこの州でもっとも過酷な刑務所で十三年を過ごしてきた。警官が塀のなかに入れられたら、どうなるかわかるか？　ジュリア・ストレンジを殺していようがいまいが——言っておくが、おれはやったと確信してる——おまえの記憶にある男とはもう別人になってるはずだ。わずか数年くらっただけの警官だって同じことを言うよ。かつてのエイドリアンが善人だったかどうかは関係ない。刑務所ってところは人間を一回壊し、まったくべつのものに作りかえてしまうところなんだ。それが証拠に、やつの顔を見てみろ」

「彼の顔？」

「要するにやつは前科者であり、前科者は他人を利用しがちだってことだ。どうせおまえとの過去につけこんでくるつもりだ。おまえがいまだに抱いている感情がなんであれ」

「もう十三年もたってるのよ、チャーリー。それに当時だって、単なる友だちでしかなかったし」

エリザベスは向きを変えようとしたが、またもベケットに引きとめられた。腕に置かれた手を見つめ、それから目を見つめると、重たそうなまぶたの下で悲しそうに潤んでいた。彼はぴったりの言葉を懸命に探ったあげく、目と同じくらい悲しそうな声を出した。

「友情には気をつけろよ」彼は言った。「全部が全部、ただじゃないんだからな」

エリザベスは腕に置かれた手にきついまなざしを向け、解放されるのを待った。「三台めの車だったわね？」

「ああ」ベケットはうなずき、わきにどいた。「三台めの車だ」

エリザベスはゆったりとした足取りで歩いていき、ベケットはその姿を見送った。長い脚。熱意。毅然《きぜん》としているように見えるが、彼はだまされなかった。彼女はずっとエイドリアン・ウォールを深く崇拝していた。公判中、来る日も来る日も傍聴席に陣取って、青い顔で背をまっすぐにのばし、ひたすらエイドリアンの無実を信じていた姿を、ベケットはいまも思い出す。結果として彼女は、同じ署の警官全員から距離をおかれることになった。ダイヤーしかり、ベケットしかり。新人警官たちも同様だった。無実を信じていたのは彼女ひとりだけで、エイドリアンのほうもそれを知っていた。彼は法廷に着くとまず彼女の姿を探し、ランチ休憩のあともその日の審理の終わりにもそうした。椅子にすわったまま体をひねり、彼女と目を合わせた。ベケットは一度ならず、あの悪党がほほえむのを目撃している。評決が出たときは誰も浮かれ騒いだりはしなかったが、ほぼ全員が毒を含んだ満足感を抱いたことは否定のしようがなかった。エイドリアンはジュリア・ストレンジを殺したことで、善と悪を常に意識している全警官のプライドを踏みにじった。それ以上に、まさに広報にとっての悪夢だった。

英雄的存在の警官が若い母親を殺害……。

また、ギデオン・ストレンジ少年の存在もある。理由はなんであれ、エリザベスは彼に対しても強いつながりを感じていた。葬儀のときは泣き崩れる父親にかわって抱いてやっていたし、いまも少年の人生に深く関わっている。彼女は少年をいつくしみ、大切にしていた。ベケットにはその理由は理解できないが、深い愛情を注いでいるのはわかっていたから、どうやって気持ちをすり合わせているのか不思議だった。

「あのう」CJ・シモンズのおずおずとした声に思考を中断された。

「CJ、なんだ？」

CJが指を差したので、バーの先に目をやると、路肩に濃色の車が見え、そのわきに男たちがひとかたまりになっていた。「刑務所長が――」

「ああ」ベケットはさえぎった。「そのようだ」所長はスーツ、看守たちは紙程度なら切れそうなほどパリッとした制服姿だった。ベケットは警察車両を示した。「リズを見張っててくれ。面倒を起こさないよう見ていろ」

「はい？」

「いいから……見張ってろ」

ベケットはバーの敷地を突っ切った。靴底をとおして熱を感じ、感情の塊《かたまり》が胸にこみあげる。所長とは長いつき合いだが、その関係は複雑だった。車のそばで足をとめると、所長がにらんでいるのが感じでわかった。

「ベケット刑事」所長は暑さで汗をかいており、笑みは必要以上ににこやかだった。

ベケットは看守たちには見向きもせず、早口で言った。「あんた、いったいなにしに来た？」

その警察車両は敷地の奥、影になったところにとまっていた。エリザベスは顎を引き、横目でちらちら見ながらボンネットを迂回《うかい》し、後部ドアにまわりこんだ。最初に目に入ったのはエイドリアンの首から上だった。彼は後部座席にひとりきりで、下を向いて、死んだようにぴくりとも動かずにすわっていたが、その様子にエリザベスは本当に死んでいるのではないか、息を引き取ったのではないかと、縁起でもないことを考えた。それから傷痕の残る顔が見え、昔とまったく変わらぬ目がのぞいた。たちまち、全世界が縮み、大人になってからの歳月をすべて剝ぎ取られたブラックホールと化した。彼に命を救われながらそれに気づかずにいた自分が見えた。肌寒かったあの日、彼は足をとめ、大丈夫かとやさしく声をかけてくれたのだった。エリザベスは一瞬にして十七歳のころに逆戻りし、高さ二百フィートもある崖のへりにひとり立ち、あと一歩を踏み出す勇気を出そうとしていた少女になっていた。

〈大丈夫かい、お嬢さん〉

肩はいかつく、ベルトにつけたバッジが金色に輝いていた。足音は聞こえず、姿も見えなかったのに。

〈わたしはただ……〉彼女は足首まで靴ひもを編みあげるハイヒールを履き、ひらひらした古着のワンピースを着ていた。下の採石場にたまった、広さ三十エーカーにもおよぶ黒い水をながめやった。〈ただ数えてただけ〉

ばかなことを言ったのに、彼はそんなことは思っていないようにふるまった。〈なにを数えていたのかな？〉

落ちるのに何秒かかるか、と心のなかで答えたが、口には出さなかった。

〈本当に大丈夫かい？〉

エリザベスはベルトのバッジから目が離せなかった。そのわきに添えられた彼の指はぴくりとも動かない。

〈親御さんはどこかに？〉

〈先に登山道を歩いてる〉とうそをついた。

〈きみの名前は？〉

彼女が声を詰まらせながら答えると、彼は森の手前にある登山口を見つめた。もう遅い時間で寒く、かなり暗くなっていた。眼下に広がる水は、金属のように硬そうに見える。

〈こういう場所では親は子どものことが心配になるのが普通だ。夕闇が迫っているとなればなおさらだろう〉

警官は山頂に、つづいて眼下の採石場に目をやった。エリザベスは吸いこまれそうな真っ黒な水に、それから足もとの石の道を見やった。とうとう目を向けてみた彼の顔は、ほれぼれするほど整っていた。

〈親御さんは本当にこの先で待ってるんだね？〉

〈はい、おまわりさん〉

〈じゃあ、きみも行ったほうがいいよ〉

警官が最後にもう一度ほほえんだのを見てから、彼女は冷えきって力の入らない震える脚で歩きだした。彼はついてこなかったが、振り返ると、まだ彼女のほうを見ており、その目は薄れゆく光で見えなくなっていた。エリザベスは木立に囲まれたところまで行くと、死ぬ気で走りだした。全身が焼けつき、息ができなくなるまで走ると、落ち葉の上に倒れこんだ。彼女がやろうとしていたことから引き戻すために、神さまがあの警官をつかわしたの？ お父さんならそうだと言うだろう。神はすべてに宿ると。しかし、神さまはもう信頼できない。神さまもお父さんも、〝ぼくを信じて〟と言う男の子たちも信頼できない。そんなことを考えながら、落ち葉の絨毯《じゅうたん》に横たわって震えていた。世の中が悪い。でも、全部が全部悪いというわけではないのかもしれない。あと一日くらい、生きてみよう。たぶん生きられる。

いまのエリザベスは神を信じてはいないが、パトロールカーのウィンドウごしにエイドリアンを見ていると、運命というのは本当にあるのだと思う。彼とはじめて出会った日、彼女はあと少しで死ぬところだったが、いまは目の前にその彼がいる。もう自殺するつもりはないけれど、それでも……。

「ひさしぶり、エイドリアン」

「リズ」

ドアが腰にぶつかったが、あけた記憶はまったくなかった。世界は彼の声と彼の目、そして唐突に高鳴りはじめた胸の鼓動だけになった。彼の顔の傷はうっすら見える程度で、片頬にはハーフダイヤの形をした傷があり、左目のわきを上から下まで六インチほどの傷が走っていた。あらかじめベケットから聞いていたとはいえ、そのおぞましさには言葉を失ったし、やせたせいで顔の骨格が記憶にあるよりくっきりしているのにも驚いた。歳をとって精悍《せいかん》になり、見ているほうがどぎまぎするような、けだものにも似た静謐《せいひつ》さをそなえていた。本当はもっとちがう態度を取るものと、たとえばこそこそしたり、あるいは恥じ入ってみせたりするものと思いこんでいた。

「いい？」

エリザベスがシートを示すと、彼は横に移動して彼女がすわれるようにしてくれた。するりと車に乗りこむと、革から彼のぬくもりが伝わった。彼の顔をしみじみながめ、彼が手で傷のもっともひどい部分を隠しても目をそむけなかった。

「肌だけのことだわ」彼女は言った。

「外側はたしかにそうかもしれない」

「じゃあ中身はどうなってるの？」

「ギデオンの容態を教えてくれ」

彼がギデオンの名前を知っていたとは驚きだった。「あの子だとわかったの？」

「十四歳でおれを殺そうとするやつが、この世にいったい何人いるっていうんだ」

「じゃあ、本当にあの子はあなたに復讐しようとしたのね」

「頼む、あの子は無事だと言ってくれ」

エリザベスはドアにもたれ、しばらくなにも言わなかった。「どうして気になるの？」

「なんでそんなことを言うんだ」

「だって、あの子はあなたを殺すためにここまでやって来たわけだし、普通の人なら、そんなことをしようとした相手をそこまで気遣ったりしないもの。あなたが最後に見たときのあの子は生後十五ヵ月だったし、あの子はあなたの家族でも友人でもない。あの子は生まれてこの方、ハエも殺せない純真な子だし、体重は百十五ポンドで、しなくてもいい苦労をしてきた。それに、あの子はわたしが育ててきたようなものだし、あなたが殺したとされている女性にそっくり。というわけで、撃ったのがあなたじゃないと確信できるまで、わたしのやり方でやらせてもらう」

言い終わるころには大声になっていて、その感情の高ぶりにふたりとも驚いた。少年のことになると、どうしても気持ちがおもてに出てしまう。要するに過保護だが、それをエイドリアンにも知られてしまった。

「ただ無事がわかればいい。それだけだ。あの子は母親を失い、それをおれのせいだと思ってる。あの子が一命をとりとめ、なにもかも失ったわけじゃないという言葉が聞きたいだけだ」

いい答えね、とエリザベスは思った。誠実で適切だ。「いまは手術中。それ以上のことはまだわからない」そこで少し間をおいた。「あの子を撃ったのはコンロイだとベケットは言ってた。それは本当？」

「ああ」

「正当防衛だったの？」

「あの子はおれを殺しにきた。コンロイはやるべきことをやっただけだ」

「ギデオンはやりとげたと思う？」

「引き金を引いたかってことか？　ああ、そう思う」

「ずいぶん確信があるのね」

「本人が、男ならこうするべきだと言っていた。本心からそう思っているようだったよ」

エリザベスは彼の指に見入った。骨折したのに、まともな処置を受けなかったように見える。「わかった。その言葉を信じる」

「ベケットに話すのか？」

「ベケット。ダイヤー。全員に説明する」

「ありがたい」

「エイドリアン、聞いて――」

「よせ」

「よせって?」

「いいか、また会えてよかったよ。あれからずいぶんになるが、きみには本当によくしてもらった。だが、おれの友だちだってふりはしちゃいけない」

厳しい言葉だったが、エリザベスには理解できた。彼が有罪になってから、いったい何度、刑務所のそばを通ったか。何度、車をとめたか。なかに入ったか。一度もない。ただの一度も。

「なにかわたしにできることはない? お金はある? 移動の足は?」

「この車を降りてくれれば、それでいいよ」彼はベケットと、路肩にとまった濃色のセダンのそばに立つ男たちを見ていた。突然、顔色が悪くなって汗をかきはじめ、いまにも吐きそうな顔になった。

「エイドリアン?」

「いいから降りてくれ。頼む」

反論しようかとも思ったが、それでどうなるというの? 「わかった、エイドリアン」彼女は両脚を暑いなかにおろした。「気が変わったら言って」

エリザベスはエイドリアンから遠ざかり、敷地の途中でベケットに合流した。その後方で、男たちがセダンに次々と乗りこみ、Uターンして刑務所に向かってスピードをあげた。

ウィンドウの向こうに一瞬だけ見えた横顔には見覚えがあった。「いまのは刑務所長よね」

「そうだ」

「なんの用だったの？」

ベケットは目を細くして、くだんの車をじっと見つめた。「発砲があったと聞き、出所者が関わっているのを知ったんだそうだ」

「言い合っていたみたいだけど」

「ああ」

「原因はなんなの？」

「おれの犯行現場なんだから、やつにはどうこうできないってことさ」

「落ち着いて、チャーリー。ちょっと訊いただけじゃない」

「そうだな。悪かったよ、本当に。おまえのほうはエイドリアンからなにか聞き出せたのか？」

「バーテンダーの話が裏づけられたわ。ギデオンは復讐しにやって来た。コンロイはエイドリアンの命を救うために少年を撃った」

「そうか。ひどい話だな。かわいそうに」

「あの人はどうなるの？」

「エイドリアンか？　供述を取ったら、解放することになるだろうな」

「ギデオンの父親には知らせた？」

「まだ所在がわからないんだ」

「わたしが知らせる」

「あの男はいかがわしい酒場だらけの田舎で、のらくらしてるしか能がない酒飲みだ。どこに雲隠れしてるかわかったものじゃないぞ」

「わたしなら居場所を突きとめられる」

「やつがいそうな場所を教えてくれれば、制服の連中を行かせるよ」

エリザベスは首を横に振った。「ギデオンのことを第一に考えなきゃ。あの子が目を覚ましたときに、父親がそばにいるようにしてやりたいの」

「あの子の父親は、自分の息子にまともなことをほとんどしてないような、くず野郎じゃないか」

「そうだとしても、わたしが捜しにいく。個人的なことなの、チャーリー。わかって」

「州警察の事情聴取まであと三時間しかないぞ」

「それもちゃんとやるってば」

「わかった。いいだろう。好きにしろ」彼は怒っていたが、それを言うなら、全員がそうだった。「三時間だからな」

「わかってる」

「遅れるんじゃないぞ」

遅れる？　そういうことになるかもしれない。そもそも、ちゃんと戻るかどうか、自分でもわかっていなかった。

車のシートに深々と身を沈め、やっと解放されたと思った。ギアを入れるより早く、あけたウィンドウをベケットの巨体がふさいだ。身を乗り出してきた彼は、きついスーツのせいでむくんだように見えた。結婚指輪には細かな疵《きず》がいくつもつき、妻のものと思われるシャンプーの香りがする。彼はすべてに関して一途《いちず》で重々《おもおも》しかった。まなざし。「いまのおまえは微妙な立場にいるんだぞ。チャニングと地下室。州警察とエイドリアン。まったく、あの子の血がまだ乾いてもいないってのに」

「ちゃんとわかってやってるわ、チャーリー」

「そうだろうとも」

「だったら、なにが言いたいの？」

「頭が混乱してるときは、まともにものが考えられないと言ってるんだよ。たとえ警官でも、それが普通だ。おれはただ、ばかなことをしでかしてほしくないだけだ」

「ばかなことって？」

「悪党ども。暗い家」

彼は力になろうとしてそう言ったのだろうが、エリザベスの世界にとって強烈な一撃だった。悪党どもと暗い家で起こった出来事。

バックミラーに映る刑務所を見ながら、エリザベスは慎重な運転で街に向かった。しばらく静かに過ごしたいが、ギデオンが手術中だと思うとそうも言っていられない。三二口径の弾は小さいとはいえ、相手は小柄な子どもだ。彼を撃ったネイサン・コンロイに非はある？　いえ、そうとは言いきれない。非があるのはエイドリアン？　そもそも自分はどうなの？

生前のギデオンの母を、長身で澄んだ目をした品のいい姿を思い浮かべ、弾をこめた銃をポケットにしのばせ、暗いなかで待ち伏せする息子の姿を思い浮かべた。あの子はどこでリボルバーなんか手に入れたのか。〈ネイサンズ〉にはどうやって行ったのか。歩き？　ヒッチハイク？　銃は父親のものなのか。まったく、あの子ったら本気で人を殺すつもりだったの？　あれこれ考えるうちに吐き気がしてきたが、少年の血を大量に見たせいか、二日もろくに食事をしていないところへコーヒーを三杯も飲んだせいか、あるいはこの六十時間で六時間足らずしか寝ていないのが、いまになってきいてきたのだろう。川の手前で速度を落として路肩に寄せ、ギデオンの容態を尋ねようと病院に電話した。

「ご家族の方でしょうか？」と訊かれた。

「警察の者です」

「外科に代わりますのでお待ちください」

エリザベスは待ちながら、水面に目をこらした。川のそばで育ったから、様相の変化にはくわしい。八月の穏やかな流れ、冬の嵐のあとの激流。時々、ギデオンを連れて魚釣りに出かけたけれど、それがこの場所、自分たちの場所だった。なのにきょうの川はいつもとちがって見える。プラタナスも柳も見えず、水面にはさざ波がたっていなかった。赤土の土手が大地にできた傷口のようにえぐれていた。

「ギデオン・ストレンジの容態をお尋ねだとか？」

エリザベスはあらためて警官という切り札を使い、できるかぎりの情報を手に入れた。まだ手術中。なんらかの見通しを述べるのは時期尚早。

「ありがとうございます」彼女は言うと、一度も下をのぞきこむことなく川を渡った。

二十分後にたどり着いたのは、がらんとした店先に始まり、百年以上の歴史に終止符を打った工場や製粉所で終わる七マイルの区間からなるさびれた一画だった。景気が停滞する以前に繊維産業が撤退し、家具工場や瓶詰工場、大手の煙草メーカーも同様だった。かくして街の東側にあるのは無人の工場と破れた夢ばかりとなった。警官になりたてのころ、エリザベスはこの東側で経験を積んだものだが、いまはその当時よりも状況が悪化している。ギャングがアトランタから北上し、DCからは南下していた。ドラッグが州間高速道路を行き来し、それにともない事件も増加した。暴力事件の多くはこの七マイルの区間で発生し、貧しいながらもまっとうな住民が多数、巻きこまれている。

そんな住民のひとりがギデオンだ。

細い通りに折れ、捨てられた家具と古い車のあいだをすり抜けるようにして走っていくと、やがて白っぽい黄色の家の前を過ぎ、急な坂道に入った。車はどれもさびが浮いて赤茶け、視界から芝生が消え去った。坂をくだりきると、道路は完全に陰になり、細くのびたアスファルトのわきを冷たい川が流れ、灰色の岩やコンクリート片にぶつかって白波をたてている。ギデオンは最初からこんなわびしい土地に住んでいたわけではなく、母の死後、父のロバート・ストレンジが酒を飲むようになったのをきっかけに負の連鎖がつづき、ここに行き着いた。まともな仕事についていたのが臨時雇いとなり、飲酒癖はいっそう悪化した。そこにドラッグもくわわった。ただひとつ謎《なぞ》なのは、そもそも彼がどのようにしてギデオンを人生の一部としつづけられたのかという点だ。だが、結局のところ、それは謎でもなんでもなかった。制度は拡大解釈できたし、エリザベスは少年を溺愛《できあい》するあまり、彼を悲しませるようなことはどうしてもできなかった。社会福祉局が介入するたび、父親と引き離さないでほしいとギデオンに頼みこまれたのだった。

ぼくの父さんなんだよ、と少年は訴えた。ぼくにはもう父さんしかいないんだ、と。

里親に預けられた数カ月をべつにすれば、少年の希望はかなった。そのかわり、エリザベスは距離をおくことができなくなった。着るものが洗濯されているか、食事をきちんととっているか、常に目を光らせた。それでうまくまわっていたが、だめになるときが来た。かくしていま、ギデオンは生死の境をさまよい、エリザベスは厳しい疑問に直面していた。

これのどこまでがわたしの責任なんだろう。

くねくねとした谷間の道を進んでいくと、小川のわきにある石ころだらけの土地に少年の自宅が見つかった。まわりの家にくらべて小さく、色あせた立方体の上にトタン屋根が載っている。積みあげられた薪《まき》のせいでポーチの片側が沈み、シンダーブロックの煙突が本来よりも十度ほど傾いている。それにも増して川の流れが、よりよき場所へといきおいよく流れていく冷たく澄んだ水が、すべてを無味乾燥なものに見せていた。

エリザベスは車を降り、ちらりとのぞく空を、小川を、筋向かいの淡いピンク色の家をながめた。日陰は静かで、そして暑かった。古い車がパンクしたまますさびついている。地面は赤土だった。

ポーチに立ち、二度ノックしたが、誰もいないのはもともとわかっていた。いかにも無人という風情《ふぜい》を醸《かも》していたからだ。なかに入り、酒瓶やエンジン部品、古い郵便物をまたぎながら進んだ。真っ先に少年の部屋をのぞいた。ベッドは整えてあり、靴はすべて壁際にきちんと寄せてあった。ひとつだけある棚には本と額入り写真が並んでいる。エリザベ

ス は結婚式の日に撮ったギデオンの母の写真を手に取った。飾り気のないドレスを身に着け、花の冠をかぶっている。こざっぱりとした若くてハンサムな新郎と並んで、古い教会の前に立っていた。次の二枚はエリザベスとギデオンの写真で、公園でピクニックをしたときのものと、川に行ったときのものだった。父親が写っているものはほかになかったが、それはしかたないところだろう。最後の一枚ではギデオンがエリザベスの両親と写っていた。少年は教会が好きで、聖歌隊の一員だった。エリザベスは日曜のたびに彼を連れていった。彼女自身は通っていなかった——何年も前にそう決めた——が、両親はエリザベスに負けないほど少年を溺愛した。月に一度は夕食に招いたし、成績を尋ねたり、学芸会を見にいきもした。父である牧師はギデオンが大人になるまで見守る決意を固めており、少年の父が昔はりっぱな人だったという話をした。

ギデオンの部屋のなかを歩きまわりながら、教科書、鼈甲《べっこう》、一セント硬貨をためている瓶に触れていった。なにも変わってない、と心のなかでつぶやき、ギデオンが死んだ場合はどうなるのかしらと考えた。

いい、いい、いい。

なにも変わりっこない。

少年の部屋のドアを閉め、ほかの部屋も調べると、父親を捜しに出かけた。ロバート・ストレンジに対するベケットの評価はまったくもって正しい。酒飲みで、あてにならないが、だめ男なりに息子を深く愛している。彼はいま、市境の向こうにある違法な改造を請け負う自動車整備工場にパートタイムで勤めている。オーナーは酒飲みであり、ゆえにロバートが酒を飲んでもとがめられない。そこで帳簿外賃金をもらいながら、おもに国産車を、おもに現金払いで担当している。彼がいるのはそこだと思った。役立たずの酔っ払いは自動車整備工場にいる。

そこに行くには採石場や射撃場、古い劇場跡があるくねくねとした郡道を十八マイル走らなくてはならなかった。酪農場を過ぎ、耕された畑を過ぎ、風にそよぐどっしりした木の下をくぐった。砂利道を二マイルほど進んだところで、土の道に折れ、川が最後に湾曲するあたりの高い土手に建つ、波形鉄板の小屋に通じる小道を進んだ。エンジンを切り、何秒かウィンドウごしに目をこらした。このあたりで違法なものは、なにも盗難車や盗んだタイヤだけにかぎらない。メタンフェタミンの密造所もあれば闘鶏場もあり、長髪に鉤《かぎ》十字《じゅうじ》のタトゥーを入れた大男が経営するトレーラーハウス型の売春宿もある。人里離れたこの場所で行方不明になる者は多く、何年かに一度はハンターが身元不明の死体を発見している。そのためエリザベスはあたりを充分すぎるほど見まわし、背中の銃を確認してから車を降りた。

それでもいやな感じはぬぐえなかった。犬が何匹も日陰に寝転んでいた。その奥では川が土手沿いをごうごうと流れているが、郡境を越えると流れは平坦でゆるやかなものになる。エリザベスは犬の様子をうかがいながら、歩を進めた。二匹は寝たまま動かなかったが、一匹が頭を低くして立ちあがり、暑いのか、ピンク色の舌をだらりと出してハアハアいいはじめた。エリザベスは片方の目をその犬に、もう一方の目を小屋に据えた。荷おろし用扉の十フィート手前からでも、油とガソリンと煙草のにおいがした。

「なんか用かい？」

油圧リフトで持ちあげたトラックの下から男が現われた。五十代後半だろうか、頭は丸刈りで肩のところに油染みがついている。身長は六フィート四インチ、体重は二百三十ポンドと踏んだ。男は分厚い手を汚れたハンカチで拭き、警戒するような表情を浮かべた。

「わたしはエリザベス・ブラック」

「あんたが誰かは知ってるよ、刑事さん。このあたりでも新聞は来るからね」

喧嘩腰ではない、とエリザベスは判断した。協力的でもない。「ロバート・ストレンジに話があるの」

「そんなやつは知らないな」

「ここで週四日働いてるはず。給料は現金払いで、帳簿にはつけてない。ペカンの木の下にとまってるのは、彼のモペッドでしょ」

彼女が黄色いペダル付きオートバイを指差すと、べつの犬が立ちあがって、張りつめた空気を感じとったかのように鼻を鳴らした。

大男は砂利のところまで足を踏み出し、ぎらつく陽射しをもろに顔に受けた。「たしかあんた、停職中の身だろ？」

数えたところ、ここには五人の男がいるようだが、その大半は薄暗い小屋から出てこようとしない。そのうちの何人かには逮捕令状が出ているのだろう。裁判所への不出頭、あるいは重罪容疑か。「わざわざことをややこしくしなくてもいいでしょうに」

「まだ決めかねてるんだよ」

「ただ、彼と話したいだけなの」

「やつの息子の件か？」

「知ってたの？」

「グレンの女房が緊急司令室の交換手をやってんだ」男は仲間のひとりを指差した。「彼女から全部聞いてるよ。あの子はときどきここに来ててね。いい子だ。ここじゃみんなの人気者なんだ」

エリザベスは小屋と、なかにいる男たちをうかがった。ギデオンがここに来るのもわかる気がする。あの子は車が好きだし、森も好きだ。「あの子の父親と話がしたいの。とても大事なことなのよ」

「面倒は困るんでね」

「面倒なことになんかならないから」

「わかったよ。やつは奥の部屋にいる」彼は肩のうしろを親指で示した。「コルベットの先だ」

コルベットはフロアジャッキに載っていて、前のタイヤが両輪ともホイールからはずされ、ベアリングも取りはずされていた。その奥に金属の黒いドアがあった。そこに目をやりながらも、手の指にぴりりとした緊張を感じた。男たちはまだ彼女の様子をうかがっており、誰ひとり作業に戻っていない。まずはこの男たちという壁を突破し、そのあと車とジャッキと整備用リフトをよけながら進まなくてはならない。小屋のなかは薄暗かった。男たちは息を殺してエリザベスを見つめている。奥の部屋にはなにがあるのだろう。あるのは窓か、闇か、あるいは、世界にぽっかりあいたマットレスの形の穴か。

「刑事さん？」

エリザベスはぎくりとし、それから男たちをかきわけるようにして小屋のなかに入った。意外にも、全員がわきに寄って場所をあけてくれた。三人は礼儀正しく黙礼し、ひとりは「どうも」と言い、照れくさそうに首をすくめた。ドアの手前で振り返ったところ、誰も動いた様子はなく、エリザベスは取っ手に手をのばし、かちりという音をたてながらまわした。目の前に現われた部屋はなんの変哲もないもので、正方形のわずかなスペースに自動販売機と合成皮革のソファ、テーブルがひとつに椅子が四脚あるだけだった。ロバート・ストレンジはテーブルに両手をついてすわっていた。顔に刻まれたしわが、いつになく深い。体調もよくなさそうだ。

「こんにちは、ロバート」

「捜しに来るのはあんただろうと思ってた」

「どうして？」

「だって、いつもあんただからさ」彼はコップを持ちあげ、茶色い酒を飲んでむせた。

「あいつは死んだのか？」

「一時間前に病院の人と話した。いまは手術中。わたしは望みを持ってる」

「望みを持ってる、か」

ぽつりとつぶやくような言い方だった。疑いの色と後悔がにじみ出ていたが、なにか隠しているようでもあった。どの程度飲んでいるのか見定めようと思うが、この男はいつもぶすっと黙りこくって飲む。「息子さんがなぜ撃たれたか知ってる？」

「帰ってくれ、刑事さん」

「エイドリアン・ウォールを殺そうとして撃たれたの。酔っ払ってるようだけど、言ってる意味わかる？　あの子は刑務所の近くまで行ったのよ。わずか十四歳の子が弾をこめた銃を持ってね」

「あの人でなしの名前を言わないでくれ」

「その間、あなたはどこにいたの？」彼が持ちあげかけたコップを、エリザベスは乱暴に奪い取った。「あの子はどこで銃を手に入れたわけ？」

「コップを返せ」

「質問に答えて」

「一度くらい、よけいな口出しをするのをやめてくれないか」

「いやよ」

「あいつはおれの息子だぞ、わかってんのか？　なんであんたが出しゃばってくる？　なんでいつも出しゃばってくるんだよ」

ふたりのあいだで何度も繰り返された議論だった。エリザベスはギデオンの人生に入りこんでいる。ロバートはそれが気にくわないのだ。エリザベスはロバート・ストレンジの姿をあらためてながめた。ぎらぎらした目に浮き出た血管。ボトルをエリザベスの首がわりにひねっている。

「あの銃はあなたが渡したの？」

「冗談じゃ……」

「あなたもエイドリアンを殺すつもりだったの？」

彼はうなだれ、脂《あぶら》ぎった髪を手で梳《す》いた。エリザベスはがっちりした顎と血管の浮いた鼻をじっと見つめた。まだ三十九歳なのに、疲れきり、抜け殻のようになっている。ぶっきらぼうなうえにやさぐれているせいで、彼がまだ若く、美しい妻の死から立ち直れずにいることをつい忘れがちだ。「あの子がなにをしようとしてたか、わからなかった？」エリザベスは少し口調をやわらげて言った。「銃を持っていたことは知ってたの？」

「おれはてっきり……」

「てっきり、なに？」

「酔ってたんだよ」彼はまぶたに指を押しつけた。「てっきり夢だと思ってた」

「どういうこと？」

「ギデオンの手に銃があった」ロバートがかぶりを振り、黒い髪が光った。「テレビのなかから出したんだ。そんなのは夢に決まってる、だろ？　テレビから銃が出てくるなんてさ。本当のわけがない」

「あなたの銃なの、ロバート？」彼が口をひらかないので、エリザベスはさらに詰め寄った。「きょう、エイドリアン・ウォールが出所するのは知ってた？」顔をあげた彼の目が突然、うっすらと赤くなり、動揺の色が浮かんだ。「やっぱり、知ってたのね」

「あれは夢だ。そうだろ？　本当のわけがない」

彼は両手に顔をうずめ、エリザベスは――事情はわかったというように――背筋をのばした。

この人は本気で夢だと思っているの？

うすうす、勘づいていたんじゃないの？

だから泣いているのだ。あれは夢ではないと知ったから。警察に通報しなかった自分を責めて。エイドリアン・ウォールの死を望み、その汚れ仕事を息子にやらせようとしたせいで。

「おれの息子は無事なのか？」さっきと変わらぬ、うっすら赤くなった目が見えた。「頼むから無事だと言ってくれ」

「ええ、少し前に問い合わせたときは生きていた」彼はそれを聞き、堰《せき》を切ったように泣きじゃくった。「一緒に行きましょう、ロバート」

「どうして？」

「あんまり言いたくないけど、ギデオンはあなたを愛しているから。目をあけたとき、そばにいてやってほしいの」

「連れてってくれるのか？」

「ええ」彼女が言うと彼は立ちあがった。恐ろしい宿命を背負わされたかのように、目をしばたたき、おどおどしながら。

6

エリザベスはロバート・ストレンジを病院まで車に乗せ、手術室から廊下を少し行った先にある待合室にすわらせた。看護師のひとりと短くやりとりしたのち、彼を残してきた場所に戻った。「ギデオンはまだ手術中。でも、望みが持てそうよ」

「本当かい?」

「まずまちがいなく」エリザベスはポケットから二十ドル札を出し、テーブルに放った。「これで食べるものを買いなさい。お酒はだめ」

皮肉なことに、エリザベスのほうが酒を欲していた。精も根《こん》もつき果て、大人になってはじめて警官であることがいやになった。でも、辞めてどこに行けばいいの。ほかの仕事?

刑務所?

後者の可能性が高そうねと思いながら車を走らせた。州警察官。投獄。署に戻るまでに長時間、車を乗りまわしたのはそのせいだったのかもしれない。三十分遅刻したのはそのせいだったのかもしれない。

「いったい、どこに行ってたんだよ？」

外で待っていたベケットはネクタイをだらしなくゆるめ、いつになく顔が赤かった。エリザベスは車をロックし、二階の窓をじっくり見ながら歩いた。「エイドリアンはどうなった？」

「いなくなった」ベケットはパートナーが冷静で落ち着いていることに拍子抜けしながら、並んで歩いた。

「どこに？」

「最後に見たときは道路を歩いてたよ。ギデオンの容態はどうだ？」

「まだ手術中」

「親父は見つかったか？」

「いま病院にいる」

「飲んでたか？」

「ええ」

ふたりとも肝腎な話を避けていた。ベケットが切り出した。「連中が待ちかねてるぞ」

「また同じ顔ぶれ？」

「ちがってた」

「そう言いたくもなるよな」

「うそでしょ」

「会議室だ」

「場所は？」


会議室は刑事部屋の隣で、壁はガラス張りだ。つまり、州警察は丸見えの状態でやりたいのだ。ほかの警官への見せしめとして。「こっちは正攻法でいくまでよ」

ふたりは階段で二階にあがり、刑事部屋に足を踏み入れた。全員が話をやめ、目を向けてきた。エリザベスは不信感と非難を感じたものの、すべて払いのけた。たしかに警察署は非難の矢面《やおもて》に立たされている。新聞が背を向け、多くの市民が怒っている。それもわからないではないが、誰も彼もが真っ暗ななかに飛びこんで、厳しい選択を迫られるわけではないのだ。

自分が何者かはわかっている。

会議室にいる警官はどちらもはじめて見る顔だった。ガラスごしに見たところ、ふたりとも前回のふたりより年配できまじめそうだ。腰に拳銃を帯び、州発行の身分証を持ったふたりは、机のあいだを縫うように歩く彼女を食い入るように見つめていた。

「警部」会議室のドアのところでダイヤーが待っていたので足をとめた。「このあいだとちがう捜査員ですね」

「ハミルトンとマーシュだ」ダイヤーは言った。「名前に聞き覚えは？」

「なくちゃだめなんですか？」

「ふたりは州検事総長の直属の部下だ。汚職政治家に悪徳警官。そのなかでも悪質なものを担当する。それが仕事だ。大きな案件。注目を集める案件」

「光栄に思わないといけませんね」

「いわば狙撃チームだ、リズ。政治との結びつきが強く、結果も出している。なめてかかるなよ」

「わかってます」

「ところで、きみの弁護士が来ていないようだが」

「ええ」

「まだ一度も顔を合わせていないと聞いた。電話があったのにきみは折り返さなかったそうじゃないか」

「大丈夫です」

「時間を変えてもらうから弁護士を連れてきなさい。火の粉《こ》はわたしがかぶる」

「本当に大丈夫ですから」彼女は警部の顔の前でてのひらを広げると、ドアをあけ、なかに入った。州警察官ふたりは、磨きあげられたテーブルの片側に並んで立っていた。片方は指先を木のテーブルに軽く置き、もう片方は腕を組んでいた。

「ブラック刑事」背が高いほうが切り出した。「わたしはマーシュ特別捜査官で、こちらはハミルトン特別捜査官だ」

「紹介はけっこうです」エリザベスは椅子を引き、腰をおろした。

「よろしい」マーシュというほうがすわった。もうひとりは一拍おいてから、やはりすわった。ふたりはにっこりと顔を見合わせることもなく、一瞬たりとも温和なところを見せなかった。「弁護士をつける権利があるのは理解しているね？」

「いいから始めましょう」

「けっこう」マーシュは被疑者の権利放棄書を押してよこした。エリザベスが無言でサインすると、マーシュはそれをフォルダーにおさめた。それからダイヤーに目をやり、あいている椅子を示した。「警部、おすわりになったらどうです」

「いや、けっこうです」ダイヤーは隅で腕を組んで立っていた。ガラスの向こうでは、全警官がじっと見ている。ベケットはいまにも吐きそうな顔をしていた。

「では始めよう」マーシュはテープレコーダーのスイッチを入れ、日付、時刻、臨席者全員の名前を吹きこんだ。「この事情聴取はブレンドンおよびタイタス・モンロー兄弟、死亡当時三十四歳および三十一歳の射殺事件に関するものである。ブラック刑事は弁護士立ち会いの権利を放棄した。ダイヤー警部は証人としてのみ立ち会い、聴取には参加しない。さて、ブラック刑事……」マーシュは無表情で言葉を切った。「八月五日の出来事の一部始終を話してください」

エリザベスはテーブルの上で指を組み合わせた。「ご質問の件についてはすでに供述しました。それ以上つけくわえることも、変更することもありません」

「ここでは細かい点について話をうかがいたいんですよ。われわれとしては、なにがあったか、もう少し具体的に知りたいだけでして。理解してもらえますね」

「ええ」

「あなたがモンロー兄弟が死んだ家に出向くことになったいきさつを、くわしく話してください。チャニング・ショアが行方不明になって一日半が経過していた。そうですね？」

「四十時間です」

「いまなんと？」

「一日半ではありません。四十時間です」

「警察は熱心に捜索をおこなっていたのですか？」

「家出ではないかという憶測もありましたが、ええそうです。彼女の特徴を入手し、捜索をおこなっていました。両親が所轄の分署を訪ねてきたんです。ふたりともかなり心配していました」

「報奨金を出すと言ったそうですね」

「それに、地元テレビ局の取材にも応じました。ふたりの説明には説得力がありました」

「家出とは考えませんでしたか？」

「わたしは誘拐されたと考えました」

「根拠となる情報は？」マーシュは訊いた。

「ご両親から話を聞いたあと、彼女の家に行き、自室を調べました。交友関係、教師、部活の指導者からも話を聞きました。ドラッグやアルコールに溺《おぼ》れていた形跡はまったくありませんでした。ご両親は非の打ちどころがないとまでは言いませんが、虐待していた様子もありません。ボーイフレンドはおらず、コンピュータからも不審なものは見つかりませんでした。彼女は大学に進学するつもりでした。まじめな子だったんです」

「いまのはあなたの判断にもとづく推論ですね」

「彼女はピンクの寝具を使っていました」

「ピンクの寝具？」

「ピンクの寝具。ぬいぐるみ」エリザベスは椅子の背にもたれた。「家出するような子はたいてい、ピンクやひらひらしたものとは無縁です」

ハミルトンが汚いものを見るような目つきでエリザベスを見つめた。マーシュは椅子にすわり直した。「最終的に、チャニングはペネロープ・ストリートにある廃屋の地下室で見つかった」

「そうです」

「その界隈を簡単に説明してもらえますか」

「すさんでいます」

「物騒な場所ということですか？」

「過去には発砲事件がありました」

「殺人事件は？」

「若干《じゃっかん》」

マーシュは身を乗り出した。「あなたはなぜ、その家にひとりで入ったんです？　パートナーはどこにいたんですか？」

「それはもう説明しました」

「もう一度、説明してください」

「すでに遅い時間でした。その日は朝の五時からチャニング・ショアの失踪を捜査していて、ふたりとも疲れていたんです。ベケットはシャワーを浴びて、数時間ほど睡眠をとるために帰宅しました。わたしはコーヒーを買って、少しドライブしました。翌朝の五時に落ち合うことになっていたんです」

「つづけて」

「通信指令から無線連絡があり、ペネロープ・ストリートにある廃屋で不審な動きがあるとの通報を受けたので、確認するよう指示されました。通報によると地下室で人が動いている気配があり、悲鳴のようなものが聞こえるとのことでした。そのような指示は普通受けないのですが、その晩は忙しく、署は対応に追われていたんです」

「具体的には？」

「あの日は電池工場が閉鎖され、三人分の仕事がなくなるだけでも大変なこの街で、三百人の雇用が失われました。暴動が発生し、車が何台か燃やされ、みんな頭に血がのぼってました。署の人員はぎりぎりの状態だったんです」

「ベケット刑事はどこにいたんでしょう？」

「彼には家庭があり、子どももいます。少しはゆっくりさせてあげたいと思いました」

「そこであなたは危険な界隈にひとりで出向き、悲鳴がしたと通報があった廃屋に乗りこんだわけですね」

「そうです」

「応援は呼ばなかったんですか？」

「呼びませんでした」

「それが通常のやり方なんですか？」

「あの日は通常な日ではなかったので」

マーシュはテーブルを指で何度か軽く叩いた。「当時、あなたは酒を飲んでいましたか？」

「ずいぶんと悪意のある質問ですね」

マーシュは一枚の紙を滑らせた。「これはあなたの上司が作成した事件報告書です」彼はダイヤーのほうを一瞥した。「これによると、発砲のあとのあなたは放心状態だったとか。まったく反応を示さなかったこともあったそうですが」

エリザベスは問題の瞬間を思い返した。あのときは廃屋の外の縁石にすわりこんでいた。緊張性硬直の状態だったチャニングは、毛布にくるまれ救急車のなかだった。ダイヤーがエリザベスの肩に手を置いた。説明してくれ、リズ。彼の目がはっきりしたりぼやけたりする。お願いだ、と彼は言った。いったいあそこでなにがあった？

「飲んでません。酔ってはいませんでした」

マーシュは椅子の背にもたれ、エリザベスをながめた。「あなたは若い人に弱い」

「それは質問でしょうか」

「無力だったり虐待されたりした若い人に対してはとくに。記録からもそれが読み取れるし、署の者にも知れわたっている。若い人が窮地に陥っていると見ると、あと先考えずに対応してしまう。これまでにも関係当局に干渉し、実力行使に出たことが複数回ありますね」マーシュは身を乗り出した。「若くてか弱く、ひとりではなにもできない存在と見ると、同情する傾向にあるようです」

「それはこの仕事の一部だと思いますが」

「本来の業務を妨げるものでなければかまいません」マーシュはべつのフォルダーをひらき、死んだ男たちの写真を並べはじめた。光沢のあるカラー写真だった。犯行現場の写真。解剖時の写真。それらが扇状に広げたトランプのように並んでいる。写っているのは血と生気の抜けた目と砕けた骨。「あなたはひとりで廃屋に入った」彼は話しながら写真に手を触れた。「電気は通じていなかった。悲鳴が聞こえたという報告だけで、あなたはひとりで地下室におりた」マーシュは一直線に並ぶよう、写真のへりをまっすぐにした。「なにか物音が聞こえたのですか？」

エリザベスは唾をのみこんだ。

「ブラック刑事？　なにか聞こえたのですか？」

「水がしたたる音。壁のなかをネズミが這いまわる音」

「ネズミ？」

「そうです」

「ほかには？」

「チャニングが泣いていました」

「彼女の姿が見えたのですか？」

まばたきすると、記憶が崩壊し、ぼんやりとしたものに変わった。「彼女は二番めの部屋にいました」

「部屋の様子をくわしく」

「コンクリート造り。低い天井。隅にマットレスがありました」

「暗かったですか？」

「木箱の上にろうそくが一本立っていました。赤いろうそくです」

目を閉じると、はっきり見えた。溶けた蠟《ろう》に、ゆらめく光。廊下、ドア、暗がり。どれも夢に出てくるときと同じくらい生々《なまなま》しいが、いちばん鮮明なのは少女の声だった。切れ切れの言葉と祈り。どうかお助けくださいと神に懇願する声。

「そのとき、モンロー兄弟はどこにいましたか」

「わかりません」エリザベスは咳払いした。「部屋はほかにもあったので」

「では少女は？」マーシュは一枚の写真を滑らせてよこした。マットレスと針金が写っていた。エリザベスはもう一度まばたきしたが、周囲はあいかわらずぼやけたままだ。写真だけが鮮明だった。マットレス。記憶。「チャニングはどんな様子でしたか？」

「そちらがご想像のとおりです」

「もちろん、怯えていたでしょう」マーシュはマットレスの写真に指を置いた。「針金でマットレスに縛りつけられていたのですからね。一糸まとわぬ姿で。たったひとりで」そう言うと写真をどけ、死んだ男たちが写っている二枚を示した。全身が傷だらけでねじ曲がり、ずたずたになっていた。「わたしがもっとも興味を抱いたのがこの二枚なんですよ」そう言って、エリザベスのほうに押しやった。「とくに撃たれた箇所がね」彼は片方の男の写真に指で触れ、つづいてもう片方に触れた。「両者とも膝が撃ち抜かれている」損壊した膝の拡大写真を滑らせた。「股間は複数撃たれています。これも両者ともです」あらたな拡大写真がテーブルの上を移動した。今度のは解剖時の写真で、殺風景なくらいくっきりしていた。「あなたはこの男たちを拷問しましたか、ブラック刑事」

「暗かったので……」

また一枚、べつの写真がテーブルの向こうから差し出された。「タイタス・モンロー。両膝と両肘を撃ち抜かれている」

「ねらったわけではありません」

「しかし、かなりの痛みをともなう傷です。しかもすぐに死ぬことはない」

エリザベスは吐き気をおぼえ、息をのみこんだ。

マーシュがそれに気づいた。「写真をちゃんと見ていただきたいと言ったはずですが」

「前にも見ましたから」

「これらは無差別にできた傷じゃありませんよ、刑事」

「相手は武器を持っていると思ったんです」

「膝。股間。肘」

「しかも暗かったんです」

「十八発ですよ」

「少女が泣いていたんです」

「十八発を撃ちこみ、最大限の痛みを味わわせている」

エリザベスは顔をそむけた。マーシュは椅子の背にもたれた。青い目が冷ややかだ。

「ふたりの男が死んだんですよ、刑事」

エリザベスはゆっくりと顔を戻した。その目からは生気も感情もまったくうかがえず、まるで死人のようだった。「二匹のけだものです」

「いまなんと？」

心臓が二度、脈打った。エリザベスは慎重に口をひらいた。「二、匹、の、け、だ、も、の、が死んだんです」

「リズ！　なんてことを！」

駆け寄りそうになったダイヤーをマーシュが手をあげて制した。「いいんです、警部。そこを動かないで」そう言ってエリザベスに注意を戻し、両手をテーブルの上で広げた。

「この男たちを拷問しましたか、刑事」むごたらしい一枚を取りあげ、彼女の前にそっと置いた。エリザベスが目をそむけると、さらに二枚置いた。どちらも解剖時の拡大写真だった。生々しい傷がカラーで写っていた。「ブラック刑事？」

エリザベスは立ちあがった。「もう終わりにしましょう」

「まだ退室していいとは言ってませんよ」

彼女は椅子を引いた。

「質問はまだ終わっていませんよ、刑事」

「わたしのほうは終わりましたので」

彼女はくるりと向きを変えた。

ハミルトンが立ちあがったが、マーシュは制した。「行かせてやれ」

エリザベスはドアを引くと、ダイヤーが腕に触れて思いとどまらせるようなことを言うより先に、外に出た。興味本位の目を向けてくる警官の一団をかき分け、友人やライバルやはじめて見る顔をかき分けた。部屋全体が色あせて灰色に変わり、まわりからいろいろな声が聞こえてくるが、どれもエリザベスには関心のないことか、理解できないことばかりだ。すべてが地下室と同じになった。石と布、悲鳴と血。自分の名前を呼ぶ声がしたけれど、きっと気のせいだろう。世界は硝煙《しょうえん》と針金とからめたチャニングの指と……。

「リズ！」

ぬめった肌と痛みと……。

「リズ、待てよ！」

ベケットの声だったが、まだかなり距離がある。彼の指が軽く触れてきたがそれを無視し、新鮮な空気のなかに出てはじめて、彼が自分を追って階段をおりてきたのに気がついた。車と黒いアスファルトが見えたところで、ベケットに手首をつかまれた。

「話すつもりはないから」

「リズ、おれの顔を見ろ」

できなかった。一台の車からオイルが漏れ、アスファルトにしたたっていた。陽射しが水たまりを溶けた鉄に変えていたが、いまの彼女が感じているのがまさにそれで、骨から固いところがすべて抜かれたような、自分が溶けてなくなったような感覚だった。「電話しないでよ、チャーリー。わかった？　絶対に電話してこないで。あとをつけてくるのもだめ」

「どこに行くつもりだ？」

「わかんない」そう答えたが、うそだった。

「ウィルキンズと話したらどうだ」

「訪ねる気なんかないから」ウィルキンズは署の精神科医で、一日おきに電話してくる。彼女のほうは一日おきに診察を断っている。「わたしなら平気」

「おまえはそれしか言わないけどな、強風に吹き飛ばされたみたいな顔をしてるぞ」

「平気だってば」

「リズ……」

「もう行くわ」

た。車に乗りこみ、チャニングが四十時間の長きにわたってとらわれていた廃屋まで運転した。そこに行った理由は自分でもさだかでないけれど、たぶん写真と夢、それにずっとこの界隈を避けてきたことと関係あるのだろう。暮れゆく空の下に、その建物はあった。道路からかなり奥まっており、一部は倒木に押しつぶされ、残りの部分は若木やトウワタ、さらには高く茂った草でよく見えない。ガラスのはまっていない窓から腐敗とかびと野良猫のにおいがただよってくる。隣の家は無人だった。同じ通りに並ぶほかの三軒にも明かりはついていなかった。

この街は崩壊しかけている、と胸のうちでつぶやく。

彼女も崩壊しかけている。

張り出し玄関にあがったところでエリザベスはためらった。ドアのところで黄色い現場保存テープがはためいていた。窓には板が打ちつけられている。もろくなったペンキに触れながら、ドアの向こう側で死んだすべてのものを思い出していた。あれから五日よ、と自分に言い聞かせる。ちゃんとできる。それでも、取っ手にのばした手は震えていた。

信じられない思いで手をじっと見つめたのち、ぎゅっと握りしめた。しばらくなにもせずに突っ立っていたが、バッジをつけるようになってはじめて、パニックを起こして退却した。なんてことのない、ただの場所じゃないの、と自分に言い聞かせる。どこにでもある、ただの家だと。

なのにどうしてなかに入れないの？

車に戻って走りだした。家並みがいきおいよく流れ去り、太陽は高木の向こうに沈みかけている。長くゆるやかなカーブに差しかかったところで、家に向かっていないことに気がついた。家並みも山の稜線《りょうせん》も景色もちがう。それでも、そのまま走りつづけた。なぜって？　なにかを必要としていたから。試金石となるものを。そもそも警官になろうとした理由を思い出させてくれるものを。

エイドリアンは街から十マイル離れたところにある、かつては自宅だったものの、焼け落ちた建物のなかにいた。半マイルほど私道を進んだ突きあたり、大きな木の下に建つその家は、昔はみごとな農場だったが、いまでは灰をかぶった壁と煙突の骨組みくらいしか残っていない。星めぐる空の下に出ると、風に乗ってほのかな煙の味が感じられた。

「なにしに来たんだ、リズ」エイドリアンが暗がりから姿を現わした。

「お邪魔してるわ、エイドリアン。こんなふうに押しかけてごめんなさい」

「べつにおれの家じゃないよ」

「そういう意味で言ったんじゃない」

「じゃあ、どういう意味だ？」

「刑務所。十三年」そこで言葉がつきたのは、いまの自分をつくったのはエイドリアンだからだ。つまり彼はいわば神であり、彼女にとって神は恐ろしい存在だった。「面会に行かなくて申し訳なく思ってる」

「当時のきみはまだ駆け出しだった。おたがい、ろくに知りもしなかったじゃないか」うなずいたのは、このときも彼の言葉が適切でなかったからだ。彼が刑務所に収監された最初の年は手紙を三通送り、文面はどれも同じだった。ごめんなさい。もっと力になればよかったのに。そのあとは、これといったことはできなかった。

「知ってたの……？」そう言って両のてのひらを返し、質問を終えた。知ってたの？　自宅が焼けたことを。奥さんが出ていったことを。

「キャサリンからはなんの連絡もない」彼の顔は暗がりにできた灰色の傷のようだった。「裁判のあとは誰からも連絡なんかなかった」

エリザベスは一気に押し寄せてきたうしろめたい気持ちをよけようと背中を丸めた。妻が去ったことも、自宅が焼失したことも、何年も前に伝えるべきだった。刑務所に出向き、顔を見て告げるべきだった。なのに、塀のなかでうちひしがれている彼を思うと、とてもできそうになかった。「キャサリンはあなたが有罪判決を受けた三ヵ月後にいなくなった。ここはしばらくのあいだ無人のまま放置されていたけど、ある日、火事に見舞われたの。放火らしいわ」

彼はうなずいたが、胸を痛めているのがわかった。「なぜここに来たんだ、リズ？」

「あなたの様子をたしかめたかっただけ」その先は言わずにおいた。自分自身も殺人容疑をかけられていることも、なにかアドバイスがほしかったことも、昔は彼を愛していたような気がすることも。

「なかに入らないか？」

冗談を言ったのかと思ったが、彼は足をおろす場所を選びながら瓦礫《がれき》のなかを進み、オレンジ色の光のすぐそばで足をとめた。居間だった場所のようだ。床はなくなっているが、暖炉に火がついており、ぱちぱちと音をたてている。エイドリアンが木をくべると、光は大きくなった。あたりを見まわすと、灰が掃き寄せてあり、椅子がわりに丸太が一本運びこんであった。エイドリアンの両手は汚れていたし、シャツにはギデオンの血がどす黒くついたままだ。「わが家がいちばんだな」彼はそっけなく言ったが、つらい気持ちがにじみ出ていた。彼の曾祖父が建てた家だった。ここでエイドリアンは育ち、裁判費用を工面するのに必要ならばと、妻に譲渡したのだった。南北戦争にも、彼の破産にも、彼の裁判にも耐えた家。それがいまは、歴史の流れを見守ってきた木々の下、骨組みだけの姿をさらしている。

「奥さんのことは残念ね」エリザベスは言った。「居場所を教えてあげられればいいんだけど」

「裁判が始まったとき、女房は妊娠していた」エイドリアンは丸太に腰かけ、炎を見つめた。「評決が出る二日前に流産した。それは知ってたかい？」エリザベスは首を横に振ったが、彼はまったく見ていなかった。「あっちで誰か見かけなかったか？」

「あっち？」彼女は畑と私道のほうを示した。

「さっき、車が一台とまってたからさ」

彼は心ここにあらずで、ぼんやりしているように見えた。エリザベスは隣にしゃがんだ。

「あなたはなぜここにいるの、エイドリアン？」

彼の目にちらりと浮かんだ表情には、どこか危険なものがあった。怒り。決意。凶暴で残忍なその感じは、一瞬にして消え去った。「ここ以外にどこに行けばいいんだ？」

彼は肩をすくめると、ふたたびぼんやりとした顔になった。エリザベスは穴があくほど見つめたが、さっき一瞬だけ垣間見えたものはすっかり消えていた。「ホテルとか。とにかくここじゃない場所」

「ほかの場所なんかないよ」

「エイドリアン、あの——」

「あっちで誰か見かけなかったか？」

さっきと同じ声が同じ質問をしたが、なにを心配しているにせよ、それはおもてには現われていなかった。エリザベスがこうしてそばにいるのに、暖炉の火だけを一心不乱に見つめている。「きつかった？」刑務所の意味でそう尋ねた。彼は答えなかったが、両手が小刻みに震え、傷に光があたって象牙《ぞうげ》のように輝いている。エリザベスは少女時代に思いをはせた。世の中を闊歩《かっぽ》する彼を、自分のデスクについている姿や射撃練習場に立つ姿を、目撃者や犯行現場や役所の煩雑《はんざつ》な手続きに取り組む姿をいつも目で追っていた。笑顔と同じように自信をまとっていた人だったから、目を白煙の向こうに向け、じっと身じろぎもせずにいる姿はまったくの別人に思える。「しばらく一緒にいてもいい？」

彼がゆっくりと目を閉じ、エリザベスは答えがノーであるのを知った。これはいわば聖体拝領のようなもので、エイドリアンのなかの彼女は、昔ちょっと知っていた子どもでしかないのだ。「来てくれてうれしかったよ」彼は言ったが、その言葉には少しも心がこもっていなかった。

立ち去れ、と言っているのだ。

ひとり静かに苦しませてくれ、と。

7

真っ暗なサイロのなかで、ラモーナは時間の感覚をすっかり失っていた。ここには湿り気を帯びた土と暑さとコンクリートの壁しかなかった。扉は真四角の金属で、そこに一インチほどの隙間ができ、外の錠前ががちゃんと音をたてた。

「誰か……」

とぎれとぎれの、かすれた声しか出なかった。

「助けて」

サイロの上のほうからばたばたという音がするのは、おそらく彼女と同じように閉じこめられてしまった鳥だろう。ラモーナは顔をあげてドアを引っかいたが、さびついたねじや表面の亀裂で爪がはがれただけだった。さらに一時間が経過したが、もしかしたら一日だったかもしれない。いつの間にか眠っていて、ひと筋の黄色い光で目が覚めた。光が全身を照らした瞬間、手と腕に汚れがびっしりついているのがわかった。胸のうちに希望の光が灯《とも》ったが、男の声がしたとたん、それもはかなく消えてしまった。

「そろそろ時間だ、ラモーナ」

「水……」

「わかっている。ちゃんと水はあげるよ」

彼女は足を引きずられるようにしてドアから引っ張り出された。まだ夜だったが、月はうっすらした灰色で、ヘッドライトがサイロに映った影を躍らせていた。彼女はまばたきしたが、男の顔はにじんで見えた。

「ほら」男からボトルを渡され、彼女は大量に飲みすぎて、思わず咳きこんだ。「手伝ってあげよう」男はボトルを彼女の唇にあてがい、傾けた。彼女は叫ぶか逃げるかしたかったが、動くのもやっとという状態だった。男が濡れタオルで彼女の顔や腕についた黒い土をぬぐった。それから声も出せずに怯えている彼女をよそに、サンドレスの裾をめくって、同じタオルで両脚をきれいにしたが、その手はなれなれしくはあったが、いやらしい感じはしなかった。「これでいいかな？」

「どうして……」

「よく聞こえないな」男は彼女の膝の裏のやわらかい部分に片手を置いて、ぐっと顔を近づけた。

彼女は荒れた唇をなめた。「どうして？」

男は彼女の顔にかかった髪を払い、目をじっとのぞきこんだ。「わたしたちは黙って従うしかないんだよ」

「お願い……」

「もう出かける時間だ」

男は彼女を引っ張りあげるようにして立たせ、ぼろぼろの合成皮革のシートに煙草の焼け焦げがついた車まで連れていった。手首の手錠がかちゃかちゃいうので、鎖のところを握って彼女を車に乗せ、シートベルトを締めた。

「おとなしくしていなさい」男は言うと、上下する影となってまぶしいライトを突っ切り、やがて姿が見えなくなった。彼女はシートベルトを引っ張ろうとしたが、飢えと暑さのせいですっかり体が弱っていた。男が車に乗りこみ、自分の側のドアを閉めた。

「家に帰りたい」

ダッシュボードの時計は五時四十七分を表示していた。フロントガラスの向こう、木立のなかに淡い光が集まっている。

「おとなしく言うことを聞いていれば、簡単にすむ。わかるね？」

彼女は泣きじゃくりながらうなずいた。「どこに連れていくの？」

男は無言で未舗装の道路に入り、森を抜けた。舗装した道に出ると、畑に色が差しはじめ、眠たげな目のような太陽がのぼるなか、右にハンドルを切った。

「お願いだから乱暴なことはしないで」

男はなにも言わず、スピードをあげた。

四分後、教会が見えてきた。

8

エリザベスは夢を、記憶の夢を見ていた。暑い夜のこと、彼女はペネロープ・ストリートにある廃屋の庭を突っ切った。通りの先は明かりがちらほら見えるが、どれも遠くてぼやけていた。最後の木から家の側面まで移動した。濡れた芝生に足を滑らせながら草ぼうぼうの茂みをかき分けていき、嵐の影響でひび割れ、湿っている古びた下見板に背中を押しつけた。息を殺し、なかから音がしないか耳をそばだてた。通報者は悲鳴を聞いたという。けれどいま聞こえるのは自分の呼吸と心臓の音、それに詰まった雨樋《あまどい》から水がしたたる音だけだ。濡れた葉に手や顔をなでられながら壁伝いに移動した。遠ざかる嵐のなか、遠くの空に稲妻が走った。最初の窓のところで足をとめた。半地下の窓で、黒く塗りつぶしてある。そこを二歩行きすぎたときに音が聞こえたが、ほんの一瞬のことで、エリザベスは空耳ではないかと疑った。

声？

泣き声？

張り出し玄関のところで、最後にもう一度、ベケットでもダイヤーでも、誰かに連絡しようかと考えた。でも、ベケットは家族のもとに帰ったし、いま街は緊急事態だ。だいいち、なかに人がいるにしても、若者がマリファナを吸っているか、セックスの真っ最中といった程度だろう。制服警官だった時代に、その手の通報を何度受けたことか。十回？百回？

銃を抜き、手探りで取っ手をまわした。なかは真っ暗で、空気はかびと猫と腐ったカーペットのにおいが強烈にただよっていた。ドアを閉め、懐中電灯のスイッチを入れて、部屋をざっと照らした。

床に雨水がたまっていた。

天井はぐしょぐしょに濡れている。

居間とキッチンが無人なのをたしかめ、奥の部屋と廊下も同じように調べた。二階にあがる階段がひどく傷んでいたので、上の部屋は無視して地下に行く階段を探しあてた。懐中電灯を低く持ち、壁に背中をぴったりくっつけた。八段でおりきって向きを変え、ぎしぎしいうドアをあけた。

銃を体の前でかまえて進んだ。最初の部屋は無人だった。ここも床に水たまりがあり、朽《く》ちた段ボールが山をなしていた。廊下をたどっていくと、家のちょうど中心とおぼしき正方形のスペースに出た。右にマットレスにうつぶせになったチャニングの姿があった。

その向こうにも廊下があり、べつの部屋のドアが並んでいる。木箱の上でろうそくが燃えていた。

いったん退却し、連絡を入れるべきだ。けれど、チャニングの黒い目が、すがりつくようにエリザベスを見つめていた。

「大丈夫よ」

エリザベスは奥に進むと、銃を上に向けてドアを調べ、その先の廊下を調べた。通路と小部屋と死角だらけだ。

「ここから出してあげるからね」

エリザベスは少女のわきに膝をついた。肌に食いこんでいた針金をほどいてやる。まずは片方の手首から、つづいてもう一方の手首。両手に血が通いはじめ、少女が声をあげた。

「じっとしてて」チャニングの口からさるぐつわをむしり取り、ドアを、四隅をうかがった。「何人いるの？　チャニング？　何人？」

「ふたり」エリザベスが足首の針金をほどきはじめると、チャニングはすすり泣いた。

「犯人はふたりよ」

「これでよし、と」エリザベスは少女を立たせてやった。「どこ？」チャニングが迷路のずっと奥を指差した。「ふたりとも？」

チャニングはうなずいたが、それは間違いだった。

おぞましくも悲惨な間違いだった。

エリザベスは椅子の肘かけに爪を立て、少女の名をつぶやきながら目を覚ました。眠るたびに、これと同じ夢を見る。最悪の場面に達する前に目覚めることもあった。最後まで行くこともあった。コーヒーを飲んで歩きまわるのも、眠りのほうから忍び寄ってくるまで眠らないのも、そのせいだった。

「まったく、楽しい夢だわね」

エリザベスは両のてのひらで顔をこすった。汗だくで、心臓の鼓動が速かった。どこを見ても病院の緑の壁とチカチカする光しかない。ギデオンの病室にいるのはわかるが、靴を脱いだ記憶も、目を閉じた記憶もなかった。まさか飲んでいたのだろうか。たしかに、そういうこともときどきある。夜中の二時、あるいは三時に。コーヒーに嫌気が差して。記憶に嫌気が差して。

病室は薄暗かったが、時計の表示は六時十二分になっていた。少なくとも数時間は眠ったわけだ。夢は何回見ただろう。三回だった気がする。階段をおりること三回、闇のなかに足を踏み入れること三回。

立ちあがり、ベッドに歩み寄って少年を見おろした。遅い時間に来てみると、病室にはギデオンしかいなかった。父親の姿はなかった。かなり遅い時間だったから医師もいなかった。夜勤の看護師がいろいろ教えてくれ、よかったら泊まってもいいと言ってくれた。規則にはいくらか抵触するが、目覚めたらそばに誰もいなかったということにはしたくない、という点でふたりの意見が一致した。エリザベスはしばらく少年の手を握ってから腰をおろし、時計の表面を長針が移動していくのをながめていた。

ベッドに身を乗り出して、ギデオンの顎のところまで上掛けを引っ張りあげ、カーテンを少しずらして外を見やった。芝生に朝露がおり、空が薄紅色に染まっている。きょうはチャニングに会いにいこう。できればエイドリアンにも。ひょっとしたら、州警察官がいよいよ逮捕しにくるかもしれない。だったら、車に乗って逃げてしまおうか。愛車マスタングの幌《ほろ》を全開にして西に向かうのもいい。二千マイルも走れば、乾いた空気と砂漠と岩の上にのぼる真っ赤な太陽とどこまでもつづく景色が待っている。

でも、そうしたら、ギデオンが目覚めたときに誰もいないことになる。

チャニングのそばにいてやれなくなる。

扉一枚隔てたナースステーションには、昨夜とはべつの看護師がいた。「きのうもいましたよね」

「はい」

「ギデオンのお父さんはどうしたんでしょう？」

「警備員が病院の外に連れ出しました」

「酔っていたんですか？」

「酔っ払って、手がつけられなかったんです。刑事さんのお父様が自宅まで連れていくとおっしゃって」

「父が？」

「ブラック牧師はきのう、昼間のほとんどと、夜も半分ほど付き添っていました。つきっきりでしたよ。お会いになりませんでした？」

「父が力になれたようで安心しました」

「お父様は心の広い方ですね」

エリザベスは看護師に名刺を差し出した。「ミスタ・ストレンジがまた問題を起こすことがあったら、わたしにご連絡を。気の毒で一般の警官にまかせるわけにはいきませんが、やっかいな人なので父の手にはあまると思いますので」看護師はなにか訊きたそうな顔をしたが、エリザベスは手を振ってそれを制した。「聞くも涙の物語なんですよ。よくある話でもあるけれど」

エリザベスはさらに二十分ほどギデオンに付き添い、その後、木々の上に太陽が顔を出すころ、車で自宅に戻った。また砂漠に思いをはせながら、シャワーを浴び、服を着替えた。九時には歴史地区の奥にいて、木陰の道をくねくね走り、チャニングが暮らす築百年以上にもなる屋敷が、庭と生け垣と錬鉄のフェンスを見おろすように建っている通りにたどり着いた。

少女の父親がドアのところで出迎えた。「ブラック刑事。急なお越しで」彼は端整な顔立ちをした五十代で、いかにも健康そうに、ジーンズとゴルフシャツ、素足にローファーという恰好だった。彼とは一度ならず顔を合わせているが、いずれも厳しい状況下でのことだった。チャニングがいなくなった当日の警察署、地下室から救出したあとの病院、州警察がブレンドンとタイタスのモンロー兄弟に対する発砲について正式に捜査を開始した日。有力者である彼は、無力感と警察と傷ついた娘には慣れていなかった。それはエリザベスにもわかる。だからと言って、彼が扱いやすい相手になるわけではない。

「チャニングと話がしたくてうかがいました」

「申し訳ないが、刑事さん。時間が早すぎますよ。娘は休んでいるんだ」

「娘さんから電話してほしいと言われたのですが」

「そうだとしても、電話ではなく押しかけてきてるじゃないですか」

エリザベスは父親の向こうに目をこらした。屋敷は暗い色の敷物と重厚な家具で埋めつくされていた。「お嬢さんはとてもわたしに会いたい様子だったんです、ショアさん。ぜひとも話をする必要があります」

「いいですか、刑事さん」父親は外に出てドアを閉めた。「ニュースで言ってることは、ひとまず忘れましょう。あなたが捜査対象になっていることも、州警察がうちの弁護士をせっついて、その気のないチャニングから話を聞こうとしていることも忘れましょう。そういうことはすべてわきにどけて、単刀直入に申しあげます。うちの娘のためにあなたがなさったことには感謝しているが、あなたの役割はもう終わったんです。娘は無事、家に戻りました。わたしどもでちゃんと面倒を見ている。あの子の母親とわたしとで。家族ですからね。おわかりいただけるかな」

「もちろんです。それはもうたしかに」

「あの子は恐ろしい経験を忘れなきゃいけないんだ。あなたがそばにいては、忘れようにも忘れられないじゃありませんか」

「忘れることと乗り越えることは同じではありませんよ」

「あのですね」一瞬、父親の表情が穏やかになった。「あなたがりっぱな人間ですぐれた警官であるという話は充分すぎるほど聞いています。判事からも、ほかの警官からも、ご家族の知り合いからも。お気持ちを疑うわけじゃありませんが、あなたがチャニングにしてやれることはなにもないんだ」

「そんなことはないと思いますが」

「刑事さんが立ち寄ったことは伝えます」

父親はなかに引っこんだが、エリザベスは閉まりかけたドアのへりをつかんだ。「お嬢さんには頑丈な壁よりも必要なものがあります、ショアさん。理解してくれる人が必要なんです。あなたは身長六フィートあまり、世界を股にかける大金持ちです。チャニングはそうじゃありません。彼女がいまどんな気持ちか、おわかりになりますか？　わかるとお思いですか？」

「わたしほどチャニングを理解している者はいませんよ」

「そういうことを訊いてるんじゃありません」

「刑事さんにはお子さんはいますか」彼はエリザベスを見下すように立ち、答えを待った。

「いいえ、いません」

「だったら、子どもさんができたら、この会話を再開しましょう」

父親はドアを閉め、エリザベスだけが外に残された。彼の気持ちもわからないではないが、チャニングには今後待ちかまえているつらい未来を切り抜けるための案内役が必要であり、エリザベスはそこらの人間よりずっとそのルートに精通している。

高いところにある窓を見あげ、大きく息を吐き出すと、壁のようにそそり立つ箱形の植え込みのあいだを縫うように歩きはじめた。通路に沿って巨大なオークの茂みをまわりこんでアプローチに出たところ、車のボンネットにチャニングが腰かけていた。ゆったりしたジーンズとパーカが小さな体をすっぽり包んでいた。フードで目が陰になっていたが、顎のラインに光を受けながら口をひらいた。

「刑事さんが車をとめるのが見えたから」

「チャニング、こんにちは」少女は車から滑りおり、ポケットに両手を突っこんだ。「どうやって出てきたの？」

「窓から」彼女は肩をすくめた。「しょっちゅうやってる」

「ご両親が……」

「両親はあたしを子ども扱いしてばかり」

「チャニング……」

「もう子どもじゃないのに」

「そうね」エリザベスは沈んだ声で言った。「たしかに、もう子どもじゃない」

「ふたりとも、なにもかも大丈夫、助かったんだからって言うんだ」チャニングは口を強く引き結んだ。重さ九十ポンドの磁器。「大丈夫なわけないのに」

「いずれ大丈夫になるわよ」

「刑事さんこそ大丈夫？」

チャニングが顔を太陽に向けたとき、骨が皮膚を突き破らんばかりなのと、目の下にエリザベスのと同じくらい黒い隈ができているのに気がついた。「ううん、大丈夫とは言えないわね。ほとんど眠れないし、眠れたら眠れたで悪夢ばかり見るし。食事も運動もしてないし、必要がなければ誰ともしゃべらない。まだ一週間にもならないのに、体重が十二ポンドも減ったわ。あそこでの出来事はあんまりだった。腹がたってしょうがない。誰かをめちゃくちゃにしてやりたいくらい」

チャニングはポケットから手を出した。「パパはさ、あたしの顔をまともに見られないんだ」

「そんなことはないでしょうに」

「もっと速く走って、もっと必死に抵抗するべきだったと思ってるんだ。そもそも、出かけたあたしがいけないんだって」

「お母さんはなんて言ってるの？」

「ココアを持ってきてくれたり、あたしには聞こえないと思って泣いたりしてる」

屋敷をあらためて見あげると、拒絶と静かなる完璧がひしひしと伝わってくる。「ちょっと抜け出そうか」

「ふたりで？」

「そう」

「どこに行くの？」

「それって大事なこと？」

「べつに」

チャニングが車に乗りこむと、エリザベスは歴史地区を出て、ショッピングモール、自動車販売店、デイケア施設を通りすぎた。街はずれまで行くと、砂利道を森の奥深くまで進み、街を囲む丘陵から頭ひとつ抜けた山の斜面をのぼりはじめた。風がひゅうひゅうと車内を抜けていくが、頂上が近づき、道路がたいらになって駐車場に入るまでふたりとも口をひらかなかった。

「ここって昔の採石場だよね」チャニングが沈黙を破ったが、さして関心のなさそうな声だった。

エリザベスは森が裂けたようになっているところを指差した。「あそこにある登山道をあがったところがそう。四分の一マイルくらいかな」

「なんでこんなところに来たの？」

エリザベスはエンジンを切り、サイドブレーキを引いた。これからやろうとしていることは、かなりの苦痛をともなう。「少し歩きましょう」

チャニングを従えて日陰に入り、長い歳月をかけて多くの人に踏み固められた曲がりくねった山道をのぼりはじめた。しだいに急な箇所が増えていった。散乱するごみや樹皮にイニシャルを彫りつけた灰色の木を通りすぎた。頂上に達すると景色がひらけ、片側は街が、反対側は採石場が一望できる見晴台になっていた。採石場は浅土に木がちょろちょろ生えているところもあったが、大半は石があるだけだった。寂寥《せきりょう》として美しい場所だが、採石場までは垂直に二百フィートもの落差がある。

「なんでこんなところに連れてきたの？」

エリザベスはへりに進み出ると、冷たく光る黒々とした広大な水面を見おろした。「わたしの父は牧師なの。たぶん知らないと思うけど」チャニングが知らなかったというように首を振り、水面から吹きあげた透明な壁のような風にエリザベスの髪がふわりと浮いた。「わたしは教会で育ったの。というか、教会の裏にある小さな家でね。牧師館というんだけど、その言葉は知ってる？」

チャニングがまたも首を振り、エリザベスはそれもしかたないと思った。生活の一部としての教会、祈り、恭順、服従の日々と言っても、たいていの子どもには理解できないだろう。

「日曜のミサが終わると、信者の子どもたち同士でここに来るの。少ししか来ないときもあれば、大勢のときもあった。何人かの親が車で下まで連れてきてくれて、わたしたちが上で遊んでるあいだ、車のなかで新聞を読んでいたものよ。楽しかった。ピクニックに凧《たこ》あげ、裾の長いワンピースに編みあげブーツ。川の上に張り出した狭い岩棚に行ける通路があってね。泳いだり、石切遊びをしたりした。キャンプファイアを囲んだこともあった」エリザベスはこくりとうなずいた。きょうのような日の記憶が、疑うことを知らない貧弱な尻の少女の記憶が、セピア色になってよみがえる。「わたしね、十七のとき、あそこの木立のところでレイプされたの」

チャニングが首を左右に振った。「無理に話してくれなくていいよ」

それでも、エリザベスはつづけた。「ふたりきりになっちゃってね、その男の子とわたしが。遅い時間だった。父は下にとめた車のなかで待っていた。あっという間の出来事で……」エリザベスは石を一個拾って投げ、それが採石場に落ちていくのをじっと見つめた。「彼が追いかけてきたの。わたしのほうはゲームのつもりだった。たぶん、最初はそうだったんだと思う。たしかめたわけじゃないけど。しばらくは、おかしくて笑ってたけど、突然、笑えなくなった」そう言って木があるほうを指差した。「あの小さなマツの木のところで捕まって、大声を出せないよう口にマツの葉を詰めこまれた。とっさのことですごく怖かったし、なにがどうなってるのかほとんどわからなくて、ただ、彼の重みと痛みだけは覚えてる。坂を下っていく途中、彼は誰にも言わないでほしいと頭をさげたわ。あんなことをするつもりじゃなかった、友だちであることに変わりはない、自分はだめなやつだ、二度とこんなことはしないと言って」

「エリザベス……」

「わたしたちはそこの森を四分の一マイルほど歩いて抜け、父の車で帰宅した。後部座席に並んですわってね」少年の脚と自分の脚が密着していたことには触れなかった。触れ合った部分が熱を帯びていたことも、彼が一度手をのばしてきて手の甲に指で触れたことも説明しなかった。「父には話さなかった」

「なんで？」

「よくわからないけど、自分のせいだと思ったからかな」エリザベスはまた石を放り投げ、落ちていくのを見つめた。「それから一カ月ちょっとたったころ、わたしは自殺しかけたの。ちょうどこの場所で」

チャニングは同じ環境に身を置いてみようというのか、落差を上からのぞきこんだ。

「どのへんで踏みとどまったの？」

「一歩手前。ほんの数秒のところだった」

「なんでやめたの？」

「信じてみようと思えるものが見つかったから」エイドリアンのことに触れなかったのは、あまりに個人的にすぎるし、自分の胸にしまっておきたかったからだ。「あなたのお父さんには、いまの状況をよくする力はないわ、チャニング。お母さんにも無理。あなたが自分でなんとかするしかない。そしてわたしはその力になりたいの」

怒り、疑念、不信感で少女の顔がゆがんだ。「刑事さんは立ち直ったわけ？」

「いまだにマツのにおいが苦手だけどね」

チャニングは形ばかりの笑顔をのぞきこみ、うそはないか、わずかなりともうそはないかと探った。エリザベスはてっきり背を向けられると思ったけれど、そうはならなかった。

「相手の人はどうなったの？」

「いまは保険の仕事をしてるわ」エリザベスは言った。「肥満ぎみで、結婚してる。たまにばったり会うのよ。わざとそうするときもあるんだけどね」

「なんでそんなことするの?」

「だって、けっきょく立ち直るにはひとつしか方法がないもの」

「方法って?」

「選ぶこと」エリザベスは少女の顎にてのひらをあてがった。「自分で選ぶことよ」

9

エレン・ボンデュラントは若くしていい結婚をし、四十一歳になったとき、容貌の衰えと男の身勝手に関して苦い真実を学んだ。最初はとまどい、つづいて悲しみに襲われた。最後には心が完全に麻痺《まひ》してしまい、夫から書類を見せられるとすぐにサインした。弁護士からは世間知らずにもほどがあると言われたけれど、そういうわけではなかった。お金の話をするのが昔から苦手だったのだ。車やパーティやどんぐりほどもあるダイヤモンドも同様だ。婚姻の契《ちぎ》りを交わした相手さえいればよかった。

でも、その相手はずいぶん昔に去った。

いま彼女は街はずれにある小川沿いの小さな家で犬とともに暮らし、生活はとても質素になっていた。馬の調教で生計を立て、余裕があるときには広々とした場所を散歩するのが趣味だった。物思いにふけりたいときは川沿いに広がる低地帯を、ながめを楽しみたいときは尾根伝いに歩いて古い教会まで往復する。

きょうは教会に行くことにした。

「行くわよ」

愛犬たちにそう声をかけ、つらなる丘を南東方面に縦走する山道に向かって急な斜面を歩きはじめた。足取りは軽く、自分でも四十九という実年齢よりずっと若く感じる。いつも早朝から馬に乗り、調馬索と鞭《むち》を持って長時間、調教に励んでいるたまものだろう。顔はなめし革のようでしわも多いが、雪も雨も暑さもいとわずに働く手には誇りを持っている。

最初の丘のてっぺんで足をとめ、はるか下の自宅を、プラスチックでできた木立のうしろに落ちたおもちゃのような家を見おろした。前方には曲がりくねった山道がさらに上へとのび、それから三マイルほどは平坦になっている。教会が見えてくると、いつもながら、質素でいて威厳のある美しさに胸を打たれる。大理石の階段、折れ曲がって下に落ちた鉄の十字架。

足を滑らせながら忘れられた教会がある稜線《りょうせん》のくぼみに出ると、どこがどうとは言えないものの、なにかがちがう感じがした。犬たちが興奮したように頭を低くし、目に見えない臭跡をたどったり、哀れっぽく鼻声を出したりしはじめた。教会を半周しただけで駆け足で戻ってくると、幅のある階段のたもとで鼻をくんくんいわせ、肩甲骨《けんこうこつ》のあいだの毛を逆立てて右往左往している。

エレンは呼び寄せようと口笛を吹いたが、犬たちは従わなかった。いちばん大型の、トムという名の黄色いラブラドールレトリバーが、爪の音をたてながら階段を駆けあがった。

「どうかした？」

しばらく草に脚をなでられていたが、よく見ると、ドアの近くにタイヤ痕があった。ここに人が来ることはたしかにある。でも、その場合は未舗装道路か砂利が敷いてある場所にとめるのが普通だ。タイヤ痕はドアの手前までついていた。

階段のたもとで立ちどまって建物を見あげると、ほかにもいつもとちがうところがあった。両開き扉はオークの一枚板で、黒い鉄の取っ手は彼女の腕ほどの太さがある。記憶によれば、ふたつの取っ手は鎖でつないであるはずだが、きょうはそれが切断されて、右側の扉があけはなしてあった。

エレンは急に怖くなり、恨《うら》めしそうに丘をながめやった。立ち去るべきだと直感的に思ったが、トムが扉の前で哀れっぽい声を出している。「大丈夫よ」犬の首輪をつかんで、なかに入った。奥は薄暗く、板を張った窓から入りこむ剣のような光が、闇を切り裂いていた。アーチ形の天井は暗かったが、祭壇に目がとまった。そこだけ両側の窓の板がはずしてあり、光が射しこんで祭壇を宝石のように輝かせていた。白と赤と黒が見えた。まず頭に浮かんだのは白雪姫だった。そんな感じがしたのだ。恐れ多いほどの静けさ。髪と肌と赤く塗った爪。五歩進んでようやく、目にしているものがなにかわかり、わかったとたん、全身が氷に変わったかのように動けなくなった。「うそでしょ」世界までもが動かなくなったように感じた。「ああ、なんてひどいことを」

ベケットはなじみのダイナーの奥のブースでコーヒーに口をつけた。ここはお気に入りの地元の店で、どのブースもビジネスマン、整備工、幼い子を連れた母親で混んでいた。半分だけ手をつけたベーコンエッグの皿が、わきに押しのけてある。あまり寝ておらず、二十年ぶりに煙草が吸いたくなった。リズのせいだった。心労。ストレス。彼女は私生活と仕事をきっちりわけるタイプだ。それならそれで、しかたない。彼女はこれまで組んだパートナーたちとちがい、異性、スポーツ、いいセックスと最高のセックスの違いについて話したがらなかった。自分の過去や不安についてはロを閉ざし、睡眠時間や酒量についてはうそをつく。そもそもなぜ警官になろうとしたかについても。まあ、それならそれでかまわない。どうしても距離をおきたいなら、そうすればいい。ささやかで罪のないうそから出発したものが、恐ろしく、とんでもなく悲惨なものにならないかぎり。

彼女はうそをついている。

チャニング・ショアもうそをついている。

噂によれば、ハミルトンとマーシュはまだ街にとどまっているらしい。現場となった廃屋に出向き、チャニング・ショアにも二度、面会をこころみている。リズに対し申し立てられた訴えをすべて入手し、いまはタイタス・モンローの妻から話を聞いている最中だ。

具体的にどんな情報を得ようとしているかは知りようもないが、話を聞いてまわっているという事実が多くを語っている。

連中の目的はリズの逮捕だ。つまり、いずれ彼にも手をのばしてくる。揚《あ》げ足を取るなり、寝返らせるなりするはずだ。なにしろ、彼はリズが新人だったときから知っているのだ。そしてパートナーとしても四年を過ごしている。しかし、連中にとってひとつ問題がある。リズはまっとうな警官だ。堅実で聡明で頼りになる。

地下室の一件までは……。

厳罰に処すべく虎視眈々《こしたんたん》とねらう州警察官に向かって、殺した相手は人間ではなくけだものだと返すとは、いったいリズはなにを考えているのか。危険というだけではすまない。自殺行為であり、正気の沙汰《さた》じゃない。しかも、わかりやすい説明がないことがベケットの頭を悩ませていた。リズは警官として特異な存在だ。ダイヤーのように論理一辺倒ではなく、ベケットがこれまで出会ったろくでなし連中の半数のような熱意が空回りするタイプともちがう。この仕事をしているのはスリルを味わうためでも、権力がほしいからでもない。ベケットのように、もっとましなことをするには疲れ切っているからでもない。本人は誰にも見られていないつもりでも、心の奥がふとのぞけることがあり、それが胸が締めつけられるほど美しいのだ。ばかげているのは承知の上だが、もしひとつだけ質問できて、きちんと答えてもらえるならば、警官になった理由を尋ねたい。一本気で聡明な彼女なら、どんな職業にもつけたはずだ。なのに事情聴取を投げ出した。それがまったく理解できない。

それにエイドリアン・ウォールの存在もある。

ベケットはふたたび、新人のころのリズに思いをはせた。あのころの彼女はエイドリアンに熱をあげ、彼にはほかの警官には欠けている特殊な洞察力があるかのように、そのひとことひとことを傾聴していた。その心酔ぶりに不安を感じたのは、誰の目にもあきらかだったからだけではなく、署の半数の警官たちが自分も同じ目で見つめられたいと願っていたからだ。エイドリアンの有罪が確定したことで、純真な憧憬《しょうけい》にも終止符が打たれるはずだった。それが無理でも、十三年の懲役がその役目を果たすはずだった。あの男は刑務所帰りで、いろいろな形で壊れている。なのに〈ネイサンズ〉で見せたリズの様子ときたら。エイドリアンと同じ車にするりと乗りこむところ、はっと息をのむところ、話をするエイドリアンの口の動きをじっと見つめるところ。彼女はいまもあの男に首ったけで、いまも信じているのだ。

問題だ。

とんでもなく大きな問題だ。

ベケットはむしゃくしゃしてコーヒーカップを押しやり、勘定書を持ってくるよう仕種《しぐさ》で伝えた。ウェイトレスがのんびりした足で持ってきた。「ほかになにかある、刑事さん」

「けさはもういいよ、メロディ」

ウェイトレスが勘定書を裏にして置くのと同時に、ベケットのポケットのなかで携帯電話が振動した。出してスクリーンを確認してから応答した。「ベケットだ」

「やあ、ジェイムズ・ランドルフだ。ちょっといいか？」

ジェイムズも刑事仲間のひとりだった。ベケットより年上だ。頭は切れるが喧嘩っ早い。

「どうした、ジェイムズ？」

「エレン・ボンデュラントを知ってるよな？」

記憶をたどると、六、七年前に会った女性を思い出した。「ああ、思い出した。離婚話がこじれた件だったな。亭主が接近禁止命令を破って、家をめちゃくちゃにしたんだった。彼女がどうかしたのか？」

「そのご婦人から二番に電話が入ってる」

「七年も前の話だぞ。そっちでなんとかしてくれればいいじゃないか」

「しかたないんだよ、チャーリー。取り乱してて、おまえをとご指名なんだ」

「そうかい、わかったよ」ベケットはブースの背に腕をまわした。「つないでくれ」

「切らずに待ってろ」

かりかりというノイズのち、カチッという音が二度聞こえた。電話がつながってみると、エレン・ボンデュラントは思っていたよりも落ち着いていた。

「わざわざごめんなさいね、刑事さん。でも、あのときとってもよくしてもらったものだから」

「いいんですよ、ボンデュラントさん。どうかしましたか？」

彼女はさびしそうに笑った。「わたしはただ、散歩をしたかっただけなのに」

教会の手前の通路に乗り入れたベケットは、ランドルフを電話口に呼び戻した。「まだはっきりしたことは言えないが」車は教会をはるか上方に見ながら、洗濯板のような轍《わだち》の上をがたがた進んだ。「いちおう待機させておいてほしい。制服警官数名、鑑識、監察医。たいしたことじゃない可能性もあるが、どうもそうではない気がする」

「例のあれか？」

「まだ、なんとも言えない」

「ダイヤーに報告したほうがいいか？」

ベケットはどうしたものかと思案した。ダイヤーは管理職としては悪くないが、世界でもっとも優秀な警官というわけではない。なんでも自分に対する批判と受け取るうえ、逡巡《しゅんじゅん》が危険である場合ですら決断が遅くなりがちだ。場所が場所だし、エイドリアンが刑務所を出てすぐということもあり、また同じことが起こった可能性はある。ベケットが思うに、ダイヤーはパートナーが人殺しだったショックから、いまも完全には立ち直っていない。署内では長年にわたって疑問の声がささやかれていた。

なぜダイヤーは気づかなかった？

いいかい、まったくたいした警官だよ。

「待ってくれ、ジェイムズ。知らせたらフランシスは変にぴりぴりしかねない。どんな事件かはっきりさせるのが先だ。また連絡するから、それまでじっと待っててくれ」

「あとでちゃんと話を聞かせろよ」

エイドリアンがまさにこの教会でジュリア・ストレンジを殺害してから十三年がたつが、ランドルフも感じ取っているのだ。邪悪なエネルギーを。この事件ですべてが変わるかもしれない。世間。この街。

リズ……。

ベケットは電話をポケットにしまうと、両手をハンドルに置き、地面から盛りあがるようにして建つ教会をフロントガラスごしにながめた。ここに来ると、いまだに心の奥底がかき乱される感じがする。建物は古く、地面はカミツレモドキやヒメムカショモギ、矮性《わいせい》のマツがぼうぼうに生えている。この場所の歴史にくらべれば、たいした問題ではない。始まりはジュリア・ストレンジだった。彼女が殺害されただけでも悲惨だったが、教会が使われなくなったのちも、彼女の死は後味のように、しつこく残りつづけた。乱暴者がガラスを割り、墓石を倒した。さらには壁や床にスプレー塗料で汚い言葉や悪魔のシンボルを落書きした。その後はホームレスが出入りするようになった。空き瓶やコンドームが捨て置かれ、煮炊きの跡も片づけられず、その火の不始末で建物の一部が焼け、十字架が落下する事態となったのだった。しかし、よく見れば、かつての栄光はいまもしっかり残っている。どっしりした石の建造物に大理石の階段、十字架にしても落下してゆがむまでは二百年近くにわたってそびえていた。ベケットのなかの信仰心は完全にはすたれていないから、この違和感は過去におかした過ちへの罪悪感に起因するのかもしれない。もしかしたら善と悪の対比のせいかもしれないし、ひょっとしたら昔の教会の記憶、日曜のミサと賛美歌の記憶、つまりはパートナーのかつての人生に起因するのかもしれない。

いずれにせよ、気持ちがふさぐあまり、歯ぎしりしながらハンドルを強く握りしめた。車が尾根を越えると、エレン・ボンデュラントが高くのびた雑草のなかで、二匹の犬をわきに従えて立っていた。片方の犬が吠えている。ベケットはブレーキを踏み、車は横滑りしながらとまった。いやな感じはまったく消えなかった。

「二匹とも人なつっこいの」女性が言った。

そうでないラブラドールにはいまだお目にかかったことがない。彼は女性に名前で呼びかけ、それから教会と野原と遠くの森をじっと見つめた。「ここまで歩いて来たんですか?」

「自宅はあっちよ」彼女は指で示した。「距離にして三マイルほどかしら。週に数回、ここまで歩いてくるわ」

「誰か見かけましたか？」女性は首を振り、ベケットは教会を示した。「なにかにさわりましたか？」

「右側の取っ手だけ」

「ほかには？」

「鎖は切断されてたの。しばらくその場にたたずんで、それから奥に入ったところ……あの、あの……」

「いいんですよ」ベケットはうなずいた。「前回、ここを訪れたのはいつですか」

「何日か前に。三日ほど前かしら」

「そのときには誰かいましたか？」

「そのときはいなかったけど、たまに人を見かけることはあったわね。ときどきごみが落ちてるし。ビール瓶。煙草。たき火の跡。こういう場所がどんなふうになるか、わかるでしょ」最後は声を詰まらせた。

一般市民は警官のように遺体を見ることはないのだと、ベケットは自分に言い聞かせた。

「これからなかに入って、見てきます。あなたはここにいてください。まだお訊きすることが出てくると思いますので」

「また、あれなんでしょう?」

女性の目には恐怖の色がくっきりと浮かんでいた。教会の上で木々が風にそよぎ、片方の犬がリードを強く引っ張った。「ここで待っていてください。すぐ戻ります」

ベケットは女性をその場に残して教会に向かった。途中、少しだけ足をとめ、草むらに残ったタイヤの跡を調べた。これといって特徴はない。模様を採取できるかもしれないが、おそらく無理だろう。

下に落ちた鎖をまたぎ、闇と暑さのなかに足を踏み入れた。十フィートも進むとほぼ真っ暗で、目が慣れるまでしばらく待った。やがて闇が形を取りはじめ、天井の低い、薄暗い部屋が現われた。壁の燭台《しょくだい》と左にある階段が見え、小室のドアが蝶番《ちょうつがい》からはずれていた。拝廊を抜け、身廊に通じる両開きドアまで手探りで進んだ。ドアの向こうは天井が見あげるほど高く、彼がいる手前側は薄暗いものの、左右の翼廊のステンドグラスから射しこむ光が祭壇と、そこに横たわる女性を照らしていた。光がいくつかの色に染まり——青と緑と赤——窓の鉄枠が筋状の影を落としている。それらをべつにすれば、光は剣のように射しこんで横たわる遺体をとめつけ、肌と、足から顎までを覆う糊《のり》のきいた白い布に色を落としていた。真っ先に印象に焼きついたのは黒い髪と静寂、そして真っ赤な爪だった。さんざん見てまぶたに焼きついた光景に、ベケットはその場に根が生えたように動けなくなった。

「まさか、例のあれだなんてことは……」

思わずひとりごとを言わずにはいられなかった。光が箱に入った宝石のように遺体を照らしていたが、それだけではなかった。上向いた顎とリンゴの皮のような爪のせいだった。

「ああ、やっぱり」

ベケットはほとんど忘れかけていた子ども時代の習慣で十字を切り、壊れた床板や傷んだカーペットの山をよけながら近づいていった。ひっくり返った会衆席のあいだを進んだが、足を一歩踏みだすごとに完璧という幻想が少しずつ崩れていく。光から色がなくなる。青白い肌が灰色に濁り、暴行の痕跡が魔法のように浮かびあがる。あざ。首を絞めた痕。傷だらけの指先。ベケットは最後の数歩を進み、祭壇の手前で視線を下に向けた。被害者は若く、髪の色は黒で目が血走っていた。ジュリア・ストレンジのときと同じように祭壇に仰向けに寝かされ、腕を布の上で組んでいる。首がつぶれて、黒ずんでいた。ベケットは首を絞めた痕、目、歯形が残る唇を調べた。布を持ちあげるとなにも着ておらず、血の気のない胴体は傷ひとつない。こんな状況でなければ完璧だと思っただろう。布をおろしたとたん、不意にこみあげてくるものを感じた。

通報者の言うとおりだ。

またあれだ。

木々の合間から強い陽射しがこぼれるなか、エリザベスの車はチャニングを乗せて山を下った。チャニングの家の近くになるまで、車内には沈黙がおりていた。ようやく口をひらいた少女の声は小さく、ばねのように張りつめていた。「あのことがあった場所にあとで行ってみた？」

「さっき連れていったでしょ。場所もちゃんと教えた」

「連れてってくれたのは採石場で、あれがあった場所じゃないよ。指で差して、話してくれただけ。刑事さんが押し倒された小さなマツのそばには行かなかった。あたしが知りたいのは、あの場所に立ったのかってこと」

車はチャニングの家の前でとまり、エリザベスはエンジンを切った。生け垣の奥に煉瓦と石の建物が、指一本触れさせるものかという風情で建っていた。「そんなことをするつもりはないわ。いまも、これからも」

「ただの場所だもん。怖くなんかないよ」

エリザベスは啞然《あぜん》として、シートにすわったまま体の向きを変えた。「まさか、現場に行ったんじゃないでしょうね、チャニング。あんなうらびれた家にたったひとりで行ったなんて言わないで」

「あれをされた場所に横たわってみた」

「ええっ？　どうして？」

「だったら、自殺でもしたほうがよかった？」

チャニングがむっとした表情になり、ふたりのあいだに壁が生じた。エリザベスは理解してあげたかったが、そう簡単にはいかなかった。少女の目が鈍い輝きを帯びた。それ以外の部分からはぴりぴりしたものが伝わってくる。「あたしのことでなにか怒ってる？」

「さあ、どうかしら」

エリザベスは十八のときの気持ちを、丸裸にされ、針金で縛りつけられる気持ちを思い出そうとした。むずかしいことではなかった。「どうして、またあそこに行ったの？」

「あのふたりは死んじゃったでしょ。残ってるのはあの場所だけだから」

「そんなことないわ」エリザベスは言った。「あなたはいままでどおりだし、わたしだってそう」

「いままでどおりなわけないよ」チャニングはドアをあけ、車を降りた。「刑事さんだって、そうでしょ」

「チャニング……」

「いま、この話はしたくない。ごめんね」

少女はうなだれたまま歩き去った。エリザベスは彼女がアプローチを進んで木立に消えるまで見送っていた。気づかれずに家に戻れるか、娘をもてあましている両親に窓からこっそり入るところを見つかるか。どっちにしても、あの子のためにはならない。どちらか片方が事態をより悪化させるだけだ。そんなことをあれこれ考えていると、電話が鳴った。ベケットからで、彼もチャニングと同じくらい混乱していた。

「親父さんの教会まで来るのに、どれくらいかかる？」

「父の教会？」

「新しいほうじゃない。古いほうだ」

「それは例の——」

「ああ、それだ。どれくらいかかる？」

「どうして？」

「いいから答えろ」

腕時計に目をやった。いやな予感がした。「十四分で行ける」

「十分で来い」

彼女が次の質問をするより先に、ベケットは電話を切った。

あと十分。

北の翼廊の窓のそばに立った。ステンドグラスは一部、何年も前に壊されたが、大半はそのまま残っている。穴に目を近づけ、嵐でも来るかのように外をうかがった。エイドリアンが出所してたった一日。あらたな殺人が報じられたら最後、ウイルスのように急速に広まるだろう。教会。祭壇。あまりに有名であまりに残忍な事件だ。市民は責任を追及するだろうし、すべてに厳しい視線が注がれることだろう。量刑指針。判事と警官。おそらくは刑務所にも。

なぜ司法はまた女性を死なせたのか。

ギデオンが撃たれた件まで公《おおやけ》になれば、この嵐は手がつけられなくなる。新聞がどう書きたてるか、目に見えるようだ。殺人と遺族と失敗に終わった復讐というストーリーにとどまらず、最初の被害者の子どもが社会から無視されたあげく、刑務所のそばで撃たれるという行政の無能ぶりにも言及されるだろう。リズが〈ネイサンズ〉の現場にいたことを突きとめる者もいるだろうし、そうなると、警察の立場はますます悪くなる。彼女は死の天使と言われ、エイドリアン以来、警察における最悪の汚点となっている。すでに多くの市民が彼女に反感を抱いている。その彼女が社会福祉局をギデオンに近づけないようにしていたことが知れたら、状況がどれだけ悪くなることか。なにもかもがとんでもないことになる。ダイヤーはリズを二度と現場に行かせないだろう。

それでもベケットはここに来てもらいたかった。彼女はパートナーであり友人であり、しかもいまだにエイドリアンに特別な感情を抱いている。それをなんとかしたかった。

「早く来いよ、リズ」

祭壇とのあいだを行ったり来たりした。

「早く来いったら」

七分後、電話が鳴り、ジェイムズ・ランドルフの番号がスクリーンに表示された。ベケットは出なかった。

「ったく、なにやってんだ」

十分が経過したところで、ランドルフからまた電話があり、さらにもう一度あった。四度めのコールがポケットのなかの携帯電話を振動させると、ベケットは乱暴に出して応答した。

ランドルフはいらだっていた。「なんなんだよ、チャーリー。もう監察医は確保したし、いまおれは、八人の警官から、どうかしてるんじゃないかって目を向けられてんだぜ」

「わかってる。申し訳ない」電話口の向こうから声が聞こえ、道具ががちゃがちゃいっている。

「出動していいのか？」

道路に一台の車が見えた。車はフルスピードで丘を越え、そのあと速度をゆるめた。ベケットは五つ数えて彼女だと確信してから言った。「出動してくれ、ジェイムズ。ダイヤーにも連絡を入れろ。さっきも言ったが、やつはかかりかりするかもしれない。おれに要請されたとだけ言ってくれ。同一犯の仕業だとも」

「やっぱりか」

「もうひとつ頼みたい」

「ん？」

「エイドリアン・ウォールを見つけろ」

ベケットは外に出ると、リズが子ども時代を過ごした教会のすり減った大理石の階段に立って待ちかまえた。離れたところからでも、浮かない顔をしているのがはっきりわかる。彼女は大きな木や崩れた尖塔に目を向けながら、ゆっくりとやって来た。険悪なことになりそうな気がして、ベケットはうんざりした。

「ここにはずっと来てなかったのに」彼女は言った。

「わかってる。悪かった」

ふたりがいるのは階段の最下段で、ベケットは疑念のせいで見るものすべてがゆがんで見えるのがいやだった。教会は何年ものあいだ、リズの人生の中心だった。信徒、両親、そして子ども時代。裕福な教会ではなかったが、歴史があり影響力も大きかった。ジュリア・ストレンジがこの祭壇で死んだことで、その大半が変わった。彼女はこの教会で結婚し、息子が洗礼を受けたのもここだった。信徒の多くは彼女の死や自分たちの教会が冒《ぼう》瀆《とく》された事実を乗り越えられなかった。踏みとどまったわずかな人たちは、あらたな場所に移転するべきだと訴えた。エリザベスの父はその案に抵抗したが、最後に母が迫った。いわく、大事な信徒が恐れおののきながら孤独に死んでいった場所で、どう祈れといううの？　どう子どもたちに洗礼をほどこせと？　若い人たちの結婚式を、どう執《と》りおこなえと？　その熱を帯びた訴えには、さすがの牧師も心を動かされ、いさぎよく折れたという話だ。その結果が、街でも危険な地域のわずかばかりの土地に建つ下見板張りの建物だった。教会はどうにかこうにか存続したが、移転先の教会に通ってきた信徒はひと握りでしかなかった。大半は第一バプテスト教会か合同メソジスト教会、あるいはその他の教会に流れていった。リズの人生が変わったのはそれからだ。

両親は世間から忘れ去られた。

エイドリアン・ウォールは刑務所に入った。

「あまり時間がない」ベケットは言った。

「どうして？」

「おまえがここにいるのを見つかったら、ふたりともダイヤーに逮捕されちまう」

ベケットはそう言うとなかに入り、エリザベスもあとを追って暗い拝廊を抜け、その先の明るいところに出た。光が痛いとでもいうように、バルコニーが頭上に張り出している部分を抜け、天井が高くなっているところに出るまで目を伏せて進んだ。垂木《たるき》、黒く焦げた跡、鉄の王冠のように垂れさがった天井灯を食い入るように見つめる彼女の顔を、ベケットは隣で見ていた。それから彼女は少し向きを変えたが、目はあいかわらず祭壇に向けようとせず、先に窓、壁、それに無数の影になった部分を見ていった。彼女の頭のなかのことはベケットに推測しようもなく、表情からはなにひとつうかがえない。冷静で表情ひとつ変えず、最後に祭壇のほうを向くと、目に見えたものがなにかわかるのに三秒かかった。

「なぜこれをわたしに見せるの？」

「理由はちゃんとわかってるはずだ」

「エイドリアンの仕業じゃないわ」

「同じ教会の同じ祭壇だぞ」

「あの人が出所したからって……」

ベケットは彼女の腕をつかむと、彼女が生まれたときから知っている祭壇へと引っ張った。「よく見ろ」

「被害者は誰なの？」

「それはどうだっていい」ベケットは荒々しい声で言った。「いいから見ろ」

「見たわよ」

「もっとじっくり見るんだ」

「じっくりもなにもないでしょうに。この女性は死んでいる。手口は同じ。それが聞きたかったわけ？」

リズは汗をかいていたが、うっすらとした冷や汗だった。彼女が胸のうちでどう感じているのか、顔を見ればあきらかだ。子ども時代と裏切り、醜い不信感。ここは彼女の教会だった。そしてエイドリアンは彼女のヒーローだった。

「なんでこんなことをするの？」

「おまえの頭がどうかしてるからさ。エイドリアン・ウォールは人殺しで、あいつを盲信するのは危険だとわかってもらいたいんだ」

「盲信なんかしてない」

「だったら、やつには近づくな」

「いやだと言ったら？」火花が散り、激しい怒りが燃えあがった。「どうしてあの人をそこまで嫌うの？ 彼はジュリア・ストレンジを殺してないし、この女性も殺してないのに」

「落ち着けよ、リズ。少しは考えてからものを言え」ベケットはこんな簡単なことも果たせない自分にいらだち、顔をしかめた。新人のころ、リズはエイドリアン・ウォールを信じるあまり、人間関係に多大な支障を来した。同僚の信頼を失い、わからず屋のだめ女の烙印《らくいん》を押された。仲間として受け入れてもらえるまでに何年もかかり、かりかりすることなく署内を歩けるようになるにはさらに何年かかかった。ベケットはそれをずっと見守っていた。「おまわりらしい態度で見ろと言ってるんだ。わかったか？」

「誰とくらべて？ 宇宙飛行士？ 家庭の主婦？」

悪くなる一方だった。またいつもの喧嘩腰だ。またとげとげしはじめた。

「あの人がやったんじゃないわ、チャーリー」

「いいかげんにしないか、リズ――」

「ゆうべ、あの人と一緒にいたの」

「なんだと？」

「こんなことをやりそうな様子じゃなかった。そもそも、他人には興味がなさそうだった。ただただ……悲しんでいた」

「悲しんでいた？　なにを言ってるんだ、いったい？」

「わたしを呼び出したのは間違いよ」彼女はまわれ右をして歩きだした。「とんだヘマをしたわね」そのとおりだった。

とんでもなくまずいやり方だった。

リズが離れていった。

10

エリザベスは運転しながら、いましがたの教会での出来事を理解しようとした。遺体のことは、あらたな殺人の件はひとまずおいておく。重大すぎるし唐突すぎる。それを理解するには時間が必要だったから、かわりにベケットのことを考えた。彼は救いの手を差しのべようとした――それは彼女にもわかった――が、エリザベスはベケットには理解できないほどあの教会を忌《い》み嫌っていた。長年の憎しみはエリザベスの心に深くからみついているため、あの祭壇を前にして客観的でいるのはむずかしかった。あそこにいると自分がちっぽけな存在に思えると同時に、怒りと裏切られた思いとがこみあげてきた。きつい組み合わせだった。そこで、静かな車のなかで、肝腎な一点だけを考えた。

エイドリアンを信じたのは正しかったの？

彼とは一般に言う親密な関係になったことは一度もない。彼は命の恩人であり、身を切るような絶望に沈んでいた夜に灯った光だった。そのため、彼に対する気持ちは尋常ではなかった。彼を思うたび、採石場で見た、安心と誠意に満ちた顔が目に浮かんでくる。信頼の気持ちがふくらんだのは、自分も警官になってからだった。彼は勇敢で頭の回転が速く、被害者やその家族を思いやる気持ちを持っていた。とはいえ、自分が警官になってみても、彼はやはり雲の上の人だった。たまにほほえんでくれたり、声をかけてくれるだけの存在だった。いずれも他愛のないささやかなものだったが、そうされるたびに湧いてくる感情も、その感情から生まれる危険な疑問も否定しようがなかった。

わたしはとりこになっているの？

むずかしい質問だけれど、それも、いままで自分に問いかけたことがなかったというだけのことだ。警官になったのはエイドリアンが警官だったからだし、ひたむきなのもエイドリアンがそうだから。ジュリア・ストレンジの爪から彼の皮膚片が発見されたときも、エリザベスだけは彼が犯人とは思わなかった。しかし友人も同僚も陪審もそうではなかった。彼の妻でさえ、最後には消えてなくなりそうにしていた。傍聴席でうなだれ、誰とも目を合わせようとせず、判決が言い渡されるときには姿を見せなかった。そういったもろもろが、これまでになく心に引っかかった。妻でさえ信じなかったのに、なぜ自分はエイドリアンの無実を信じたのだろう。こんなふうに自己不信におちいるのは本意ではないけれど、エイドリアンへの信頼が一途なものだったのは事実だ。若かった自分は、信じるものがほしくて躍起になっていた。こうして振り返ってみるとすべて納得がいく。でも、いまも一途に信じているの？　十三年という隔たりこそあれ、ふたつの殺人は同じに見えた。

目を閉じれば、祭壇に横たわるギデオンの母親の姿が目に浮かんでくる。あれと、今度のとではどこがちがうの？

わからない。それが問題だった。あらたな犠牲者の死亡推定時刻はわからないが、遺体の状況からすると、エイドリアンが州立刑務所を出所したあとの可能性が高い。エリザベスは小一時間ほども考えたが、偶然すぎる偶然という点がどうしても気にくわなかった。今度の被害者とエイドリアンとをつなぐものがいくらかでもあるのだろうか――目撃証言、物的証拠、犯人と目される人物が十三年の刑を終えて出所したばかりという以外のなにかが。いつもなら、あちこち電話できるけれど、いまは停職中で蚊帳《かや》の外に置かれている身だ。首を突っこみすぎれば、冗談でなくフランシス・ダイヤーにくびにされる。関わってはだめ、と自分に言い聞かせた。いまや彼女の人生は崩壊寸前で、チャニングの人生も同様だ。ギデオンは病院にいる。州警察が二重殺人の容疑で彼女を逮捕するつもりでいる。でも、疑われているのはエイドリアン・ウォールなのよ。

いい、いい、いい、いい、いい。

しかも現場は父の教会。

無意識のうちに道端の駐車場まで戻り、高いところから様子をうかがった。監察医の姿があった。それにベケット、ランドルフのほか、十人ほどがいた――鑑識、制服警官、おそらくどこかにフランシス・ダイヤーもいるはずだ。来ていないはずがない。ダイヤーはエイドリアンの元パートナーで、その証言が有罪の根拠のひとつとなった。

エリザベスは煙草に火をつけ、ミラーの向きを変えて自分の顔をじっと見つめた。げっそりとして、目が赤く、まるで覇気《はき》がない。

エイドリアンを信じたのが間違いだったとしたら？

すべてわたしの勝手な思い込みにすぎなかったとしたら？

ミラーをもとの位置に戻し、煙草を半分まで吸ってからもみ消した。なにかおかしい感じがするが、教会や遺体のような、見てすぐにわかるもののことではなかった。被害者？現場全体？さらに五分ほど教会をながめるうち、突然、なにがおかしいのかひらめいた。

ダイヤーの車はどこ？

彼は刑事たちの束ね役だし、これはかなりの大事件だ。ベケットの携帯電話にかけると、呼び出し音が三回鳴って、彼が出た。

「やあ、リズ」ひそめた声が応答し、エリザベスの目に彼が遺体から離れていくところが浮かんだ。「電話をくれてよかった。さっきの件だが――」

「フランシスはどこ？」

「ん？」

「車が見当たらないんだけど。いるはずよね」

ベケットは口をつぐみ、電話の向こうから荒い息だけが聞こえてきた。「いまどこにいる、リズ？まだ現場近くにいるのか？言ったはずだぞ――」

しかし、エリザベスは聞いていなかった。ダイヤーは教会に来ていないのだ。こうなることくらい、予測できたはずなのに。「やられた！」

「リズ、待て」

それは無理な注文だった。エリザベスはUターンすると教会を背にし、速度制限をことごとく破って街に向かった。二マイルほど離れた丘の頂上からは、尖塔、屋根、木々の合間に白くのぞく家々が見える。丘を下りきって道が混雑してくると、右に折れ、それから玉石で舗装された道に入り、街の反対側に抜けた。まだ着いていないはずよと思いながら。しかし、エイドリアンの焼け落ちた農場に通じる最後の直線まで来ると、一マイル前方に回転灯が見えた。まだ遺体が運び出されてもいないというのに、ダイヤーはもうかつてのパートナーを逮捕しに来ていた。憤慨。怠惰。憎悪。理由はなんであれ、紙にインクで書いたようにはっきりわかる。彼を牢屋《ろうや》に閉じこめ、なんだかんだと理由をつけて出さないつもりだ。

「きみの考えているようなことじゃない」

車を降りると、ダイヤーが立っていた。両手をあげて後ずさりする彼を尻目に、エリザベスは車のあいだを抜け、十ヤード前方の焼け落ちた家に向かって強引に進んだ。

「まだ遺体は冷たくすらなってないんですよ。彼を逮捕する理由なんかないでしょうに」

「落ち着いてくれ、リズ。頼むから」

制服警官たちを肩で押しのけ、まわりこむようにして例の焼け焦げた部屋に入ると、エイドリアンが煤《すす》の上でうつぶせにされていた。どんなタックルをかけられたにせよ、かなり乱暴だったようだ。シャツが破れ、両手と顔に血がべっとりついていた。足首と手首を拘束され、動物のように地面に転がされていた。

三歩も行かないうちに、ダイヤーの鋼《はがね》のような手に腕をつかまれ、うしろに引っ張られた。「彼と話がしたいんです」

「許可するわけにはいかん」

「フランシス——」

「いいかげんにしろと言ってるだろう」

警官たちが見守るなか、ダイヤーは頬を赤くほてらせながら、エリザベスを外に引きずり出した。オークの木に押しつけられた彼女は、彼の腕を乱暴に振り払った。「ふざけるのもいいかげんにして」

「落ち着くんだ、ブラック刑事」ダイヤーは目に威厳をこめ、張りのある声を出した。「これはきみが考えているようなことではないし、あいつと話をさせるわけにはいかないんだ。つまり、逮捕するあいだ、邪魔をしないでもらいたい」エリザベスが右に動くと、ダイヤーも同じように動いた。「冗談だと思うなよ、リズ。妨害するならきみもしょっぴく。本気だからな」

エリザベスは前に進もうとした。

ダイヤーは彼女の胸にてのひらを押しあてた。とんでもなく不適切な行為だが、その顔からは当惑している様子はうかがえなかった。「なんなら手錠をかけてもいいんだぞ。神と全署員が見ている前で。そうされたいのか？」

エリザベスはそれまでとはちがった目で相手を見返した。ここまで強硬な態度に出るとは、いつものダイヤーらしくない。「かまいません」

「本気なのか？」

エリザベスは一歩さがり、両手を体の前に持ってきた。人だかりの向こうでエイドリアンが地面に寝かされている。ふたりの目が合った瞬間、全身に電気が走るような感覚に襲われた。「なぜ手も足も拘束しているんですか？」

「危険な男だからだ」

「なんの容疑で逮捕したんですか？」

「答えたら、おとなしくするか？」

胸のなかで怒りがふくらんだ。おとなしくしろとは、まるで子ども扱いだ。「いつだっておとなしくしているじゃないですか」

「ここを動くな。こっちが終わったら話そう」

「ひとつだけ教えてください」

ダイヤーは振り向き、指を一本立てた。

「容疑はなんです？」

ダイヤーは黒く焦げた板に打ちつけられた赤と白の表示板を指差した。それとそっくり同じものは、エリザベスもこれまで何度も目にしている。四角い鉄板に、単語はわずかふたつだけ。

「うそでしょ」

「あいつはもう、ここの所有者ではないんだ」

ダイヤーは家に入っていき、外にひとりぽつんと残されたエリザベスは、エイドリアンが無理やり立たされ、瓦礫のなかを引きずっていかれ、車に押しこめられるのをぼんやり見ていた。彼を乗せた車を見送ると、こみあげる感情を隠しきれなくなった。いまがどうであれ、エイドリアンはかつて格別に優秀な警官だった。有能であるだけでなく、勲章を受け、高い評価を得ていた。そんな彼が、おかしたはずのない罪で十三年を獄中で過ごし、出てきてみれば、もとは自分の土地だった場所で乱暴なまねをされた。

手錠をかけられ、車に押しこまれた。

不法侵入の容疑で逮捕された。

エリザベスはダイヤーからこれ以上なにか言われる前にと、その場を離れた。道路で待ったのち、一列になって走るパトロールカーのあとをついて署まで行き、エイドリアンが車から乱暴に降ろされ、よろよろとセキュリティゲートに連れていかれる様子を遠くからうかがった。彼は手荒な扱いに抵抗し、いっそう手荒な扱いを受けていた。署内に姿を消すころには、彼の足は完全に地面から浮いていた。警官ふたりに足を持たれ、べつのふたりに肩のところを持たれながら、もがいていた。エリザベスは車のなかからドアをじっと見つめた。ダイヤーが出てくるのを待ったが、いっこうに現われなかった。

教会に行ったんだわ、と心のなかでつぶやいた。そういう段取りだからだ。まず捜査をし、それから逮捕する。

車のギアを入れ、道端からゆるゆると発進したが、専用駐車場の端に濃紺のセダンがとまっているのに気がついた。ブラックウォールタイヤを履き、州のナンバープレートがついている。ハミルトンとマーシュの車だろう。

まだこっちにいるのだ。

彼女の首にかける縄を探して。

教会を見おろす位置に丘があり、知らないと見つけにくい場所に砂利道が一本、通っている。くねくねしたその道を進んで木立を抜けると、やがて小高くひらけた場所に出るが、そこからはゆるやかに起伏する丘陵と遠くの山々が、なににもさえぎられることなく見わたせる。昔はよくひとりになるためにのぼって、この街のあらゆる善に思いをはせたものだった。あのころは筋のとおらないことなどなにもなく、上を見れば空があり、なにもかもがあるべき場所にあった。

しかし、それも大昔のことだ。

男は木陰に車をとめると、草むらを歩いていき、崩れた尖塔とてんでんばらばらにとまった車を見おろした。教会を訪れる者がいるのは知っている――馬に乗る女だのホームレスだの――から、いずれ死体が見つかるのはわかっていた。しかし、あそこに警察がいるのを見ると吐き気がしてくる。これだけの長い年月をへてもなお、あの教会は彼にとって特別な場所だった。他人にはその理由も、教会の存在意義も理解できない。彼の心にぽっかりあいた穴を、教会がきれいに埋めてくれたことも。

では、祭壇の娘はどうか？

彼女も男のものではあったが、これまで選んだ女たちにくらべればさほどのことはなく、おまわり連中が彼女をながめ、さわり、あれこれ憶測をめぐらしている状況となればなおさらだ。本当ならばあの娘は静かな暗い場所にいるべきであり、ステンドグラスの向こうでおこなわれていることを想像するだけで腹がたった。まぶしい光に疲れきった警官、気味の悪い作業を黙々とおこなう監察医。娘が死んだ理由も、彼女を選んだ目的も、見つかるようにしたいきさつも、連中にはわかるまい。あの娘は彼らの理解をはるかに超えた存在であり、単なる女でも死体でもパズルの一片でもないのだ。

彼女は死んで子どもになった。

最後は誰でもそうなる。


病院を訪れたエリザベスは、ギデオンが回復室から同じ階の個室に移ったと知らされた。

「どうしてそんなことができたんですか？」

「お金のこと？」看護師は前回と同じ、鼻のあたりにそばかすが散った、茶色い目と赤毛の美人だった。「刑事さんのお父様が寛大にも申し出てくださったんですよ。今週は入院患者さんが少ないので、事務長も同意しました」

「なんでそんなことをしたのかしら」

「お父様とお話しになっていないんですか？」

エリザベスは想定外の寛大な行動に頭を抱えたが、父もギデオンを愛しているのだというこことで納得しようとした。「いまもこちらにいるんでしょうか？」

「お父様ですか？　お見えになったり、帰られたりですが」

「ギデオンの容態は？」

「一度、目を覚ましましたけど、しゃべるのは無理なようです。わたしたち一同、あの子のことでは本当に心を痛めているんですよ。まだほんの子どもで、お母さんのことでつらい思いをしたんですもの。みんな、あの子が拳銃でなにをするつもりだったかは知ってますけど、そんなのは関係ありません。ナースの半数は、あの子を家に連れ帰りたいと思ってるくらいですから」

エリザベスは礼を言い、ギデオンの病室のドアをノックした。返事はなく、静かになかに入ると、少年は腕と鼻にチューブを挿入された状態で眠っていた。心臓の鼓動に合わせてモニターがピッ、ピッ、ピッと鳴っているが、上掛けにくるまれた少年はあまりに小さく、胸が上下するのもほとんどわからない。生まれてこの方、少年は悪運つづきだった。貧困。ネグレクトすれすれの状態。そして今度はみずからも罪を背負うことになった。彼は自分を赦せるかしら。赦せるとして、なにを？　人を殺そうとしたこと？　それとも失敗したこと？

あけはなしたドアの外から自分はどう見えるかしらと考えながら、エリザベスは長いこと立っていた。知らない人の目には少年を心から大切に思っているように映るかもしれない。

どうして？　そう尋ねる人もいるだろう。自分の子どもでもないのに。

簡単な答えなどあるはずもないけれど、なにか理由をひねり出さなくてはならないとしたら、こんな感じだろう――あの子がわたしを必要としているから、あの子の母親の遺体を見つけたのがわたしだから。

とはいえ、それもありのままの真実というわけではない。身を乗り出し、ほっそりした顔とあざになった目に見入った。十四歳というより八歳に見えるし、生きているというより死んでいるように見える。

少年の目があいたが、暗くもっていた。「あいつ、死んだ？」

エリザベスは少年の髪をなでつけながら、ほほえんだ。「いいえ。殺さずにすんだわよ」

その知らせにほっとしているだろうと思い、さらに顔を近づけた。しかし、少年の頭の後方で、モニターのピッ、ピッという音が速くなりはじめた。

「本当なの？」

「あの人は生きてる。あなたは罪をおかさずにすんだのよ」モニターの音が急に高くなった。少年が白目を剝《む》く。「ギデオン？　ゆっくり息をして」

モニターが甲高い音を発しはじめた。「看護師さん！」エリザベスは叫んだが、必要なかった。ドアはすでにあいて、まず看護師が、そのあとを追うように医師が飛びこんできた。

医師は尋ねた。「なにがあったんです？」

「ただ、話をしていただけなんですが……」

「患者になにを言ったんです？」

「これといったことはなにも。ただ――」

「出てください」

エリザベスはベッドから離れた。

「早く！」

医師は少年の顔をのぞきこんだ。「ギデオン。わたしを見て。落ち着きなさい。深呼吸してごらん。ほら、わたしの手を握って。そうそう、それでいい。わたしの目を見て。わたしを見るんだ。ゆっくりとでいいからね」医師は大きく息を吸って、吐いた。ギデオンの手は強く握りすぎているのか真っ白で、目は医師に据えられている。すでにモニターの音はゆっくりになってきていた。「よしよし……」

「外に出てもらえませんか？」看護師の声がした。

「あの……？」

「あなたでは誰も助けられませんから」看護師は言ったが、あながちそうとも言い切れない。

エイドリアンを助けることはできるかもしれない。

犯行現場である教会から警官たちが引きあげたのは、午後も遅くなってからだった。そのときエリザベスは、署の北を走るわき道にとめた古いマスタングのなかにいた。外は暑く、ビル群から並木から、さらには自分の車に向かって歩く人々からのびる影が長くなってきていた。普通の人にとっての普通の一日。日没が迫りつつあった。夕食と家族のための時間。休息の時間。署に向かう警官にとっては、まだ始まったばかりだった。証拠品を適正に処理し、報告書を書き、捜査方針を練らなくてはならない。エイドリアンを勾留《こうりゅう》したものの、ダイヤーは制服警官によるパトロールを実施し、刑事たちにはあらゆる角度からとことん捜査をさせることだろう。どのような捜査方針でいくにせよ、慎重で徹底したものが求められるはずだ。つまり、全署あげての捜査となるため、エリザベスはその混乱の隙を突いて求めるものを手に入れるつもりだった。

身をかがめていると、鑑識のバンがそばを通り、裏の専用駐車場に向かった。パトロールカー三台があとにつづき、さらにベケットとダイヤーと地区検事局の検事ふたりが帰ってきた。最後がジェイムズ・ランドルフだった。ウィンドウごしにつるりとした頭と無精ひげの生えた顔が見えた。それが求める相手、規則を守っていたらまっとうな警官がばかを見ると考える頑固な古株だ。実際、地下室での一件のあと、死体を始末してだんまりをとおせばよかったのにと真顔で言われたくらいだ。最初は冗談を言っているのかと思ったが、顔をしかめた様子からして本気なのだとわかった。

あのあたりには森がいくらでもあるじゃないか、べっぴんさん。

深くて静かで、地獄のように暗い森がいくらでも。

彼が署に入ってから十分待って携帯に電話をかけた。「ジェイムズ、どうも。わたし」

彼のデスク近くの窓を見あげると、人影が動いたような気がした。「もう夕食はすませた？」

「テイクアウトを注文しようと思ってたところだ」

「ワンの店？」

「なんでわかった？」

「わたしにおごらせて」

ランドルフの椅子がきしむ音が聞こえ、デスクに脚を載せたところが思い浮かんだ。

「長い一日だったんだよ、リズ。しかも、このあとは長い夜が待ってる。なにが望みか言ったらどうだ？」

「エイドリアンのことは聞いた？」

「そりゃもちろん」

「彼と話をしたいの」

七秒がじりじりと過ぎた。通りを車が走っていく。「青椒肉絲《チンジャオロースー》」彼が言った。「箸《はし》をもらってくるのを忘れるなよ」

二十分後、ふたりは署のコンクリート壁と段差のない地下扉の前で落ち合った。

「段取りを教える」

ランドルフはエリザベスを建物のなかに入れた。廊下の壁は緑色で、床は磨きあげたビニールタイルだった。

「すみやかに、こっそりとだぞ。それからおまえは口を閉じてろ。廊下で誰かとすれちがうようなことがあってもおとなしくして、いまも言ったように絶対に口を閉じてるんだ。話をするとなると面倒だから、そっちは全部おれにまかせろ」

「わかった」

「こんなことをするのも、おまえがいい警官でべっぴんだからだ。それに、おれが古いタイヤ並みに醜男《ぶおとこ》でも気にしたことがないからだ。だからって、おまえをあの人殺し野郎に会わせるためなら、この仕事をくびになってもかまわないってわけじゃないからな。よくわかったか?」

エリザベスは口をしっかり閉じてうなずいた。

「よし、それでいい」彼は言うと、エリザベスが目にする唯一の笑顔を向けた。「掩護《えんご》しろよ、こんちくしょうめ」

エリザベスは言われたことを守り、誰にも見とがめられずに目的地まで行けても驚かなかった。ふたりはわきからこっそり署内に入った。人の動きがあるのは、入り口近くの巡査部長のデスクと、二階の刑事部屋だけだろう。これだけ遅い時間ならば、留置場は閑散《かんさん》としているはずで、ふたりはそれをあてにしていた。最後の角を曲がると、重い鋼鉄の扉近くのデスクに見張りの警官がひとりいるだけだった。顔をあげた警官にジェイムズが気さくに手を振った。「マシュー・マシーニー、調子はどうだい？」

マシーニーは腕を組み、エリザベスを見やった。「どうしたんだ、ジェイムズ？」

「煙草でも吸ってこいよ」

「そいつは頼んでるのか、それとも命令か？」

「おまえに指図なんかするわけないだろ。そんな顔するなって」

マシーニーはまたもエリザベスに目を向けた。蛍光灯の光のせいで、顔色がやけに悪く見える。ジェイムズと同じく五十代で髪が薄い。ジェイムズとちがうのは、やせていて猫背、意地の悪い目をした男で、日々、人生に嫌気が差しているタイプである点だ。「誰がぶちこまれてるか知ってるよな？　社会の敵ナンバーワンの男だ」マシーニーはエリザベスを指差した。「でもって、そこにいる女は社会の敵ナンバーツーと言っていい。つまり、そうとう厚かましいお願いってことだ」

「彼女は少し話がしたいだけだ。それ以上のことは望んでない」

「理由は？」

「そんなことはどうでもいいじゃないか。話をするだけなんだから。ひと言、ふた言かわすだけさ。なにもやつをここから出そうってわけじゃない。そんなぐじぐじ言うなよ」

「なんでおまえはいつもそういうことをする？　おれはいやなんだよ、ジェイムズ。昔からずっと」

「そういうこととはなんだ？　まだなにもしてないぜ」

マシーニーはリズをにらみながら、頭のなかで計算した。「おれがうんと言ったら、もう貸し借りなしにしろ。あの日の話はこれっきり聞きたくないからな。二度と蒸し返すなよ。いまここにダイヤーがやって来て、この女を見つけたとしてもだぞ。今後一切、貸し借りなしだ」

「ああ、それでかまわん」

「二分だけやろう」

「彼女は五分必要だと言ってる」

「なら、三分だ」マシーニーは立ちあがった。「やつは拘禁房にいる。通路をまっすぐ行って右だ」

「なぜ拘禁房に？」エリザベスは訊いた。

「なぜかって？」マシーニーは鍵束をデスクに落とした。「そりゃ、くそ野郎だからさ」

マシーニーがいなくなると、エリザベスはジェイムズ・ランドルフに向かって片眉をあげた。相手は肩をすくめた。「署内はああいう考えのやつが多いんだ」

「だったら、なぜあの人はわたしたちに協力してくれるのかしら」

「ガキだったころ、ふたりでウズラ狩りに行って、おれはやつに撃たれたんだよ。なにかにつけてその話を持ち出されるもんだから、うんざりしてるのさ」

「でも拘禁房というのは……」

「一分よけいに引き出してやったんだ」ジェイムズは大きな扉のロックを解除した。「おれが迎えにいくような事態だけは勘弁しろよな」

廊下に足を踏み出すと、左右には大きな檻が並び、いちばん奥に拘禁房ののっぺらぼうの扉が見えた。奥へと歩を進めるにつれ廊下は暗くなり、古い蛍光灯がちらちらとまたたいたかと思うとぱちんという音がし、エリザベスは思わず身を縮めた。まるで刑務所そっくりで、その刑務所はいまの彼女にとって、かなり現実味のある存在になってきている。低い天井。汗をかいたようにじっとりした金属。奥の壁に押しつけられたような恰好の拘禁房に目が吸い寄せられた。見るからに恐ろしげで、頑丈そうな鋼鉄の扉には、顔の位置に八インチののぞき穴がついている。麻薬常習者、嚙みつき癖のある者、精神に障害を抱えている者専用の監房だ。壁と床は古びた帆布に覆われているが、それが糞便や血液、その他もろもろの液体で汚れている。怒り、恨み、狭量《きょうりょう》をべつにすれば、エイドリアンがここに閉じこめられているまともな理由などひとつもない。

スライド錠をはずし、蝶番つきのプレートをあげて、監房をのぞきこんだ。なぜか息を詰めていた。静けさが外に向かって広がっているような気がした。監房内にはなんの動きもなく、ささやく声以外、なにも聞こえなかった。

隅の床にエイドリアンがいた。素足。上半身裸。顔を膝のあいだにうずめている。

「エイドリアン？」

なかは真っ暗で、淡い光がエリザベスの頭のそばをかすめていた。彼女がもう一度名前を呼ぶと、彼は顔をあげ、目をしばたたいた。「そこにいるのは誰だ？」

「リズよ」

彼は立ちあがった。「誰が一緒にいる？」

「わたしだけ」

「ほかのやつの声も聞こえたぞ」

「そんなことない」リズは廊下を振り返った。「本当にほかにはいないから」エイドリアンが足を引きずりながら近づいてきた。「シャツはどうしたの？　靴は？」

彼はあいまいな仕種をした。「ここは暑いんでね」

そのようだった。汗がエイドリアンの肌を光らせ、目の下で玉になっている。彼のなかがなくなっているように見えた。思考力。関心の大半。彼が頭を傾けると、汗が顔を転がり落ちた。

「なぜここにいるんだ、リズ」

「大丈夫なの、エイドリアン？　わたしを見て」エリザベスは辛抱強く待った。彼の肩の筋肉が小刻みに震えているのに気がついた。それから彼はひとつぞくりと全身を震わせると、咳きこみはじめた。「ここに入れられてから、なにかされたの？　扱いが荒っぽかったのは知ってるけど、乱暴された？　脅《おど》された？　見た感じ……」声がしだいに小さくなったのは、思ったことを最後まで言いたくなかったからだ。縮んだみたい、とは。

「暗闇と壁のせいだろう」エイドリアンは無理にほほえんだ。「狭いところが苦手なものでね」

「閉所恐怖症なの？」

「そんなところだ」

彼はまたほほえもうとしたが、すぐにあらたな咳が始まり、二十秒ほど体を震わせていた。エリザベスは彼の胸から腹部へと視線を這わせた。

「ちょっと、エイドリアン」

彼は傷痕を見られているのに気づき、体の向きを変えた。しかし背中も胸と大差なかった。うっすらとした白い筋がいったいいくつついているのか。二十五？　四十？

「エイドリアン……」

「たいしたことじゃない」

ったろ」

彼はシャツを拾いあげ、肩にはおった。「たいしたことじゃないと言ったろ」

その顔をあらためてのぞきこむと、骨の配置が記憶とちがっていることにはじめて気がついた。左目の横がくぼんで、そこが影になっている。鼻も以前と完全には同じではなかった。エリザベスは廊下を振り返った。あたえられた時間は数分だけ。のばすのは無理だ。

「教会のことでなにか訊かれた？」

エイドリアンはうつむいたまま、両のてのひらをドアにぴたりとつけた。「きみは停職中のはずだろ」

「どうして知ってるの？」

「フランシスが言っていた」

「ほかにどんなことを言われた？」

「きみとは距離を置くようにと。口をしっかり閉じて、きみをおれの問題に引きずりこむなとさ」エイドリアンが顔をあげ、その瞬間、十三年という歳月が消えた。「いまさら言ってもしょうがないが、おれは彼女を殺してないよ」

彼女というのは教会で見つかった、新しい被害者のことだろう。

「ジュリア・ストレンジは殺したの？」

エリザベスが無実かどうかを尋ねたのはこれがはじめてだった。長い間があき、エイドリアンは口を引き結び、古傷が口をあけた。「もう刑期は終えただろ」

その目にはあきらかな怒りが浮かんでいた。昔のエイドリアン。弱々しさなど微塵《みじん》もない。

「裁判で証言すればよかったのに」エリザベスは言った。「その質問に答えるべきだったのよ」

「その質問か」

「そう」

「だったら、いま答えようか？」

そっけない言い方だったが、食い入るように見つめられ、頭の奥がずきずきしはじめた。エリザベスが求めているものが彼にはわかっている。わかっていて当然だ。彼女は裁判のあいだ毎日、その質問に答えが返ってくるのを待っていたのだから。きっと説明がつくことだ、と思っていた。すべて、なるほどとうなずけるはずよ、と。

しかし、エイドリアンは証言台に立たなかった。

質問に答えが返ってくることはなかった。

「要するにあれだろ」彼はひたすらエリザベスを見つめていた。「おれの首についた引っかき傷。彼女の爪から見つかった皮膚片」

「無実ならちゃんと説明できたはずだもの」

「当時、いろいろあったんだよ」

「だったら、いま説明して」

「説明したら、力になってくれるのか？」

そうきたか、とエリザベスは心のなかでつぶやいた。ベケットが忠告していた。前科者は他人を利用しがちだ、と。

「ジュリア・ストレンジの爪からあなたの皮膚片が見つかったのはどうしてなの？」エイドリアンは口を一文字《いちもんじ》に結んで顔をそむけた。「話してくれないなら帰る」

「それは脅しか？」

「交換条件と言って」

エイドリアンはため息をついて、かぶりを振った。どう思われるかわかったうえで口をひらいた。「彼女とつき合っていたんだ」

一瞬の間。ゆっくりとしたまばたき。「ジュリア・ストレンジと不倫していたの？」

「キャサリンとおれはうまくいってなくて……」

「でも、キャサリンは妊娠してたって」

「妊娠してたのは知らなかった。事件のあと、わかったことだ」

「そんな……」

「べつに自分のしたことを正当化しようってわけじゃないよ、リズ。ただ、わかってもらいたいだけだ。あのころ、結婚生活はうまくいってなかった。おれはキャサリンを愛してなかったし、彼女のほうもそれは同じだった。たぶん、赤ん坊は最後の頼みの綱《つな》だったんだと思う。おれは流産するまで妊娠してたことを知らなかったんだよ」

エリザベスは一歩さがり、またもとの位置に戻った。なんとも忌まわしい。そんな話で納得したくなかった。「なぜ彼女との不倫を証言しなかったの？　ＤＮＡの分析結果で有罪になったのよ。ちゃんと説明できるなら、そうすべきだった」

「キャサリンにそんな仕打ちはできないからさ」

「ばかばかしい」

「彼女を傷つけ、屈辱をあたえるなんて」彼はまたもかぶりを振った。「それでなくても、彼女には悪いことをしたんだ」

「それでも証言すべきだった」

「言うのは簡単さ。だが、それでどうなる？　考えてもみろ」エイドリアンはあらゆる意味で壊れていた。顔は傷だらけで、目の下は黒ずんでいる。「真実を知っているのはジュリアだけで、その彼女はこの世にいない。身の証《あかし》を立てようとして不倫の事実を認めたからって、誰が信じてくれるっていうんだ。きみも裁判はいやというほど見てるだろう。人は追いつめられるといくらでもうそをつくし、ちょっとでもましな評決が得られるチャンスがあれば、魂だって売りかねない。だから証言したところで、自分勝手な計算高いうそだと思われるのがオチだったろうよ。それでおれはなにを得られる？　同情でも尊厳でも合理的な疑いでもない。反対尋問を次々と繰り出され、終わるころにはいっそう疑わしく見えるだけさ。たしかに一度ならず、そうしようとも考えた。すでにおれはキャサリンを無駄に苦しめた。ジュリアはもう生き返らない。つき合ってた事実をあきらかにしたところで、よけいに不利になるだけだと思ったんだ」

「一緒にいるところを見た人はいないの？」

「そっちの意味ではないよ。一度も」

「手紙もなし？　留守電も？」

「ふたりともすごく慎重だったからな。証明したくても無理だったろう」

エリザベスはその皮肉な響きに反応した。「なにもかもが裏目に出たわけね」

「それだけじゃない」彼は言った。「聞いて楽しい話じゃないぞ」

「聞かせて」

「証拠を捏造《ねつぞう》したやつがいる」

「エイドリアン、いくらなんでもそれは……」

「彼女の家からおれの指紋が検出されたことは、DNAの件も含め、事実だからしょうがない。しょっちゅう訪ねていたからな。そういう関係だったんだ。だが、教会の近くで空き缶が見つかったのは変だ。あの近くには行ってない。あそこでビールを飲んだことなんかないんだよ」

「それじゃあ、誰が捏造したと？」

「おれを刑務所にぶちこみたいやつの仕業だろう」

「残念だけど、エイドリアン……」

「そんなことを言わないでくれ」

「そんなことってなに？　これまで出会ったすべての犯罪者と同じことを言ってるってこと？　〝おれはやってない。誰かにはめられた〟って」

エリザベスは一歩さがった。不信感は隠しようもなかった。エイドリアンにもそれは伝わった。「刑務所に戻るわけにはいかないんだよ、リズ。あそこがおれにとってどんなところか、きみにはわかりっこない。絶対に。頼む、どうしてもきみの助けが必要だ」

エリザベスは力になれるのかわからず、煤で汚れた肌と黒に近い瞳に目をこらした。目の前のこの人によって彼女の人生は変わったが、いまの彼はごく普通のひとりの男であり、しかも深刻で、致命的とも言えるほどのダメージを負っている。それが彼女にとってどんな意味があるのだろう。彼女の選択にとって。

「考えてみる」彼女はそれ以上なにも言わず、監房をあとにした。

署を出るのに二分かかった。ランドルフに横にぴったりつかれ、ひとつの廊下から次の廊下へと急《せ》かされた。入ったときと同じわき道に面した低いドアまで来ると、彼はエリザベスを歩道に追いやり、自分も外に出てドアがかちりと閉まるにまかせた。西の空が真っ赤に染まっていた。生暖かい風がコンクリートをかすめるなか、ランドルフは煙草を二本振り出し、一本をエリザベスに差し出した。

「ありがとう」

エリザベスは受け取った。ランドルフが両方に火をつけ、ふたりは三十秒ほど黙って煙草をふかした。

「で、なんなの？」彼女は灰を落とした。「本当の理由は？」

「理由？」

「わたしに手を貸した理由」

ランドルフは肩をすくめ、ゆがんだ笑みを浮かべた。「上層部のお偉方が嫌いなのかもな」

「あなたがお偉方を嫌ってるのは知ってる」

「だったら、おれが手を貸した理由もわかるよな。必要とあらば、この郡のいちばん奥にあるもっとも暗い森にモンロー兄弟を埋める手伝いをしてやるつもりだったのと同じ理由だ」

「娘さんがいるからでしょ」

「あの娘にあんなことをしたやつらなど、くたばって当然だからだよ。おれだって撃ち殺してたと思うし、おまえがムショに行く道理などないはずだ。おまわりになって何年だっけ？　十三年？　十五年？　冗談じゃないよな」彼は煙草を深々と吸い、煙を吐き出した。「被告人側の弁護士は、あの娘にまた地獄のような苦しみを味わわせるに決まってるし、紋切り型の対応しかできない判事は、連中の戦術をやめさせようとはしないだろうよ。おれもおまえも、そうなるのは充分にわかってる」彼は首をポキッと鳴らした。「場合によっては法よりも正義のほうが大事なこともあるんだよ」

「警官がそういう考え方をするのは危険じゃないかしら」

「法体系そのものが崩壊してるんだ、リズ。おまえだってわかってるはずだ」

エリザベスは壁にもたれ、隣の男をじっくりとながめ、その顔に、煙草に、ごつごつした指に光があたる様子に見入った。「いくつになったの？　娘さんたちだけど」

「スーザンが二十三で、シャーロットが二十七だ」

「ふたりともこの街に？」

「ありがたいことにな」

やせっぽちの女と背中の丸まった男はしばらく無言で煙草をふかしていた。エリザベスの頭のなかは正義と法、それにランドルフが鳴らす首のポキッという音でいっぱいだった。

「エイドリアンには敵がいた？」

「おまわりはみんな、敵のひとりやふたりはいるもんだ」

「組織のなかにという意味で訊いたの。ほかの警官とか弁護士とか地区検事局の人間でもいい」

「事件当時か？　いたかもな。一時期、テレビのスイッチを入れると必ずと言っていいほど、美人リポーターと並ぶエイドリアンの顔が映ってたからな。それをよく思わない警官は大勢いた。ダイヤーに訊いてみるといい」

「エイドリアンのことを？」

「そうだ、エイドリアンのことをだ」ランドルフは煙草をもみ消した。「フランシスは昔からあいつを嫌ってた」

ランドルフが署内に戻ると、エリザベスは煙草を吸い終え、考えこんだ。十三年前のエイドリアンに敵はいただろうか。そんなこと、わかるはずがない。当時、エリザベスはまだ駆け出しだった。採石場での一件のあと、どうにかハイスクールの最終学年を終え、ノース・カロライナ大学で二年を過ごしたのち、中退して警官になった。つまり、訓練を終えたときには二十歳だった計算になる。期待に胸をふくらませると同時に死ぬほど怯えていた二十歳だった。憎悪や組織内政治などわからなかったし、わかるはずもなかった。だけど、いまこうして、当時のことを振り返っている。

歩行者の一団をよけながら歩道を進み、交差点のところで左に曲がって大通りに出た。車は半ブロック先の反対側にとめてある。敵の存在が気になりながらも、どうにか無事に抜け出せそうだと思った。

そう思えたのも十二歩進むまでのことだった。

ベケットが彼女の車のボンネットに尻を載せていた。

「なにをしてるの、チャーリー？」エリザベスは道路の真ん中で歩調をゆるめた。

彼はネクタイをだらしなく垂らし、シャツの袖を肘までまくっていた。「おれも同じことを訊きたいね」そう言ったきり、彼女が暗い道路の最後の部分を渡るのをじっと待っている。その表情をエリザベスはうかがった。なにも読み取れない。

「ちょっと寄っただけ。捜査の進捗《しんちょく》状況が知りたくて」

「ふうん」

エリザベスは車のところで足をとめた。「被害者の身元はわかった？」

「ラモーナ・モーガン。二十七歳。地元在住。きのう行方がわからなくなったらしい」

「ほかには？」

「美人だが内気。真剣につき合っていた男はいない。同僚のウェイトレスによると、日曜の夜に予定があると言ってたそうだ。いまはそれがなにか、突きとめようとしているところだ」

「死亡したのはいつ？」

「エイドリアンの出所後だ」

彼はその情報を岩を落とすように投下し、エリザベスがどう反応するかうかがった。

「監察医から話を聞きたいわ」

「それは無理だな。わかってるはずだろ」

「ダイヤーの命令？」

「エイドリアン・ウォールに関係する一切のことからおまえを遠ざけろとのことだ」

「わたしが捜査に悪影響をおよぼすと思ってるわけね」

「あるいは、おまえ自身にな。ハミルトンとマーシュのコンビがまだこっちにいることだし」

エリザベスはベケットの表情をうかがおうとしたが、大半は影になって見えなかった。それでも、心中にひそむ感情は読み取れた。嫌悪？　落胆？　そこまではっきりしない。

「ダイヤーはあの人を憎んでるのかしら」

ベケットが質問の意図を理解したのがわかった。「フランシスは誰も憎んじゃいないよ」

「十三年前ならどう？　当時は誰かを憎んでいた？」

ベケットの顔に苦笑いが浮かんだ。「ジェイムズ・ランドルフに聞いたのか？」

「そうかも」

「情報源に問題ありだな」

「どういうこと？」

「ジェイムズ・ランドルフはエイドリアンとは正反対だってことさ。凡庸《ぼんよう》で了見が狭い。しかもなんと、三度も離婚してるんだぜ。びっくりだよな。エイドリアンを嫌ってる人間がいるとすれば、なんと言ってもランドルフだ」

エリザベスはそのピースをパズルにはめこもうとした。

ベケットはボンネットから滑りおり、フェンダーをこつんと叩いて話題を変えた。「まだこんなぽんこつに乗ってたとは知らなかったよ」

「いつもじゃないわ」

「年式は？」

エリザベスはなにがねらいか見定めようと、ベケットの顔を見つめた。なにかが進行中だけど、車は関係ないはずだ。「六七年型。夏にアルバイトして買ったの。はじめて自分で買ったと言えるのがこれってわけ」

「十八のときか？」

「十七歳」

「なるほど。十七で牧師の娘とくれば――」ベケットは口笛を吹いた。「そうとう大変だったろうな」

「まあね」そこから先は言わずにおいた。この車を買ったのは、採石場を流れる黒々とした冷たい川に身を投げようとしたところをエイドリアン・ウォールにとめられた二週間後だったこと。何時間もぶっつづけで運転していたこと。長年にわたって、これが人生で唯一すばらしいものであったこと。「で、なにをごちゃごちゃ訊いてるわけ、チャーリー？」

「昔、ひとりの新人警官がいてね」話の切り替えによどみがなく、まるでずっと新人警官の話をしていたかのようだった。「二十五年前、おまえが入ってくるより前のことだ。文句なしにいいやつだったが、不器用が服を着て歩いてるようなやつでね。わかるか？　およそ警官には向かないタイプだった。とにかく、そのどんくさいやつは治安の悪い地域でまちがった家に入りこんじまい、その結果、ジャンキーふたりに胸に乗っかられ、割れた瓶のとがったほうを首に突きつけられるはめになった。相手はやつの喉を掻《か》き切り、その場で殺すつもりだった」

「そこへあなたが突入して、命を救ったんでしょ。はじめて発砲したんだったわよね。その話は聞いたことがある」

「大変よくできました。おれが命を助けた新人警官の名前を覚えてるか？」

「ええ。たしかマシュー……」エリザベスは下を向いた。「あいつめ」

「最後まで言ったらどうだ」

エリザベスは首を振った。

「黙るなよ、リズ。よくできたと言ったろ。そいつの名字はなんだった？」

「マシュー・マシーニー」

「この話のキモは、マシーニーのようなやつは、かつて鳥撃ち用の散弾を脚にくらった間抜けなガキが五十になった男より、命を救ってくれた男のほうに忠実だってことさ。こんなんで、こっそりやったつもりか？」

「ダイヤーは知ってるの？」

「まさか。あいつなら、署を全焼させたあげく、その罪をおまえになすりつけるだろうよ。あれとこれを結びつけているのはおれひとりだ」

「だったらなぜこんな待ち伏せめいたことを？」

「明日の朝早くには、この通りは遠くはＤＣやアトランタあたりからもやってくる報道陣で埋めつくされるからさ。日が暮れるころには、トップニュースとしてアメリカじゅうを駆けめぐるだろうよ。布をかけられた女の遺体、元警官の人殺し、撃たれた少年、すぐれた昔の建築そのままの、荒れ果てた教会。映像だけでも国じゅうから注目を集めるさ。おまえもそこに交ざりたいのか？　州検事総長が二重殺人でおまえを逮捕しようと手ぐすね引いてるってときに？」

「エイドリアンを拘禁房に入れたのは誰の指示なの？」

「それがなにか関係あるのか？」

「あの人は閉所恐怖症なのよ。指示したのはダイヤー？」

「いいかげんにしろよ、リズ。あの野良犬となんかあったのか？」

「あの人は野良犬なんかじゃない」

「犬で前科者ではぐれ者さ。なんでもかんでも救えるわけじゃない」

何度となく繰り返された議論だが、いつになくぐさりときた。「彼ははめられたとは考えられない？」

「それが言いたかったのか？　本気かよ。言っただろ、リズ。やつは前科者だ。前科者のくそ野郎なんだよ」

「わかってる。ただ――」

「ただ、やつは傷つき、孤独だって言いたいんだろ？　そういうところがおまえの弱点なのをやつもわかってんだよ」そこで急にベケットはあきらめたような表情になり、苛立ちが消えてなくなった。「手を貸せ」彼は有無を言わせず彼女の手をつかみ、歯でペンのキャップをはずした。「この番号にかけろ」そう言いながら、手の甲に番号を書きつけた。「おれが先に電話しておく。おまえから連絡があると伝えておくよ」

「誰なの？」

「刑務所長。明日の朝いちばんに電話しな」

「どうして？」

「おまえが不毛の土地で迷子になってるからだよ、リズ。おまえには出口が必要で、やつから聞かされる話を信じないだろうからさ」

11

エリザベスはパートナーを通りに残し、車で西に向かった。やがて道路は小高い尾根に達し、太陽が押しつぶされたようにゆがみながら沈んでいくのが見えた。エイドリアンの話がうそかどうか、求める答えが手に入る場所はひとつしか思いつかなかった。そこで二車線道路で郊外に向かい、十分後、五百エーカーの土地を走る長く暗い私道に入った。片側は切り立った崖で、その下を川が白く泡立ちながら激しく流れている。四角く刈りこんだ生け垣に車のボディをこすられながら、さらに奥へと進んだ。枝が道の上に低く張り出しているところまで来るとそれ以上進めなくなり、彼女は車を降りた。暮れゆく空の下、その家は威圧するように建ち、玄関ポーチにあがると歴史の重みが感じられた。ジョージ・ワシントンもここで一夜を過ごしたことがあるという。かの有名な開拓者ダニエル・ブーンや、知事も五、六人泊まったそうだ。現在の住人――かつては負けず劣らず大物だった――が着たまま寝たようなポプリンのスーツ姿で玄関に現われた。無精ひげがのび、引きつった顔の上には薄くなった白髪がのっており、ドアをあけたときにそれが小さくそよいだ。最後に見たときよりやせたうえ、背が縮んで弱々しくなり、ぐっと老《ふ》けた感じがした。

「エリザベス・ブラック?」相手は最初きょとんとしたが、すぐに笑顔になった。「驚いたな。ひさしぶりじゃないか」彼はエリザベスをきつく抱きしめ、手を取った。「さあ、一杯やろう。いや、二杯だ」目が生き生きと輝いた。「エリザベス・ブラック」

「クライベイビー・ジョーンズ」

「とにかく入った、入った」

そう言うとなかに引っこみ、小声で詫《わ》びながら、あちこちに置かれた古いりっぱな家具から新聞や法律書をどけた。ガラス同士が触れ合う音が響き、空瓶とカットガラスのグラスがキッチンに消えた。エリザベスは室内を歩きまわり、杖、油彩画、埃をかぶった銃をひとつひとつ見ていった。戻ってきた老人はシャツのボタンを上までとめ、髪もきちんとなでつけて、動いても乱れない程度に濡らしてあった。「さて」彼は言い、ホームバーと酒瓶が並ぶ壁を隠してある両開きのクローゼットをあけた。「たしかバーボンは好きではないんだったな」

「ウォッカをロックでお願いします」

「ウォッカをロックで」彼はずらりと並んだ酒瓶に手をさまよわせた。「ベルヴェデールでいいかな」

「もちろんです」

彼はまずエリザベスの飲み物を用意し、自分にはオールドファッションドをこしらえた。フェアクロス・ジョーンズは弁護士だったが、いまは引退している。いわば叩きあげの苦労人で、週末と夜に仕事をしながら自力で学業をおさめ、ノース・カロライナ州で——ほぼまちがいなく——もっともすぐれた被告人弁護士となった。五十年の弁護士生活の——殺人、虐待、背信行為などを手がけた——なかで法廷で一度だけ泣いたことがある。その日、黒の法衣をまとった判事は若き彼の州法曹会への加入を認めたのち、感心しかねるという顔で眉をひそめ、なぜそんなにも目を潤ませ、体を震わせているのかと尋ねた。フェアクロスがこの崇高なる瞬間に感動したのですと説明すると、判事は子どもみたいに《クライ》すぐ涙をながす《ベイビー》まねは、この法廷以外のところでやるようにと諭したのだった。

そのあだながいまだにつきまとっているというわけだ。

「きみが訪ねてきた理由はわかっている」彼は飲み物を彼女の手に押しつけ、ひびの入った革椅子に腰をおろした。「エイドリアンが出所したからだな」

「彼とはもう会いましたか？」

「引退と離婚からこっち、めったに家を出なくなってね。さあ、かけなさい」彼は自分の右側を示し、エリザベスはワインカラーのベルベットを張った木の肘掛け椅子に腰をおろした。布は色あせ、ところどころ擦りきれて白くなっていた。「きみの置かれた状況については、たいへん興味深く見ているよ。まったく不運だった。チャニング・ショアにモンロー兄弟。弁護士の名前はなんといったかな？」

「ジェニングズです」

「そうそう、ジェニングズだった。まだまだ若手だ。そいつに満足しているかね？」

「まだ一度も話してなくて」

「お嬢さん」彼は飲み物を椅子の肘掛けに置いた。「水は低きに流れると言うし、州のやり方はそうとうえげつない。弁護士に連絡したほうがいい。必要ならば今夜にでも会いなさい」

「大丈夫ですから、本当に」

「残念だが、わたしの言うとおりにしたほうがいい。若い弁護士でもいないよりはましだ。新聞の報道によれば、きみが置かれている状況は明々白々《めいめいはくはく》であるし、州検事局内の政治力学はいまもしっかりと頭に入っている。こんな老いぼれでなければ、わたしがみずからきみを訪ね、代理人にするよう要求するところだ」

彼はすっかり気が高ぶっていた。エリザベスは聞き流した。「わたしのことを相談しにお邪魔したわけじゃないので」

「ではエイドリアンのことか」

「はい」エリザベスは椅子のへりまで腰を移動した。必要としている真実はごく小さなものなのだろう。ほんのひとこと、たったの数語。「彼はジュリア・ストレンジと不倫していたんですか？」

「ふむ」

「一時間たらず前に本人から聞きました。確認したいだけです」

「では、彼と会ったわけだ」

「会いました」

「そして、ジュリアの爪の下に彼の皮膚片があった理由を尋ねたのだな」

「はい」

「残念だが……」

「話せないなんて言わないでください」

「力になってやりたいところだが、その情報については守秘義務が課されているし、きみはいまも警官であることに変わりない。よって、話すわけにはいかんのだ」

「話せないのか話すつもりがないのか、どっちなんですか？」

「わたしは人生を法律に捧げてきた男だ。残りの人生が少なくなってきたいま、それを曲げるわけにはいかないんだよ」彼はむきになったように、グラスの中身をぐいっと飲んだ。

エリザベスは必死な思いを伝えようと、顔をぐっと近づけた。「ねえ、聞いてください、クライベイビー……」

「フェアクロスと呼んでほしい」彼は片手を振った。「その名前で呼ばれると、よき時代を思い出すが、過ぎ去ってしまったがゆえによけいにつらくなるのでね」そう言うと、見えない手に押さえつけられたかのように腰をおろした。

　エリザベスは両手を組み合わせ、これからする話もつらい思いをさせてしまうかもしれないというように口をひらいた。「エイドリアンは、自分を犯人にするために証拠を捏造した者がいると本気で信じています」

「ビールの缶だな。それについては何度も話し合った」

「なのに、裁判では提出されなかった」

「そのためには、エイドリアンに証言させる必要があったからだ。そして彼はそれを望まなかった」

「その理由を教えてほしいんです」

「悪いが、それはできない。理由はさきほどと同じだ」

「あらたに女性が殺されたんです。十三年前と同じ手口で、場所も同じ教会。そしてエイドリアンが逮捕された。明日の新聞に記事が載るはずです」

「まさか、そんな」

　彼の手のなかでグラスが震えはじめ、エリザベスはその腕にそっと触れた。「ビール缶の件や、ジュリアの爪の下に彼の皮膚片があった理由について真偽をたしかめる必要があるんです」

「もう起訴されたのか？」

「フェアクロス――」

「彼はもう起訴されたのかと訊いている」感情が高ぶったのか、老人の声は震えていた。グラスをつかむ手は真っ白で、頬が点々と赤くなっている。

「殺人ではないんです。逮捕されたのは不法侵入容疑。警察は好きなだけ勾留しておくつもりでいます。あなたもそれはよくご存じでしょう。亡くなった女性については、エイドリアンが出所したあとに殺されたとしかわかっていません。それに、警察がどんな証拠をつかんでいるのかも。わたしは捜査から締め出されているので」

「例の事件のせいだな？」

「それに、フランシス・ダイヤーはわたしの意図を疑っているし」

「フランシス・ダイヤーか。まいったな」老人が腕を振るのを見て、エリザベスは彼がダイヤーを反対尋問したときのことを思い出した。フェアクロスがどれだけ手をつくしても、ダイヤーの証言の信憑性《しんぴょうせい》を失わせることはできなかった。証言台での彼は動揺した様子をまったく見せず、エイドリアンがジュリア・ストレンジに執着していたと心から信じていた。

「また彼が血祭りにあげられてしまいます」エリザベスはさらに顔を近づけた。「いまも気にかけているんでしょう？　顔を見ればわかるわ。お願いですから話してください」

ぼさぼさの眉の下から細めた鋭い目がのぞいた。「きみはあの男を助けようというのか？」

「信じるか、見捨てるか。どっちかひとつです」

椅子の背にもたれた老人は、くしゃくしゃのスーツに比して体がやけに小さく見える。

「わたしの一族とエイドリアンの一族が二百年以上、この川沿いに住んでいたのは知っているかな？　もちろん、きみが知っている道理はないが、とにかくそうだった。ジョーンズ家とウォール家。わたしの父は第一次世界大戦で体が不自由になったので、エイドリアンのひいおじいさんがわたしに狩りや魚釣りや耕作を教えてくれたんだよ。両親のことも気遣ってくれてね、大恐慌のときにはバターと牛肉と小麦粉を切らさないようにしてくれた。わたしが十二歳のときに亡くなったが、いまもにおいを覚えている。トラクターのグリースや草や湿った帆布のにおいがしていた。手の力が強く、顔はしわくちゃで、日曜日に夕食に招くと、必ずネクタイを締めてくるような人だった。わたしはその後、法律の道に進んだから、エイドリアンのことはたいして知らなかった。だが、彼が生まれた日のことは覚えているよ。何人かがそこのポーチで葉巻を吸っていたっけ。彼のお父さんやら知り合いやらがね。ここは川沿いのすばらしい土地だ。そしてわれわれはすばらしい家族だった」

「うるわしい思い出ですが、漠然とした信頼感ではだめなんです。もっと具体的なことを話してもらえませんか。エイドリアンについて。事件について。どんなことでもかまいません」

最後の言葉には切羽詰《せっぱ》まった思いがこもっており、老弁護士はため息をついた。「わたしに言えるのは、法律は闇と真実からなる広大な海であり、法律家はその水面に浮かぶ小船でしかないということだ。ロープをいろいろ引っ張ることはできるが、進路を決めるのはけっきょく依頼人だ」

「エイドリアンはあなたの助言を拒んだんですね」

「その話はできんのだよ」

老人は酒を飲みほし、グラスの底に真っ赤なチェリーだけが残った。目を合わせようとしない様子に、エリザベスはぴんときた。この人も不倫の事実を知っていたのだ。それを使えば陪審の頭に疑念の種をまくこともできたのに、エイドリアンはうんと言わなかった。

「せっかく来てくれたのに、たいしたことを話してやれず心苦しいよ。すっかり衰えてしまった老人を許してくれるとありがたいが、自分でもまったくうんざりする」

老人の手を取ると、軽くていまにも壊れそうな骨の感触がした。

「よかったらもう一杯つくってもらえないか」彼は手を引っこめ、グラスを差し出した。

「エイドリアンのことを思うと胸が痛いし、脚がうまいこと動かないのでね」エリザベスはおかわりをつくり、彼が受け取るのを見ていた。「その昔、ジョージ・ワシントンがこの家に一泊したのは知っていたかな？」彼は全体をあいまいに示した。疲れすぎて体が透明になってしまったように見える。「どの部屋だったのか、しょっちゅう考えるんだがね」

「そろそろひとりにしてさしあげるわね」エリザベスは言った。「おしゃべりしてくれてありがとうございます」

高さのある大きなドアの前まで行くと、彼の声が聞こえた。「わたしのあだなの由来は知っているかな？」

エリザベスはゆるやかに弧を描く階段と歳月で黒ずんだ床に背を向けた。「聞いてます」

「あの薄情な判事もひとつだけ正しかった。法律家は感情移入するべきではないんだよ。依頼人が軟弱ならこっちは強くならねばならず、依頼人に問題があるならこっちはまっすぐでなければならない。芝居。自制心。法律」そこで椅子に深く腰かけたまま顔をあげた。「どの依頼人でもそれでうまくいっていた。だがエイドリアンのときはちがった」

エリザベスは息を殺した。

「彼とは事件の準備で七カ月を過ごし、何週間という公判のあいだ、並んですわった。あの男が清廉潔白《せいれんけっぱく》だなどと言うつもりはないよ。われわれと同じ人間にすぎないのだから。

だが、有罪を言い渡されたとき、わたしのなかのなにかが壊れてしまったんだ。わたしを弁護士たらしめている器官がぱったりと動きをとめたみたいに。言っておくが、顔にはなにも出さなかった。判事に礼を言い、検察官と握手もした。法廷から人がいなくなるまで待ち、それから被告人席に突っ伏して、子どものように泣いたよ。さきほどきみは、わたしからなにか話せることはないかと訊いたが、いまのがその答えになると思う。クライベイビー・ジョーンズが手がけた最後の裁判」彼はグラスのなかのカクテルにうなずいた。「悲しき老人と涙。まるで一対のブックエンドのようじゃないか」

署に戻ったエリザベスは歩をゆるめることなく玄関を大股で抜けた。エイドリアンの主張は事実だ——それが老人のメッセージだった。今度は、警察がどのような証拠をつかんでいるのかを突きとめなくては。不法侵入の件ではなく、殺人のほうだ。なんとしても答えが知りたかった。

「なにしに来たんだ、リズ？」

彼女は早足のまま刑事部屋に入った。ベケットが大きな体でデスクのあいだを通り抜け、ダイヤーのオフィスめざしてまっしぐらに突き進む彼女を捕まえようとした。

「リズ。待て」

彼女の手が取っ手にかかった。

「だめだ。リズ。やめろって……」

しかしすでにドアはあきはじめていた。なかに入ると、ダイヤーが立っていた。ハミルトンとマーシュのふたりも。

「ブラック刑事」まずハミルトンが口をひらいた。「ちょうど、きみの話をしていたところだ」

エリザベスはたじろいだ。「警部？」

「だめだろう、入ってきては」

エリザベスはダイヤーから州警察官ふたりに視線を移した。日が暮れてから何時間もたっており、たまたま打ち合わせ中だったというにはいくらなんでも時間が遅い。「わたしの話ですか？」

「新しい証拠が見つかったのでね」ハミルトンが言った。「きみの見解を聞きたい」

「認めるわけにはいきませんね」ダイヤーが言った。「弁護士の同席が必要ですから」

「ご希望とあらば、オフレコにしてもいい」

ダイヤーは首を横に振ったが、エリザベスは手をあげた。「いいんです、警部。新しい証拠が見つかったのなら、聞かせてほしいので」

「ではオフレコということで。なかに入ってドアを閉めてくれないか。きみはだめだ、ベケット」

「リズ？」ベケットは両のてのひらを彼女に向けた。

「心配しないで。わたしなら大丈夫」

そのとおりだと自分にも言い聞かせようとしたが、ダイヤーはこの世の終わりのような顔をしていた。ハミルトンとマーシュも、見えない重荷を背負っているように見える。エリザベスは信念と目的を見失うまいとかまえた。エイドリアンのためにここに来たのは、老弁護士の確信がこれまで見たどの証拠よりも説得力があったからだ。しかし、この狭苦しい部屋の空気はよどみ、吐き気がするほど甘い。恐怖だ。まだ三フィートほどしかなかに入っていないのに、彼女はすでに怯えていた。「わたしは起訴されるんでしょうか？」

「まだだ」ハミルトンがドアを閉めた。

エリザベスはうなずいたが、〝まだ〟ということはいずれそうなるという意味であり、近いうちにという意味だ。「どんな証拠が見つかったんですか？」

「地下室の現場検証の結果が出た」ハミルトンはデスクに置いたファイルに指を触れた。「あそこでの出来事について、きみのほうから話しておくことはないかね？」その声ははるか遠くから聞こえてくるようだった。「ブラック刑事？」

全員の目がエリザベスに注がれていた。ダイヤーは急に不安そうな表情になり、州警察官のほうは、なんとも表現のしようのない憐憫《れんびん》の情をあふれさせていて、気味が悪いほどだった。

「DNA検査をおこなった」ハミルトンが言った。「チャニング・ショアを縛るのに使われた針金の。分析の結果、ふたりの異なる人物の血液が付着していると判明した。片方はもちろん、こちらの予想どおり、被害者となった少女のものだ」そこでひと呼吸おく。「もうひとつは未知の人物のものだった」

「第二の人物？」

「そうだ」

「モンロー兄弟のどちらかでは」エリザベスは言った。

「兄弟はふたりとも除外された」

「だったら、その血液はべつの犯罪の際に付着したものでしょう。相互汚染。古い証拠」

「われわれはそう見ていない」

「だとしても、説明ならほかにいくらでも……」

「きみの手首を見せてもらっていいだろうか、ブラック刑事？」全員の目が彼女の袖に、薄手のジャケットとボタンをきっちりとめた袖口に注がれた。ハミルトンが身を乗り出した。その表情は声と変わらず穏やかだった。「われわれとしても同情の余地がないわけでは……」

肌が焼けるように熱くなったが、エリザベスは手をぴくりとも動かさなかった。「おっしゃる意味がわかりませんが」

「気が動転しているようだが、なにか理由でも――」

「お邪魔だったようですね」彼女は言った。

「酌《く》むべき事情があるのなら――」

「そもそもここに来たのが間違いでした」

彼女は耳まで真っ赤になり、肌が焼けるような痛みを感じながら、ドアを乱暴に閉め、急いでその場をあとにした。理由を考えなかったのは考えることに疲れていたからであり、それと同時に、感じることにも、思い出すことにも、話すことにも疲れていたからだ。

地下室のことはもうケリがついている。

終わったのだ。

一瞬、背後にベケットの存在を感じた。彼の声が階段に響き、外の通りまで追ってきた。エリザベスは足を速め、するりと車に乗りこむと、いきおいよく発進した。彼の顔は白い染みと化し、両手があがってすぐ下におりるのが見えた。エリザベスはスピードを出し、車に気持ちを代弁させた。交差点ではタイヤに。まっすぐな道ではエンジンに。皮膚はまだひりひりしたが、痛みというよりは恥辱と怒りと自己嫌悪によるものだった。

針金に付着したDNA。

手をハンドルに打ちつけた。

ひたすら走りつづけたかった。でなければ、酔っぱらいたかった。暗いなかでひとり、椅子にすわって、手にずしりとくるグラスの重みを感じたかった。それでも記憶は消えないだろうけれど、色は淡くなるかもしれない。モンロー兄弟はぼやけ、回転木馬がとまるかもしれない。

でも、ベケットの考えはちがったようだ。エリザベスが自宅のアプローチに入った二十秒後、彼の車が到着した。「なにしに来たの、チャーリー？」

「話は聞いた」ベケットは玄関ステップの最下段に立った。「ドアごしに聞こえたよ」

「そう、それで？」

「それで、どうしていいかわからなくなってね」彼はダイヤーに負けず劣らず悄然《しょうぜん》とした表情で、エリザベスの手と腕をつなげている部分を見ないようにしていたが、うまくいかなかった。「リズ、まさか……」

「あの人たちがなにを言おうと、わたしには全然、関係ないから。わたしは警官よ。なんともない」

「なにかあったんなら──」

「わたしがあいつらを撃ったって言ったでしょ。後悔なんかしてない。何度だってやってやる。話はそれだけ。善人が勝ち、少女の命は助かった」

「あの娘が証言したらどうなる？　ハミルトンとマーシュが父親が雇った弁護士という壁を突破したら？」

「彼女も同じことを言うはずよ」

「おそらく、それが問題なんだ。おまえたちふたりの」彼が大きな頭を傾けると、顔という整っていない景色の上で影が動いた。「どうしても最悪の事態を考えてしまうんだよ」

「わたしたちがおたがいを大事に思っているから？」

「証言で同じ言葉を使っているからだ。自分たちの証言を読んでみたらいい。両方を並べて、比較してみろ。同じ言葉。同じ表現」

「偶然でしょ」

「手首を見せてくれ」

「いやよ」

ベケットが彼女の腕を取ろうとすると、思いきりはたかれ、銃声のような音がした。しばらくふたりは無言でにらみ合った。パートナー。友人。つかの間の敵。

「見せてくれてもいいだろう」ベケットは言った。

「ぶしつけにもほどがあるわ」

「悪い。おれはただ――」

「帰って、チャーリー」

「いやだね」

「もう遅い時間よ」

おぼつかない手で鍵束を出すエリザベスをベケットは不満でもやもやした目で見ていた。ドアがふたりを隔てるように閉まると、彼は大きな声で言った。「おれに連絡すればよかったんだよ、リズ！　なにも、ひとりで行くことはなかったんだ！」

「もう帰ってよ、ベケット」

「おれはおまえのパートナーなんだぞ、こんちくしょう。ちゃんと取り決めてたじゃないか」

「帰ってって言ってるでしょ！」

ドアに体重をかけると、心臓がどくんどくんいうのがわかり、皮膚をとおして木の感触が伝わってくる。ベケットはまだじっと立っている。やっと引きあげてくれたときには、体がぶるぶる震えていたが、自分でも理由はわからなかった。

みんなに疑われているから？

皮膚がまだ痛むから？

「過去は過去」エリザベスは目を閉じ、同じ言葉を繰り返した。「過去は過去で、いまはいま」

「それが刑事さんのモットー？」

ソファの奥の暗い隅から声がして、エリザベスは刻み細工をほどこした木のグリップに手をのばしたが、そこで声の主に思いあたった。「びっくりさせないでよ、チャニング」

グリップから手を放し、頭上の明かりのスイッチを入れた。「いったいここでなにをしてるの？」

少女は奥行きのある椅子に両膝を立ててすわっていた。身に着けているのはジーンズ、はげかけたマニキュア、それにキャンバス地のスニーカー。以前にも見たパーカのフードのなかに目がおさまっていた。目は澄んでいるものの、あいかわらずなにかに取り憑《つ》かれたような顔をしているし、細い肩が丸まっている。そして握った手にはキッチンナイフがあった。「ごめん」彼女は椅子の肘掛けにナイフを置いた。「怒ってる男にどう対処すればいいかわかんなくて」

エリザベスはドアに錠をおろした。部屋の奥まで行き、ナイフを回収してキッチンテーブルに置いた。「どうやってなかに入ったの？」

「刑事さんが留守だったから」チャニングは親指をうしろにくいっとそらした。「そこの窓をこじあけた」

「いつから他人の家に不法侵入するようになったわけ？」

「今夜がはじめてだもん。それより、警報器をつけたほうがいいんじゃないの？」

「ついてたら思いとどまった？」

「刑事さんと一緒だと安心できるんだもの。ごめんなさい」

エリザベスは流しに水をため、顔に少しかけた。この娘は本気で悪いと思っているのだろうか。けっきょくのところ、どうでもいいことだ。少女は苦しんでいる。リズが苦しんでいるように。

「ご両親には居場所を伝えてあるの？」

「ううん」

「わたしは起訴されるかもしれない身なのよ、チャニング。そしてあなたはわたしに不利な証人になる可能性がある。だから、こういうのは……軽率だわ」

「だったら、どっかよそに行く」

「そんなのだめよ」

「平気、平気」チャニングは立ちあがり、ずらりと並んだ本の前を歩いていった。「出てくよ。こんなところ、とっととおさらばしてやるんだから」若く汚れのない口が発する乱暴な言葉はどこか場違いだったが、少女はエリザベスの心を読んだかのようにこう言った。

「まさかあんなことはしないよね。あんなの、本気じゃないって言って」チャニングがドアに向かって指を鳴らしたのは、ベケットと交わした会話、それにほとんど祈りと化した口癖を差してのことだ。「ここを出て、どっかにいなくなったりしないよね」

「わたしが抱えてる問題は、あなたには関係ないことよ、チャニング。あなたはまだまだ若い。なんだってできるし、どんな人間にもなれる」

「でも、もう年齢なんか関係ないじゃない」

「そんなことない」

「もとには戻れないし、前と同じになれないもん」

「どうして？」

「だって、全部燃やしちゃったから」チャニングの目のなかで火花が散った。「ぬいぐるみの動物、ポスター、ピンクの寝具、写真に本、子どものときに男の子からもらったメモ。それをみんな庭で燃やしたら、ものすごく大きな炎になっちゃって、ほかのものもみんな、持ってかれちゃうんじゃないかってくらいだった」チャニングがフードを脱ぎ、サクランボ色の頬と、先端が燃えた髪が現われた。「庭木が二本、燃えちゃった」

「なんでそんなことをしたの？」

「刑事さんはなんで採石場のへりまで行ったの？」

ささやくような声だったが、エリザベスの胸にぐさりときた。

「パパがとめようとしたんだ。でも、その姿が見えたとたん、あたしは走りだしたの。パパはフェンスをまたいだときに怪我《けが》をしたみたい。大声で怒鳴《どな》ってたし、たぶん怒ってた。とにかく、もう家には帰れないよ」少女の反抗的な態度が薄らぎ、自暴自棄へと変化した。「出ていけって言うなら、もう二度と、あなたには会わない。世界を燃やしてやる。うそじゃないんだから」

エリザベスは飲み物を注ぎ、チャニングに背中を向けた。「ご両親に無事でいるのを知らせなさい。せめて携帯でメールくらいしなきゃだめ。元気にしてるって伝えるの」

「それって、ここにいていいってこと？」エリザベスは振り返り、苦笑いをした。「世界を燃やすのを黙って見てるわけにはいかないもの」

「あたしもそれと同じの、もらっていい？」チャニングは飲み物を指差した。「歳は問題じゃないんなら……」エリザベスはべつのグラスにワンフィンガー注ぎ、無言で差し出した。少女はひとくち飲んで、少しむせた。「バスタブがあるのが見えたんだけど……」少女が語尾を濁すと、エリザベスは廊下の先を指差した。「タオルはクローゼットにあるわ」

エリザベスは少女が廊下を歩いていくのをじっと見つめていたが、やがてもう一杯注いで、明かりを消し、真っ暗ななかで腰をおろした。携帯電話が二度、振動し、二度とも留守電につながるまで放っておいた。ベケットともダイヤーとも、この番号をどうにかして突きとめた記者たちとも話したくなかった。

それから一時間、暗いなかで酒を飲みながら、じっとしていた。ようやく立ちあがったときには、浴室は無人で客用の寝室のドアは閉まっていた。聞き耳をたてたが、古い家が地面にいくらか沈むときのきしみ音以外、なにも聞こえなかった。それでもいちおう施錠は確認した。ドア。窓。浴室に入ると、そのドアにも鍵をかけ、それからシャツを脱いで、手首にできた筋状の醜い傷を調べた。傷は手首をぐるりと一周し、ところどころ深くえぐれている。赤い筋は場所によってはかさぶたになっていた。記憶。悪夢。

「過去は過去……」

残りの服を全部脱ぎ、浴槽に湯をためた。たしかに事実を隠しているけれど、それにはちゃんとした理由がある。だったらもっと気持ちが上向いてもいいはずなのに、理由は単なる言葉にすぎない。

家族が言葉にすぎないのと同じで。

あるいは、信念、法、正義と置き換えてもいい。

熱い湯が気分をましにしてくれるような気がして、浴槽に浸かった。全身が温まり、無重力のなかにいるようだった。水はかようによきものだが、あがっては沈み、ふたたびあがるのが水の持つ性質だ。目を閉じると、世界が遠ざかっていき、やがてまた感じるようになった。首にかかった手のように、あの地下室に囲まれていた。

男は片腕を彼女の首にまわして絞めあげると、片手で彼女の手首をがっちりつかみ、銃を持った手を壁に叩きつけた。人形のように床に転がされたチャニングが悲鳴をあげるなか、銃はコンクリートの床で三回、四回と跳ね、闇のなかを滑っていった。

エリザベスは銃を失ったのを感じ、体の向きを変えようとした。

この男は何者？

いったいどこの誰……？

男が大柄で不潔なのはわかったが、それだけだった。彼は首にまわされた腕であり、体を強く押しつけてくるときにこすれる頬ひげだった。足の甲と脛をねらって足を蹴り出した。頭をうしろにそらしてもみたが、あたえたダメージは小さく、不充分だった。

「シーッ……」

息が耳にかかったが、彼女は意識を失いかけていた。血がまったく通わない。目を固く閉じた。

男の腕を引っかいたとき、闇のなかでなにかが動いた。ふたりめは猫背の巨漢だった。チャニングもその男を見るなり、汚れた床に踵《かかと》を交互に蹴り出して後退し、壁に背中をつけた。

チャニング……。

なんの音もしなかった。気づくとエリザベスは手をのばしていたが、視界がぼやけるにつれ、指は丸まっていった。

チャニング……。

ふたりめの男は太い指をくねらせるようにして少女の髪に差し入れると、床を引きずり、薄暗い別室に連れていった。

銃はどこ？

無理やり膝をつかされ、ハイカットスニーカーと薄汚れたジーンズ、それに自分の手形がついた床が目に入った。男が背中に体重をかけてくると、体が前に倒れ、うつぶせにされた。ひげが首に食いこみ、さっきと同じ息が耳をなめた。

「シーッ……」

今度はさっきよりも長かった。しだいに意識が遠のいた。

そして闇が訪れた。

格闘技の世界では、裸絞め、頸動脈《けいどうみゃく》圧迫、またはスリーパーホールドと呼ばれる技だった。警官は首血管圧迫と呼んでいる。名称はどうでもいい。肝腎なのは、その目的と効果だ。頸動脈と頸静脈を同時に圧迫すると、成人でも数秒で意識を失う。正しくやれば、それほど力は必要としない。やり方をまちがえれば失敗に終わるか、死にいたることもある。映画のようにはいかない。正しくやるにはそれなりの心得が必要だ。

タイタス・モンローには、それなりの心得があった。

どう始まってどう終わったか、その間の一部始終を数え切れないほど何度も頭のなかで再生した。マットレスから起きあがったチャニングとふたり、部屋から出ようとしているときだった。少女の熱く湿った手がエリザベスの手にねじこまれていた。エリザベスは銃を地下室の奥に向けていた。必要とあらば撃つつもりだったが、ドアはあけはなたれ、後方はしんと静まり返っている。どうにか三段のぼったところで、少女がつまずいて足を踏みはずしたが、問題はなかった。エリザベスの銃は上を向き、最後の廊下はあと十フィートのところまで迫っていた。閉じたドアがいくつかあり、階段もいくつかあるものの、なんとか逃げ切れそうだった。

背後でドアがあく音は聞こえなかった。そもそも、男がたてる音はなにひとつ聞こえなかった。いきなり首に腕を巻きつけられ、手首を握られた。すぐに抵抗したが歯が立たず、そのまま闇に急降下した。目が覚めると、服を剝ぎ取られ、口をきつく覆われた状態でマットレスに針金で縛りつけられていた。男の舌が耳を、首筋を這い、彼女は獣のように抵抗し、赤いろうそくが揺れるなか、男の手が体を這いまわると、汗じみた手に覆われた口から悲鳴をあげた。男は彼女をレイプし、おそらくは殺すつもりだろう。しかし抵抗しながらも落ちていくような感覚に襲われ、男の乱暴な手つきもしだいに感じなくなっていった。ろうそくの光が二度またたいて消えた。いまよりも若い自分の声が聞こえた。

い、い、もうやめて、もうやめて、い、い、い、い……。

どこまでも落ちていくようだった。あまりに深くて、もうもとには戻れず、まるっきりちがう自分になってしまいそうな気がした。男は彼女を闇に放りこみ、そのまま置き去りにするつもりだろう……。

エリザベスは寒さと熱さに震えながら、浴槽深く体を沈めた。いちばん肝腎なときに理性を失っていた。警官になって十三年にもなるのに、石膏《せっこう》の面のようにばらばらに壊れていた。

そんな彼女を救ったのはチャニングだった。

あの少女。

わずか十八歳の少女。

男は膨大な量の汗をかき、膨大な量の体毛に覆われ、膨大な量の筋肉と贅肉《ぜいにく》と太くて固い指からなっていた。

「上モノだぜ……」

男の肌が彼女の肌とこすれ合うが、彼女の肺には空気がほとんどなかった。息を吐いたところを上からのしかかられたのだ。

「上等でエロいクソアマだぜ……」

銃声が闇の世界を吹き飛ばし、まばゆい光の小片に変えたとき、エリザベスはほぼ完全に意識を失っていた。悲鳴が聞こえ、その方向に顔を振り向けるとまばたきする目があり、大男がのたうち、なにやら叫んでいたが、のちにそれはきょうだいの名前だと判明した。返ってくるのは苦悶《くもん》に満ちたおぞましいわめき声だけだった。その声は隣の部屋であがリ、コンクリートの壁に反響したもので、チャニングがどうやって銃を手にしたのか、エリザベスはいまだに見当もつかない。とにかく彼女がとてつもなく大きな銃を小さな手で握り、裸でドアのところに立っていた。ゆっくりと、しだいに鮮明に見えてきたが、それでもまだ夢のまた夢のような感じだった。まるで、はるか昔に聞いた、よその誰かの身に起こった出来事のようだった。

最初の一発は男の膝を粉みじんにした。倒れる途中、もう片方の膝も消え失せた。男は右に左に体を引っ張られたのち、立っていた場所にぱったりと倒れた。砕けた骨がコンクリートの床に打ちつけられ、そのときの重たく湿った音は二度と忘れられそうにない。男の悲鳴がきょうだいのそれと交じり合い、ほとんど意味不明な言葉を苦しそうに羅列《られつ》するだけのものに変わった。

「クソアマー！」

男はのたうちまわった。

「くそったれな……い、い、いてーよー！」

足を引きずりながら入ってきたチャニングもまた、壊れた仮面をかぶったような顔をしていた。目は暗く腫れあがり、口はあいているが声が出てこない。銃の重みで腕を下に引っ張られ、一度、足をふらつかせたものの、絶叫する男を見おろすように立った。

「チャニング……」

エリザベスに名前を呼ばれたのも気にせず、チャニングは銃をかまえた。表情はまったくなく、目の下の汚れに涙の筋がついていた。放心状態で汚れにまみれ、手首から流れた血が指先からしたたっている。

「チャニング……」

エリザベスはあがくのをやめた。少女はわめきちらす男をじっと見ている。

「チャニング……」


十八発全部を撃ちつくすのに、永遠とも思える時間が流れた。数秒は数分にのび、数分は数時間にも感じた。実際には、ほんの一瞬のことだったのかもしれない。エリザベスはわかりようがなかった。どうにかチャニングに目を向けると、そこには若くして破滅した人特有の無表情があった。要するに単純なことだった。銃がとどろき、男たちが悲鳴をあげた。ふたりが死ぬと、チャニングは長いこと突っ立っていたが、ようやくエリザベスの言葉がいくらかなりとも耳に届くようになった。

〈銃声を聞きつけた人がいるはずよ〉

〈警察がじきに駆けつけるわ〉

硝煙が立ちこめ、すでに世界は大きく引き裂かれていた。遠くでサイレンが鳴り響くのが聞こえ、針金が手首にいっそう深く食いこんできても、エリザベスにはわかっていた。警察は亀裂のあちら側で、エリザベスとチャニングは永遠にこちら側にいることになるのだと。

だからすぐさま決断をくだした。

さっさと古い人生を終わらせたのだった。

もう終わりにしたかったが、映像が勝手に闇のなかから次々に現われてくる。震えながら針金をはずしたチャニングの指、近づくサイレン。服をかき集め、銃をぬぐう。少女を抱きしめながら作り話を繰り返し、口裏を合わせるようながす。

チャニングはマットレスに寝かされていた。

エリザベスが暗闇のなかで兄弟を撃った。

〈もう一度言ってみて、チャニング〉

〈あたしはマットレスに寝かされてて、刑事さんが暗闇のなかで兄弟を撃った〉

二時になり、エリザベスはようやくベッドに入った。ほとんど眠れず、眠れたとしても汗びっしょりになって目が覚めた。それが三回つづいたとき、耳慣れない音をたどっていくと、浴室の床でチャニングが丸くなっていた。光らしいものといったら部屋からこぼれるちらちらした明かりだけだったが、それでもあざや嚙み痕、手首に巻いた包帯がはっきりと見えた。

「吐きそうな気がして。起こしちゃってごめんね」

「これを使って」エリザベスは洗面用タオルを冷たい水で濡らし、チャニングに差し出した。「手伝うわ」そう言って少女を起こしてやった。洗面台のそばに立って鏡をのぞきこむと、ふたりはかなりちがっていた。エリザベスは細くてしなやか、少女のほうは背が低く、全体に丸みがある。少女は泣いていたが、自力では動けそうになかった。「貸して」エリザベスはタオルを受け取り、少女の肌に押しあてた。涙をぬぐってやり、血の気のない冷たい額にかかった髪を払ってやった。「これでよし、と」そう言って、チャニングを鏡に向かせた。「よくなったでしょう?」

少女は鏡に映った自分の顔をのぞきこみ、それからエリザベスの顔を見つめた。「あたしたち、同じ目をしてる」

エリザベスは目の位置が少女と同じになるよう背を縮めた。ふたりの頬がもう少しでくっつきそうになった。「本当だ」

「あたしが悪いんだよね」チャニングが言った。「地下室でのこと。刑事さんがあんなことになっちゃって」

「ばかなことを言わないの」

「それでも友だちでいてくれる？」

「あたりまえじゃない」

少女はうなずいたが、納得はしていない様子だった。「ねえ、地獄って本当にあると思う？」

「あなたが地獄に行くことはないから」エリザベスはチャニングの肩を抱き寄せ、真剣な声で言った。「あのことでは」

少女は顔を伏せ、澄んだ目を閉じた。「小さいほうをたくさん撃ったのは、あいつのほうがあたしを痛めつけて楽しんでたから。さっきその夢を見てた。あいつの指と歯、ささやいてきた言葉、あたしに目をあけさせていたぶったこと、そして、じっとにらみつけてくる底の知れない目」

「あの男は当然の報いを受けただけよ」

「でも、あたしはあえてそうしたんだよ」チャニングは言った。「小さいほうがひどいやつだったから、よけいに撃ってやった。十一発も。それがあたし。わざわざそうしたの。それなのに、地獄なんかないって言えるの？」

「そんなふうに考えちゃだめ」

「よく眠れなくて。でも、夢が怖いからじゃない。目が覚めたとき、ほんの一瞬だけど、あんなことがあったのも忘れちゃうことがあるからなの」

「そういう瞬間があるのはわかるわ」

「でも、そのうしろにはべつの瞬間が隠れてる。次の瞬間にはすべてが一気に押し寄せてきて、生き埋めにされたみたいになるんだもの。それが来るのが怖くて、びくびくしながらベッドに入るの。あたしは十八歳で、あんなことを……」

「あんなこと？」少女にはぴしゃりと言ったほうがいいと思い、エリザベスは険しい声を出した。「あなたはわたしの命を救ってくれたのよ。あなたのおかげでふたりとも、いまこうして生きてるんじゃない」

「やっぱり誰かに話したほうがいいような気がする」

誰かとは警察、両親、精神科医のことだろう。誰だろうと同じだ。「誰にも言っちゃだめよ、チャニング。絶対に」

「あたしがやったことは拷問だもの」

「そんなことを言うもんじゃないわ」

「正当防衛だって言えばいい」

チャニングの顔にひと筋の希望が射していたが、事の次第を理解してくれる陪審なんていないだろう。あの場にいなくては理解などできない。一糸まとわぬ姿のチャニングを見なくては、指先からしたたる血を見なくては、あのときの彼女の顔を、無数についた歯形を見なくては。
十、八、発……。
拷、問……。

裁判となれば、彼女はまた同じことを経験させられる。それも公の場で、記録に残る形で。エリザベスはレイプや殺人の裁判をいやというほど見ており、それがどれほどの破壊力を持つかよくわかっている。証言は何日も、あるいは何週間もつづくだろうし、それによってチャニングのなかにわずかに残ったあどけなさは骨抜きにされることだろう。彼女はそれを一生背負うだろうし、おそらくは有罪になるだろう。

検察官の声が聞こえるようだ。十八発ですよ、みなさん。三発でも四発でも六発でもないんです。痛い目に遭わせ、こらしめるために十八発を撃ちこんだのです……検察は政治利用のためにチャニングにねちねちと質問するだろう。「約束して、チャニング。あのことは絶対にしゃべらないと誓って」

「もう自分で自分がわからない」

「そんなこと、言わないで」

「一緒に寝てもいい？」

「どんなことでもしてあげるわよ」エリザベスはほっとした気持ちになって、チャニングを抱きしめた。「なんだってしてあげる」左にある角の寝室の大きなベッドにチャニングを案内した。つっぱった少女はすっかり影をひそめ、怒りも強がりも傷ついたプライドも消えていた。ふたりは同じ苦境を生きのびた姉妹として、無言でベッドに横になった。

「泣いてるの？」エリザベスは訊いた。

「うん」

「じきに、なにもかもうまくいくようになる。絶対に」

チャニングは腕をのばし、エリザベスの背中に二本の指で触れた。「こうしてもいい？」

「かまわないわよ。お休み」

背中に触れたのがよかったのだろう、チャニングは眠りについた。最初のうちこそ寝息は浅かったが、じきに規則正しくゆっくりしたものに変わった。少女の存在を、ほてった肌を感じる。背中に触れている二本の指はぴくりとも動かず、エリザベス自身の呼吸も穏やかなものに変わった。時間こそかかったが、部屋が遠のいていった。

胸のうずきがゆるんだ。

回転木馬がとまった。

12

ベケットはどうすればパートナーの力になれるか悩んでいた。エリザベスは負傷しただけでなく、かつてないほど苦しみ、内にこもっている。ふだんならば、仕事がある。現場、署内政治、警官がくださねばならないむずかしい判断。彼女は苦渋の決断をしながら、それとしっかり向き合って生きている。交際相手がいても、そのぶれない自意識が最優先となる。関係が終わるのは、彼女が終わりにしたいと言うからだ。譲れない線というものをはっきりルール化し、始まりも終わりも自分の口から宣言する。彼女の血管には氷が詰まっていると言う連中もいるが、ベケットはそうは思わない。それどころか、彼女は誰よりも感受性が豊かで、それをうまく隠しているにすぎない。それこそサバイバルするための技術であり、強みでもあった。しかし、あの地下室での一件がすべてを奪ってしまった。いまの彼女は歩く腫れ物といった状態で、どう守ってやればいいのか、ベケットも万策つきていた。どうすれば刑務所入りを避けられるのか。どうすればエイドリアンから遠ざけておけるのか。それらはいちばんに考えなくてはいけないものだ。

チャニングの両親が所有する家の前に車をとめたときは、すでに夜も遅くなっていた。本当は来てはいけないのだが――弁護士からきっぱりと言われている――地下室で実際になにがあったのかを知るのはふたりしかおらず、そのひとりであるリズはだんまりを決めこんでいる。

残るは少女のほうだ。

問題は、少女の父が金持ちで各方面にコネがあり、弁護士をこれでもかとはべらせていることだ。州警察官ですら、その壁を突破できなかった。実際、かなりの難関だ。なぜ少女はしゃべらないのか？　弁護士たちは精神的なショックが大きすぎるせいだと主張しているが、もしかしたらそのとおりなのかもしれない。ベケットにも娘がいる。気の毒だとは思う。

それ以外のものは？

それでもやはり……。

木が鬱蒼とした庭をのぞきこむと、石と煉瓦と黄色い明かりが見えた。チャニングの行方がわからなくなったときに、父親とは数回会っている。とんでもなくいやなやつではないものの、〝ちゃんと話を聞きたまえ、刑事〟というように、〝聞きたまえ〟という言葉を使いたがる男だった。しかしそれも、娘を心配する父親だからこそだろうし、家族を守ろうとする姿勢を批判するつもりはない。ベケットも同じことをしたと思うからだ。妻の場合でも子どもたちの場合でも。大きな脅威を感じれば、街そのものを破壊してみせる。

車のエンジンを切り、アプローチを歩いて正面玄関にまわりこんだ。焦げくさいにおいがあたりにただよっていた。窓から漏れ聞こえた音楽が、呼び鈴を鳴らすと同時にとまった。しんとしたなかに、セミの鳴き声がしていた。

出てきたのはチャニングの母親だった。「ベケット刑事」高価な服を着た彼女は、あきらかに迷惑そうな顔をした。

「ミセス・ショア」彼女は小柄な美人で、娘をいくらか老けさせた感じだった。「こんな遅くにお邪魔して申し訳ありません」

「もう遅い時間なの？」

「お嬢さんと話をさせてもらいたいと思いまして」

チャニングの母はまばたきし、体をふらつかせた。倒れるのではないかと思ったが、どうにか壁に手をついて回避した。

「誰だね、マーガレット？」玄関広間の階段から声がした。

チャニングの母はあいまいな身振りで示した。「主人です」チャニングの父親はトレーニングウェアに汗をびっしょりかいて現われた。ボクシング用シューズを履き、手にテーピングをしている。「刑事さんがチャニングと話をしたいとおっしゃるの」

今度はろれつがまわらなくなっていた。ショアが妻の肩に手を置いた。「上に行っていなさい。あとはわたしにまかせて」男ふたりは夫人があやしげな足取りで去っていくのをじっと見ていた。ふたりだけになると、ショアは両のてのひらを見せた。「わたしたちなりに心を痛めているんだ、刑事さん。どうぞお入りください」

ベケットはショアのあとを追ってりっぱな玄関ホールを抜け、書棚と高価な芸術品とおぼしきものが並ぶ書斎に入った。ショアはホームバーに歩み寄り、氷を入れたトールグラスにミネラルウォーターを注いだ。「なにか飲みますか?」

「いえ、けっこう。ボクシングをされるんですね」

「若いころにちょっと。地下にジムがあります」

そう言われて感心しないわけにはいかなかった。アルザス・ショアは五十代なかば、脚は筋肉質でたくましく、肩もがっしりしている。どこかに贅肉がついているにしても、ベケットにはわからなかった。彼の目に見えるのは二カ所に貼った大きなガーゼ付き絆創膏《ばんそうこう》だけで、一枚はシャツの袖からのぞき、もう一枚は右脚の上のほうに貼られていた。「怪我をされたのですか?」

「実は火傷《やけど》をしまして」ショアはグラスのなかの水をまわし、家の裏を仕種で示した。「バーベキューグリルでね。まったくお恥ずかしい」

ベケットはうそだと思った。言い方。目の泳ぎ方、よくよく見れば、指先が焦げ、どちらの腕にも体毛が焼けてなくなったらしい痕がある。「あなたは悲しみ方は人それぞれだとおっしゃった。ならばあなたは具体的に、なにに心を痛めているんです?」

「お子さんはいるかね、刑事さん?」

「娘がふたりに息子がひとり」

「娘というのは……」ショアはどっしりしたデスクにもたれ、せつなそうにほほえんだ。父親にまかせればなんの問題もないという信頼、この世のどんな脅威からも守ってくれるという確信。娘の目から信頼のまなざしが消えるところなど、刑事さんは見たことがないでしょうな」

「ええ、一度も」

「ずいぶんと自信があるようだ」

「もちろん」

またもつらそうな笑みが浮かび、ショアの顔がゆがんだ。「お嬢さん方はいまおいくつかな?」

「七歳と五歳です」

「具体的に説明しましょう」ショアはグラスを置き、木の幹のような脚を大きく広げて立った。「あなたは余裕のある人生を築き、しかも、それをしっかり守っているつもりでいる。なにが最善かはわかっているし、愛する者たちを守るのに必要な要塞《ようさい》も築きあげたと思っている。妻。子ども。自分に手出しできる者はひとりもいないと信じてベッドに入るものの、ある日、目が覚めると、自分のやってきたことでは不充分で、思っているほど要塞は強固でなく、信じていたつもりの相手もさほど信頼にあたらないと気づく。どこをどうまちがったにせよ、やり直すには遅すぎる」ショアは、ベケットの娘と同じ七歳か五歳で、信頼をみなぎらせていたころのチャニングが見えるかのようにうなずいた。「娘を無事に連れ戻すことと、以前のままの娘を連れ戻すことは別物なんです。わたしたち夫婦が知っていた娘はほぼ完全にいなくなってしまった。そこがつらかったんです。母親にとってはとくに。刑事さんはさきほど、われわれがなにに心を痛めているのかとお尋ねになった。いまので充分、おわかりいただけたのではないかな」

ショアの話は誠実で実感がこもっているようではあったが、それでもベケットは真《ま》に受けていいものか迷っていた。やや不自然で、よどみがなさすぎる気がした。いかめしくとがめるような感じがした。口のゆがみ具合からそれがわかる。だが、彼の言うことはもっともだ。人にはいろいろな嘆き方がある。「今回のことは本当にお気の毒に思います」

ショアは大きな頭を少しさげた。「おいでになった理由をうかがいましょう」

ベケットは、これから話しますというようにうなずいた。本の壁に沿って歩きはじめ、足をとめて顔を近づけた。「射撃をなさるんですね？」背が割れた本が並ぶ棚を指差した。本はどれも古いもので、かなり読みこまれていた。『戦術的射撃術』。『正確な速射』。

『ピストル射撃術』。まだほかにもあり、全部で十冊以上はあるだろう。

「それ以外にスカイダイビングやカイトサーフィンもやりますし、ポルシェでレースにも出ます。アドレナリンがたくさん出るものが好きでね。おいでになった理由をお話しいただけるはずだが」

しかしベケットは急かされるのを好まなかった。いわゆる警官根性というやつだ。自分では〝場を仕切る能力〟と呼んでいるが、リズはマッチョ崇拝者のたわごとだと非難する。他人を怒らせるだけでしかない、と。おそらく、そういう面もいくらかはあるだろう。ベケットはやりすぎないようにしていた。仕事があり家族がいる、過去を悔い、引退に思いをはせる。いつもはそれで充分だった。だが、うそやうそをつく人間はどうにも好きになれない。「要するにですね、ショアさん」ベケットは射撃術の本を何冊か出し、ページをめくった。「チャニングさんと話がしたいんです」

「娘は事件のことは話したくないと」

「それはわかっています。ですが、地下室の一件以降、人が変わったのはお嬢さんだけではありません。ほかにも同じように心を痛めている者がいるんです。ひょっとすると、もっと大きな問題があるのかもしれません」

「わたしが気にかけるべきは娘ですから」

「そうはおっしゃりますが、それほど単純な話じゃないのでね」ベケットは射撃に関する二冊めの本を閉じ、べつの本をぱらぱらめくり、書棚に顔を近づけた。カーマ・スートラの手引きが目についた。

「ブラック刑事はあなたのパートナーだとか」

「そうです」

「家族のようなものですな」ベケットがうなずくと、ショアはグラスを置いた。「あなたのパートナーは娘を拉致した男たちを殺してくれ、それについては一生、感謝したい気持ちでいます。しかし、相手が彼女であっても、チャニングと話をさせる気はない。彼女だろうが、州警察だろうが、あなただろうが、だめなものはだめです。これでおわかりいただけましたか？」

ふたりはしばしにらみ合った。ふたりの大男。ふたつの強大な自我。

先にまばたきしたのはベケットだった。「いずれ州警察の要請で証言を余儀なくされますよ。時間の問題です。おわかりなんでしょう？」

「説得をこころみるだろうとは思っています」

「召喚状が出た場合にお嬢さんがしゃべる内容をご存じですか？」

「娘は被害者なんだ、刑事さん。隠すようなことはなにもありません」

「しかしですね、わたしも身をもって経験していますが、真実というのは流動的なんです」

「これに関してはあてはまりませんよ」

「そうでしょうかね」

ベケットは射撃の手引き書を三冊ひらき、そのままデスクに置いた。どの本の見返しにもチャニングのサインが入っていた。達筆だ。

「どれもわたしの本です」

父親が声を詰まらせながら言い、ベケットは同情するようにうなずいた。

その言葉もまた、うそだった。


目覚めたとき、エリザベスは何度も見たはずの夢が思い出せなかった。暗くて暑くて狭苦しいところだったとしか覚えていなかった。たぶん地下室だろう。でなければ刑務所。

でなければ地獄。

身をくねらせるようにして毛布を剝ぎ、足を冷たい木の床におろした。窓のところに行くと、霧のなか、木が兵隊のように並んでいる。まだ早朝で、うっすら明るくなった程度だった。霧の奥へとのびた道路は黒く静かで、先に行くにしたがってぼやけ、最後には完全に見えなくなっている。しんとした静けさは、六年前にギデオンと過ごした朝を彷彿《ほうふつ》させる。夜半過ぎに彼から電話があったときのことだ。父親はどこかに出かけ、少年は病気で寝込んでいた。怖いんだと訴える少年をあばら家のポーチまで迎えに行って、自宅に連れ帰り、きれいなシーツを敷いたベッドに寝かせた。少年が熱っぽい体を震わせながら語ったところによれば、真っ暗ななか、小川の向こうから声が聞こえて、恐怖のあまり眠れなかったらしい。エリザベスはアスピリンを飲ませ、額に冷たくしたタオルをのせてやった。何時間かかってようやく少年は眠りに落ちたが、その直前、最後にもう一度目をあけて言った。〈刑事さんがお母さんならいいのに〉と。夢を見ながら発したような、かすかな声だった。エリザベスはその後、椅子にすわったまま眠ったが、目が覚めるとベッドは空で、湿った灰色の光が射していた。少年はポーチにいて、木立の合間に立ちこめた霧が、長くのびる黒い道路にまで広がっているのをながめていた。顔をあげると暗い目が光り、やせた胸を両腕で抱きしめた。冷たい外気に身を震わせているのを見て、エリザベスは玄関ステップに腰をおろし、少年を自分の隣に引き寄せた。

〈さっきのはぼくの本当の気持ちだよ〉少年は彼女の肩に頬をうずめ、涙が落ちたところがじんわりと温かくなった。〈あんなに本気で思ったのは、生まれてはじめて〉

言い終えると少年は泣きじゃくったが、あのときのことはいまもいい思い出で、大切に胸にしまってある。彼は二度とその話を持ち出さなかったが、あの朝のことはふたりにとって特別な出来事だったから、霧を見るたび、ギデオンへの愛がつのって胸がちくりと痛んでしまう。でも、きょうはいつもとちがう。エリザベスはこみあげてきた思いを振り払い、数時間後のことに頭を集中させた。エイドリアンが出廷し、マスコミ、たくさんの質問、昔の顔なじみと相対するのだ。彼は憔悴《しょうすい》しているだろうか。警察は彼を拘束できるだけの証拠を握っているのだろうか。不法侵入の容疑では弱すぎる。殺人で起訴はできるだろうか。頭のなかで彼の人生を再生しながら、はたと気づいた。自分のこれからを心配するより、エイドリアンのこれからを案ずるほうが簡単だということに。記憶の殿堂のなかで大きな位置を占めている人ではあるけれど、彼の苦しみはこれからもずっと彼にしかわからない。少なくともエリザベス自身が刑務所行きにならないかぎり。もっとも、そのリスクは厳然と存在し、いつそうなってもおかしくない。霧のなかに現われる車。銃を抜いた警官たち。ハミルトンとマーシュがいきなりやって来たら、なんと言えばいいの？　どうすれば？

「逃げたほうがいいよ」

振り返ると、チャニングが目を覚ましていた。「いま、なんて言った？」

ベッドに半身を起こした少女の目に窓から射しこむ朝日が当たっているが、それ以外は影になって薄暗く、輪郭も判然としなかった。「あたしがしたことを正直に話しちゃいけないっていうんなら、刑事さんは逃げるしかないじゃない。なんなら、一緒に逃げようか」

「どこに逃げるの？」

「砂漠」チャニングは言った。「ずっと一緒にいられるところ」

エリザベスはベッドに腰をおろした。万華鏡《まんげきょう》のようにきらきらした少女の目を見ていると、なんでもできそうに思えてくる。逃亡。砂漠。さらには将来も。「わたしが考えてることがわかったの？」

「なんであたしにわかるわけ？」

エリザベスは、この娘は知っていたのだと思いながら半拍待った。「もう少し寝てなさい、チャニング」

「うん」

「話はまたあとで」

エリザベスは寝室のドアを閉め、がまんできるぎりぎりの熱さのシャワーを浴びた。そのあと、手首の傷を手当てし、ジーンズとブーツ、手首まわりがぴったりしたシャツを身に着けた。居間にいると、ベケットが玄関に現われた。

「用件はふたつだ」彼は言った。「その一、おれは昨夜、事件からはずされた。完全に。残念だが」

「ずいぶん急ね」

「どうしようもないさ。おまえはおれのパートナーなんだから。つまり原因はおまえだ」

「もうひとつの用件は？」

「もうひとつは、やはり刑務所長に会ってくれ。彼は早朝から出勤してる。おまえが来るのを待ってるよ」

「エイドリアンの出廷があるのよ」

「冒頭手続きが始まるのは十時すぎだ。時間はたっぷりある」

エリザベスはドアから身を乗り出すようにした。いまは疲れているし、コーヒーが飲みたいし、そもそも玄関でチャーリー・ベケットと立ち話をするには早すぎる時間だ。「なぜ所長に会わせたいの？　本当の理由を言って」

「前にも言ったとおりだ。エイドリアン・ウォールの真《しん》の姿を知ってもらいたいんだよ」

「真の姿？」

「落ちぶれ、凶暴で、更生の見込みがない姿を」

ベケットが最後に大きなピリオドを打ったのを見て、エリザベスはなにがねらいかと必死に考えた。この郡にとって刑務所は重要な存在だ。職場と安定をもたらしているからだ。所長は絶大な力を持っている。「わたしがまだ知らないことを教えてもらえるのかしら」

「所長が教えるのは真実で、そうするよう頼んだのはおれだ。おまえの目をひらかせ、わからせてやってほしいと」

「エイドリアンは人殺しじゃない」

「いいから行けよ。さあ」

「わかったわよ。会いにいけばいいんでしょ」

エリザベスはドアにもたれかかったが、ベケットは閉まる前に手で押さえた。「あの娘が銃の扱いに慣れてるのは知ってたか？」

エリザベスは身をこわばらせた。

「昨夜、確認した。チャニングは射撃競技をやってるそうだ。知ってたか？」エリザベスは顔をそむけたが、ベケットは図星だと見抜いた。「おまえの報告書には書いてなかったぞ」

「報告するほどのことじゃないもの」

「なにが報告するほどのことじゃないんだ？　あの娘が暗闇のなかでおまえのグロックを奪い、蚊トンボ野郎のムスコを撃ち落としたことか？　彼女のスコアを見つけたよ。百人の警官のうち九十九人より腕がいい」

「それはわたしも同じ」

「彼女はきのう、自宅の庭に火をつけた。それも知ってたか？　消防隊員の話によれば、家が燃えてもおかしくなかったそうだ。近所の家もな。死人が出てもおかしくなかった」

「なんでそうしつこいの、チャーリー」

「友だちだからだよ。ハミルトンとマーシュがおまえを逮捕しようとしてるからだし、べつの供述が必要だからだ」

「べつの供述なんかないわ」

「あの娘がいるだろ」

「あの娘？」リズは片方の目の半分しか見えなくなるまで、ドアに強くもたれた。「あなたの話に彼女は関係ない」

ベケットは納得がいかなかった。弾はねらいどおりに当たっていた。膝。肘。股間。あの少女がやったのか？　ほぼ真っ暗ななかでモンロー兄弟を仕留めたのか？　さきにさんざんいたぶってから？　彼女は十八歳で、体重はせいぜい九十ポンド。わかっているのはそれだけだから、なんとも判断しようがない。

だが、リズのことならよく知っている。

彼女はギデオンを息子同様に、少女を妹同様に扱い、エイドリアンをいわゆる堕《お》ちた聖人のように思っている。彼女は絶望に瀕《ひん》した人を見ると放っておけないたちだが、ここであらたな疑問がわき起こった。

チャニングは引き金を引けたのか？

針金の血は誰のものなのか？

その疑問は署に着いて階段をあがるあいだもついてまわった。ホワイトボードに目をやり、ラモーナ・モーガン事件の進捗状況を確認したが、たいして進展していなかった。スタンガンでついたとおぼしき痕がくっきり残っていたが、指紋、繊維、DNAはまったく見つからなかった。性的暴行の形跡はなかった。首を絞められて殺されており、まずまちがいなく祭壇の上、あるいはその近くで時間をかけておこなわれたと見ていい。遺体が動かされた形跡はないが、衣類はまったく見つかっていない。指先がぼろぼろなのは、どこかよそに閉じこめられているあいだに、必死で逃げようとしたせいだろう。爪や皮膚から細かなさびが採取されている。職場の同僚から話を聞いたかぎりでは、ルームメイトはおらず、つき合っている恋人もいなかったようだ。通話記録によれば、プリペイドの携帯電話から三度かかっているのが興味深いが、現時点では役にたたない情報だ。監察医はきょうじゅうに毒物検査をのぞいた詳細な報告書を作成すると約束した。それまでは、被害者の母親が遺体を引き取りたいとうるさくせっついてくるのもひたすらがまんだ。

「なにかひとつあれば」

ひとこと小さく言い、残りは口に出さなかった。

これをエイドリアン・ウォールに結びつけるには、なにかひとつ必要だ。

エイドリアンが犯人でなくてはならないが、その理屈を理解できる者はほとんどいない。とにかくなにもないのだ。近隣、職場の同僚、ラモーナと同じバー、コーヒーショップ、レストラン、公園に足を運んでいた人たちから徹底的に話を聞いた。しかし、エイドリアンと被害者を結びつける証言はひとつも出ていない。

おれがまちがっていたのか？

考えただけで不快な気持ちが広がってくる。エイドリアンがラモーナ・モーガンを殺してないなら、ジュリア・ストレンジも殺していない可能性が高い。つまり、有罪判決にケチがつき、長年にわたって彼を憎悪してきた警官は全員、完全にとんでもない間違いをおかしたことになる。

まさか。

ベケットはその疑念を振り払った。

いいや、そんなはずはない。

コーヒーを注いで、デスクまで持っていった。頭はすでに殺人事件を離れ、リズと少女の件に戻っていた。気が散るのは考えものだが、チャニングはリズにとって大事な存在であり、リズは彼にとって大事な存在だ。そこで原点に立ち返った。なぜ少女は拉致されたのか？　いや、正確に言うなら、なぜ彼女だったのか？　なぜあのタイミングであの場所だったのか。誘拐は、一般に思われているのとはちがい、行きずりの犯行であるケースはまれだ。たしかにそういうこともある――かわいい少女が悪いときに悪い場所に居合わせるというやつだ――が、誘拐は被害者を知る人間が犯行に関わっている場合が圧倒的に多い――被害者宅で働く職人、家族の友人、いつも物静かで礼儀正しい感じがした隣人。チャニング、彼女の自宅、事件を頭に思い描いた。チャニングの父親との会話を再生する。

「ふうむ」

ベケットはブレンドン・モンローと弟のタイタスの記録に目をとおした。ふたりとも、どこにでもいる悪党だ。武器の不法所持。暴行。麻薬。交通違反が数件に公務執行妨害が二件。性犯罪がらみで有罪になったことはないが、タイタスは強姦未遂で二度、起訴されていた。それらは全部頭に入っていたので、ベケットは麻薬容疑に焦点を合わせた。クラック、ヘロイン、メタンフェタミン。その他の合成麻薬やマリファナでも捕まっている。

ベケットは自分でもなにを見つけたいのかわからず、麻薬課に電話をした。「リアム、チャーリーだ。早くからすまない……実はな、モンロー兄弟の調書におまえの名前がやたらと出てくるもんだから……なんだって？……いや、問題ない。ちょっと質問したいだけだ。ステロイドを売ってる話は聞いてないか？」

リアム・ハウは物静かな警官だ。まじめ。信頼できる。若い。さわやかな顔立ちのせいで、警官のバッジを持っているようには見えないことから、潜入捜査に従事している。売人からは大学生で、金持ちのボンボンと思われている。「金が入り用なら売るでしょうが、ステロイドは記憶にないですね」

「最近はよく流通してるのかな。重量挙げの選手や騎手なんかを相手に」

「それはないと思いますよ。ステロイドはなにがなんでも必要ってものじゃないですしね。どうしてです？」

ベケットは汗をびっしょりかいた大柄なチャニングの父を思い出していた。「ちょっと思いついただけだ。気にしないでくれ」

「少し訊いてまわりましょうか？」

ベケットは反射的にノーと言おうとしたが、チャニングの父は二度もうそをついたのだ。

「アルザス・ショアがステロイドを使用してるらしいんだ。年齢はたしか五十五。トラックみたいな体格をしてる。彼がモンロー兄弟を知ってたんじゃないかとにらんでいる」

「アルザス・ショアですか」麻薬課の刑事は低く口笛を吹いた。「そいつを突くには長い棒を使ったほうがよさそうだ。モンロー兄弟となんらかの関係があったとにらんでいるならよけいに」

「おれがほしいのは情報だよ。やつを絞りあげるのに使えそうな情報だ」

「なにを聞き出そうっていうんです？」

娘のことだよ、とベケットは胸のうちで答えた。

地下室でのことだ。

「とにかく、訊いてまわってくれ、いいな」

「お安いご用です」

「それとな、リアム」

「なんでしょう」

「他言しないでもらえると助かる」

リズはチャニングにメモとマスタングのキーを残した。

ゆっくりくつろいでて。

必要なら車を好きに使っていいから。

覆面パトカーに乗りこむのは、自分の一部がもう警官ではないようで、妙な気がした。太陽が木の上から少しずつ顔を出したときもまだ、気づまりな感じは消えず、車は古いヴィクトリア朝様式の家並みを過ぎて郊外に向かった。着いてみると、刑務所のほとんどはまだ薄闇に包まれていて、高い壁だけがまだらなピンクに染まり、高いところに張られたワイヤーが光っているだけだった。一般用の入り口まで行くと、制服姿の看守がドアのところで出迎えた。歳は四十代前半だろうか、淡い色の目と、締まったところのほとんどないでっぷりした色白の男だった。

「ミズ・ブラックですか？」

刑事とも巡査とも呼ばなかった。
ミ、ミズ、ミズ・ブラック……。

「そうです」

「ウィリアム・プレストンといいます。所長からお連れするよう申しつかりました。武器を携行していますか？　持ち込みを禁止されているものは？」個人所有の銃は車に置いてきたが、くしゃくしゃになった煙草のパックが上着のポケットにおさまっていた。エリザベスはそれを出し、看守に見せた。「それはけっこうです」彼は言うと、訪問者受付エリアへと案内した。「記帳してください」彼女が名前を記入すると、看守はその書類を、防弾仕様の仕切りの反対側にいる係官に滑らせた。「こちらへ」エリザベスは磁気探知機をくぐり、プレストンが立っているそばで、体重二百ポンドはありそうな女性からボディチェックを受けた。

「わたしが警官なのはご存じでしょうに」

太い両手が片方の脚を、つづいてもう片方の脚をさすりあげる。

「規則ですから」プレストンは言った。「例外はいっさい認められません」

エリザベスはがまんした。繊維をとおして伝わる手の感触、ゴム手袋とコーヒーと整髪料のにおい。ようやく終わると、プレストンのあとについて階段をのぼって廊下を進み、建物の東の角に向かった。プレストンは背中を丸め、丸い顔を少し突き出すようにして歩いた。靴底が床にこすれてキュッ、キュッと音をたてる。「ここでお待ちください」彼はソファと椅子がある小さな部屋を示した。奥に秘書らしき人がひとりいて、さらにその奥に両開き扉が見えた。

「所長さんはわたしが来たことをご存じなんですか？」エリザベスは訊いた。

「所長はこの刑務所内で起こっていることをすべて把握しています」

看守は去り、エリザベスは腰をおろした。所長はさほど待たせずに現われた。「ブラック刑事」秘書の前を颯爽《さっそう》と歩いてくるのは、六十に近い黒髪の男だった。エリザベスはまず、感じがいい人だと思った。次に、感じがよすぎると思った。彼は両手でエリザベスの手を取り、ホワイトニングしたとしか思えないほど真っ白な歯を見せてほほえんだ。「お待たせして大変申し訳ない。ベケット刑事が何年も前からきみのことを熱心に話していてね。昔から知っているような気がするよ」

エリザベスは手を引っこめ、〝感じがいい〟と〝口がうまい〟の境界線はどこにあるのだろうかと考えた。「ベケットとはどういうお知り合いなんでしょうか」

「矯正施設と警察は大きくちがうというわけではなくてね」

「それでは答えになっていませんが」

「たしかにそうだ。申し訳ない」彼は、またごまかした。「チャーリーとわたしは以前、ローリーでおこなわれた再犯に関するセミナーで出会った。しばらく友だち付き合いをしていたが——似たような仕事に従事するプロ同士ということでね——やがて、よくあることだが運命のいたずらでべつべつの方向に進むことになったんだよ。彼は自分の仕事にいっそう打ちこみ、わたしはわたしで自分の仕事に打ちこんだというわけだ。それでも、警察にはまだ何人か知り合いがいるがね。たとえばきみの上司のダイヤー警部とか」

「警部をご存じなんですか」

「ダイヤー警部のほかにも数名をね。きみの署の一部の人間は、いまもエイドリアン・ウォールに関心を持ちつづけている」

「あまり適切なこととは思えませんけど」

「病的な好奇心というやつだよ、刑事。犯罪というほどのものではない」

所長は両開き扉の奥のオフィスを示したが、返事は待たなかった。なかに入ると、所長は自分のデスクに着き、エリザベスはその向かいにすわった。部屋はいかにも役所然としており、それを隠そうという努力がうかがえた――温かみのある絵画にやわらかな光、オーダーメイドの家具の下には厚手の敷物が敷かれていた。「さてと、エイドリアン・ウォールのことだが」

「はい」

「以前から彼を知っているそうだね」

「刑務所に入る前からです」

「塀のなかの連中を大勢知っているかな？　もちろん、長期刑に服している連中のことを言っているんだよ。軽罪を繰り返しているようなやつではなく、冷酷な重罪犯だ。エイドリアン・ウォールのような」

「ベケットがなにを言ったか知りませんが――」

「なぜこんなことを訊くかと言えば、われわれの職務には大きな違いがあるからだよ。きみたちは人間をこういう場所へと導く行為に目を向ける。連中のおこないや、連中が傷つける相手を。われわれは刑務所が引き起こす変化に目を向ける。乱暴な男はいっそう残忍になり、やわな者は生き残れない。いとしい人も刑が終了したときにはちがう人間になっていることがほとんどだ」

「エイドリアンはいとしい人ではありません」

「ベケット刑事がわたしに力説したところによれば、きみは彼に特別な感情を――」

「いいですか。チャーリーに行けと言われたから、こうしてうかがったんです。なにか目的があってのことと思いますが」

「そうだな」抽斗があき、一冊のファイルが出てきた。所長はそれをデスクに置き、ほっそりした指でひらいた。「このほとんどは機密扱いゆえ、きみに見せたことも否定するからそのつもりで」

「ベケットも中身を見ているんですか？」

「見た」

「ダイヤー警部は？」

「警部もだ」

エリザベスはやはりどこか妙な気がして顔をしかめた。気安いほほえみ、本当の姿を見せまいとしているオフィス、むやみと読ませてはいけないはずのずっしりとしたファイル。もちろん、みんなちゃんとその後も追っていたのだ。なぜそんなことにも気づかなかったのだろう。もっと深刻な疑問は、なぜ自分も同じことをしなかったのかだ。

「小児性愛者と警官」刑務所長はファイルをひらいた。「囚人たちは両者を心の底から嫌う」彼は写真の束を差し出した。全部で三十枚ほどはあるだろうか。どれもカラー写真だった。「ゆっくり見てもらってかまわんよ」

心の準備はできていたつもりだったが、とんでもなかった。

「奇跡だよ」所長は言った。「彼が最後まで生き抜いたのは」

刑務所内の病院で撮影されたという写真は、人間の体のもろさと回復力の両方を示していた。ナイフによる傷、裂傷、目がふさがるほど腫れたまぶた。

「最初の三年間で、ミスタ・ウォールは七回、入院している。そのうちの四回は刺されたからで、そのほか、ひどく殴られた場合もあった。それは――」所長はエリザベスがじっくり見ている写真に指を振った。「きみのミスタ・ウォールが三十段あるコンクリートの階段をまっさかさまに落ちたときのものだ」

エイドリアンの顔の片側は擦りむけ、頭髪を剃《そ》ったところは頭皮を医療用ホチキスでとめてあった。六本の指があきらかに折れ、腕と脚も一本ずつ骨が折れていた。見ているだけで吐き気がしそうだ。「階段をまっさかさまに落ちたとのことですが、投げ落とされたのではないですか？」

「刑務所内でなにか目撃しても……」所長は両てのひらを上に向けた。「証言する勇気のある者はめったにいないのが実情だ」

「エイドリアンは警官でした」

「それでも、ほかの連中と同じ、囚人のひとりであり、施設での生活にひそむ危険に免疫《めんえき》があるわけではないんだよ」

エリザベスは写真をデスクに放り、それが滑って広がるのを見ていた。「彼は殺されていたかもしれないんですね」

「可能性はあったが、実際には殺されなかった。だが、こっちの男たちはちがう」大量のファイルがデスクに落とされた。「ここに収監されていた三人だ。それぞれ、異なる状況で死んだ。いずれもきみの友人の襲撃に一回、もしくは複数回、関わっていたと考えられている。三人ともぐさりと一回刺されていた。不審な音はせず、目撃者もいなかった」所長はうなじのやわらかいところに手を触れた。

「刑務所内で死んだのに、目撃者がいないなんてことがあるんでしょうか？」

「こういうところでも、暗い隅はあるのでね」

「エイドリアンがその三人を殺したとおっしゃるんですか?」

「いずれも、きみの友だちが襲われたあとに起こっている。二カ月後なり四カ月後に」

「なんの証明にもなっていないと思いますが」

「それでも、聞く耳を持つ者にとっては説得力があるんだよ」

エリザベスは所長の顔をまじまじと見つめた。頭が切れて有能であるとの評判は聞いている。それをのぞけば、ほとんどなにも知らないにひとしかった。刑務所は郡の生活にとって大きな存在だが、所長自身は謎に包まれている。レストランや集まりで見かけることはほとんどない。刑務所は彼の人生そのもので、エリザベスはその徹底したプロ意識を尊敬するものの、どこかいやな感じがしてしょうがなかった。うそくさいほほえみのせいか。それとも目つきのせいか。ひょっとしたら、暗い隅の話を持ち出したときの言い方のせいかもしれない。

「ベケットはなぜわたしをこちらにうかがわせたんでしょうか。いまのお話をうかがうためとは思えないのですが」

「いまのも目的の一部だ」刑務所長はリモコンで壁掛けテレビのスイッチを入れた。ちらちらしたのちにはっきり映ったものは、クッション張りの監房にいるエイドリアンの姿だった。なにやらぶつぶつ言いながら歩きまわっている。カメラが隅の高いところに取りつけてあるのだろう、下向きのアングルだった。「自殺防止の監視システムだ」

エリザベスはもっとよく見ようとテレビに近づいた。エイドリアンの頰はこけていた。無精ひげが顎を覆っている。興奮しているのか、片手をさっと出しては、もう片方の手も差し出している。口論しているように見える。「誰と話してるんですか？」

「神だよ」所長もエリザベスのそばに来て、肩をすくめた。「あるいは悪魔か。そんなこと、誰にわかる？　隔離して最初の一年が過ぎると、状態が悪化してね。いま見ているような状態になるのはしょっちゅうだった」

「彼を一般監房から隔離したんですか？」

「最後に襲われた数ヵ月後に」所長は画面を停止させ、どこか申し訳なさそうな顔をした。「そうする頃合いだったんだ。もしかしたら遅すぎたのかもしれん」

エリザベスは画面に映ったエイドリアンをじっくりとながめた。顔をカメラのほうに向けていて、ぎょろりとすわった目の真ん中に粒子の粗い黒目があった。ずいぶんとやせて、精神のバランスが崩れているようだ。「なぜ彼は出られたんでしょう？」

「どういうことだね？」

「エイドリアンは早期の仮釈放を受けて出所しています。所長さんの承認がなければありえませんよね。さきほど、彼が三人を殺したとおっしゃった。それが本当なら、なぜ彼を釈放したんですか？」

「彼が関与したという証拠がひとつもないからだ」

エリザベスはかぶりを振った。「証拠の問題ではないと思いますが。仮釈放は素行が良好な場合にあたえられるものです。要するに主観的な基準ですよね」

「おそらく、きみが思っているよりも、わたしは思いやりがあるんだろう」

「思いやり？」エリザベスは疑念も嫌悪も隠さなかった。

所長はうすら笑いを浮かべ、デスクの写真を一枚選んだ。エイドリアンの顔が写っていた。裂傷を負った顔に医療用ホチキス、唇には縫った痕。「きみも問題を抱えているそうだね。だから、ベケット刑事はきみをここによこしたんだろう。自分の時間を適切に使うことを学ばせるために」彼から写真を渡されると、エリザベスは身じろぎもせずにじっと見つめた。「刑務所は恐ろしい場所なんだよ、刑事。避けるのが賢明だ」

プレストン刑務官が女を連れ出すと、所長は窓のところに行き、女が外に出てくるのを待った。四分後、彼女は現われ、一度足をとめて、所長室の窓を見あげた。朝日を浴びた彼女は美しかったが、それはどうでもいい。女が車に乗りこむと、彼はベケットに電話をかけた。「きみのパートナーはうそつきだな」車が走りはじめるのをじっと見つめる。

「写真を見せて表情を観察したがね。あの女はエイドリアン・ウォールに愛情を感じているよ。それもかなり深い愛情を」

「事件に首を突っこまないよう説得してくれたんだろうな？」

「エイドリアン・ウォールを孤立させることが、われわれふたりの利益になるのだからね」

「あんたの利益のことはなんにも知らないが」ベケットは言った。「そっちが彼女と話したいと言ってきたんじゃないか。おれはそのお膳立てをしたまでだ」

「あとは？」

「言ったことはちゃんとやる」

「われらがミスタ・ウォールは本当にただの抜け殻なのか」刑務所長はテレビの画面に触れた。ピクセルで構成された目。「あるいはわたしが見たなかでもっともタフな男なのか。十三年がたってもまだ判然としない」

「そいつはどういう意味だ？」

「なぜいちいち説明しなくてはいけない？　かつては友人だったからか？　わたしがいくらでも時間を割いてやるからか？」

所長が言葉を切っても、ベケットはなにも言わなかった。

ふたりは友人などではなかった。

親しくもなかった。

エイドリアンの心の深いところまでのぞくつもりだったにしても、法廷に入ってしばらくは無理だった。彼は手錠と足枷《あしかせ》をされた状態で、二十人からなる列の十九番めに入ってきた。顔を伏せているので、頭頂部と鼻筋しか見えなかった。彼が長椅子の自分の場所までよちよち歩いていくのを見ながら、刑務所長のオフィスで見せられたビデオのなかの彼と比較した。見た目こそショッキングだけど、いまのほうが十倍はまともに見える――恰幅《かっぷく》がいいわけではないもののがっちりしているし、不安そうでありながらも正気はたもっている。こっちを向いてと念を送っていたら、本当に黒い目が彼女のほうを向いたので、心が通じ合ったような衝撃を感じた。彼のいろいろな気持ちが、決意と恐怖だけでなく、底深い孤独感までもが伝わってきた。それもほんの一瞬のことで、すぐに法廷内の騒がしさという邪魔が入り、彼は周囲のまなざしの重みに耐えかねたように、またうつむいてしまった。警官。記者。ほかの被告人。全員がわかっていた。法廷内にこれだけ人がいるなかで――実際、満杯だった――エイドリアン・ウォールほど強烈なエネルギーを放っているものはなかった。

「たまげたな。なんだよ、これは」ベケットが隣にするりと腰をおろし、二列に並んだカメラマンと記者のほうに首をのばした。「判事がこんな見世物状態を許可したとは信じられないな。お、あの女も来てるじゃないか。チャンネル3に出てる女だよ。ほら、おまえのほうを見てる」

エリザベスは無表情で言われたほうに目を向けた。あざやかな色のネイルに体にぴったったりした赤いセーターのブロンド美人だった。彼女は〝電話して〟という仕種をしたが、エリザベスが無視すると、顔をしかめた。

「刑務所長とは会ったか？」ベケットが訊いた。

「そのことだけど、外で話しましょう」エリザベスはベケットの肩を押し、彼につづいて席を離れた。いくつもの目がふたりを追いかけてきたが、ダイヤー警部やランドルフ、あるいはその他の警官にどう思われようと気にならなかった。「あなたの友だちの刑務所長は、とんでもない食わせ者だった」

廊下はおびただしい数の人でひしめいていたが、ベケットのバッジを見ると道をあけた。エリザベスはごみ箱とタトゥーを入れた若者が居眠りしているベンチがある一隅に、ベケットを押しやった。

「べつにやつは友だちってわけじゃない」ベケットは言った。

「だったら、どういう関係？」

「昔、困ったときに助けてもらったことがある。それだけだ。で、おまえの助けにもなってもらえるんじゃないかと考えたんだ」

「なんであの人は〈ネイサンズ〉にいたの？」

「知るかよ。勝手に現われたんだから」

「あのとき、なにを言い合ってたの？」

「おれの犯行現場に入ってくるなってことさ。いったいどうしたんだ、リズ？　腹をたてられるようなことは、なにもしてないだろ」

たしかにそうだ。自分でもわかっている。エリザベスは小さな窓に歩み寄り、胸の前で腕を組んだ。外は、これから起こることには似つかわしくないほどいい天気だ。「ビデオを見せられた」

「エイドリアンが殺した相手の写真もだろ？」

「彼が殺したかもしれない相手よ」

「あいつがそんなことをするわけがないと思ってるんだな」

エリザベスはガラスの向こうに目をこらした。昔のエイドリアンはたいていの人より穏やかだったが、いい警官の例に漏れず、気骨と断固とした意志の持ち主でもあった。あんな苦痛を味わえば、そういう人柄もゆがんで凶暴になるのではないか。もちろんそれはありうる。でも、実際はどうだったの？「みんな判断を急ぎすぎよ、チャーリー。そんな気がする」

「それはちがうね」

「ちがわないわよ。冒頭手続きごときにこんな大勢の警官が傍聴に来たのはいつ以来？さっき数えたら、警部も入れて二十三人もいた。いつもならどのくらい？　せいぜい六、七人でしょ。なのにあれを見て」エリザベスは法廷のドアのところにたむろする人々を示した。ふだん目にするゆうに二倍はいる――野次馬にマスコミ、腹をたてている者に好奇心丸出しの者。

「みんな不安なんだろう」ベケットは言った。「また女がひとり、同じ教会で殺されたんだ」

「こんなの、魔女狩りも同然だわ」

「リズ、待てよ」

しかし彼女は制止を振り切った。人ごみをかきわけ、警官用に確保されているエリアにべつの席を見つけた。まわりからじろじろ見られたが、気にしなかった。チャーリーのほうが正しいのだろうか？ 心はこうだと思っても、事実がべつの可能性を示唆している場合、どちらを選ぶべき？ エイドリアンはこことてもよく似た法廷で裁かれ、一般市民から選ばれた陪審によって有罪とされた。しかし、陪審はすべてを知っているわけではなかった。被害女性の爪からエイドリアンのＤＮＡが見つかったのには、ちゃんとした理由があったのだ。

理由と秘密、不貞と死。

被害者と関係を持っていたことは誰も知らないはずだとエイドリアンは言ったが、そこまで隠し通せるものだろうか。たとえばギデオンの父親。エイドリアンと妻が隠れてつき合っていたことを、ロバート・ストレンジは知っていたのかもしれない。セックス。不貞。

もっとささいなことで殺された妻ならいくらでもいる。妻の愛人に殺人の罪を着せられれば、これほど愉快なことはないだろう。浮気をした妻は死に、相手の男は塀のなか。だけど、ロバート・ストレンジにはアリバイがある。それもベケットが証人だ。

だったら、エイドリアンの妻は？

その疑問は一考に値《あたい》する。キャサリン・ウォールは夫の不倫を知っていたのだろうか。妊娠していたのだから、嫉妬してもおかしくない。捜査対象にならなかったのは、エイドリアンと弁護士しか不倫の事実を知らなかったからだ。

あの話が全部本当というわけではなかったとしたら？

弁護士の助言に反し、エイドリアンは証言台に立つのを拒んだ。証言していれば、有罪の決め手となった証拠についてきちんと説明できたはずだ。沈黙を貫いたのは妻を傷つけたくなかったから、どうせ信じてもらえないと思ったからだという。ほかにも理由があるのでは？　妻を巻きこみたくないと思ったのかもしれない。彼女に不利な証言をしたくなかったのかも。

エイドリアンは、妻を守るために刑務所に入ったの？

キャサリン・ウォールが不倫の事実を知っていたとすれば、彼女にもジュリア・ストレンジを殺す動機が生まれる。アリバイはあったのだろうか。それがあきらかになることは、十中八九ないだろう。彼女の行方はわからないし、事件はすでに解決している。そこでエリザベスは犯行そのものを検討した。素手で絞殺するにはある程度の力が必要だ。被害者を抱きあげ、祭壇に横たえるのにも。女性にできるだろうか。

可能性はある。

かなりの力があれば。逆上していれば。

共犯がいたのかもしれないし。

エリザベスはエイドリアンにじっと目を向けたが、今度は顔をあげてくれなかった。そこで彼女は自分の顔をさすり、冒頭手続きがおこなわれている法廷に気持ちを集中した。容疑者たちが判事の前に立ち、容疑を読みあげられ、弁護士が任命されるのを待つ。エリザベスは同じ光景をこれまで数え切れないほど見てきた。エイドリアンの名が呼ばれるずっと前に、最初のさざ波が立った。被告人席の前で始まったそれは、エリザベスには風が草むらをそよがしたように見えた。寄せ合う頭、ひそひそと耳打ちする声。状況が理解できたのは、検察官がアシスタントのほうに顔を近づけ、こうささやいたときだ。「クライベイビー・ジョーンズのやつがここでなにをしてる？」

視線の先に目を向けると、被告人席の奥の通用口にフェアクロス・ジョーンズの姿があった。だいぶ体が弱っているようだが気品があり、現役時代の五十年間によく着ていたのと同じ、シアサッカー地のスーツに蝶《ちょう》ネクタイで決めていた。濃い色の杖に体重をあずけ、ぴくりともせずに立っている彼のほうに、判事がようやく目を向けた。すると老弁護士はわが物顔で法廷を突っ切りはじめ、ベテラン弁護士に会釈《えしやく》すると、相手はただにやりとするか、会釈を返すか、昔の裁判や傷の癒えない自尊心を悔しい気持ちで思い出すかした。若手の法律家たちは肘でつつき合っては顔を近づけ、似たりよったりの質問をした――あれが噂に聞くクライベイビー・ジョーンズか？　そう言いたくなるのもわかると思った。フェアクロス・ジョーンズはこの郡で過去最高の弁護士だが、かれこれ十年近くも自宅以外の場所で姿を見られたことがない。判事ですら老弁護士の登場という衝撃に、思わず椅子の背にもたれて言った。「いいでしょう。まずはこれを片づけたほうがよさそうですね、ミスタ・ジョーンズ」判事は席についた法律家たちに宣言するように言った。「またお会いできてうれしく思いますよ」

フェアクロスは最前列の長椅子のわきで足をとめ、頭をさげることなく会釈したように見せた。「こちらこそ光栄です。裁判長」

「決めつけるつもりはありませんが、もしかして……？」

「エイドリアン・ウォールです、判事、ええ、登録弁護士として記録していただきたく存じます」

地区検事が苦々しい顔でもったいぶったように立ちあがった。「裁判長、ジョーンズ弁護士は十年以上、法廷に姿を見せておりません。資格がいまも有効なのかも不明であります」

「ならば本人に訊きましょう。ミスタ・ジョーンズ？」

「資格はいまも有効です、裁判長」

「ということです、検事のお方。有効だそうです」判事は一列に並んだ容疑者たちを一瞥し、指を立てた。「廷吏」

ふたりの廷吏がエイドリアンを容疑者用の長椅子から選び出した。このときのエイドリアンは顔をあげ、老弁護士にうなずいた。フェアクロスは彼の肩に手を置いて言った。

「よろしければ、手錠をはずしてやってもらいたいのですが」

判事がふたたび仕種で指示をすると、地区検事はいらだちを隠さなかった。「裁判長！」

判事は片手をあげて制し、身を乗り出した。「この被告人は暴力犯罪の容疑で本法廷に出廷しているわけではないはずですが」

「第二級不法侵入です、裁判長」

「たったそれだけ？　軽犯罪のみですか？」

「それにくわえ、公務執行妨害の容疑もあります」地区検事は言った。

「それも軽犯罪ですね」

「しかし、ほかにも事情がありまして――」

「事情らしい事情はただひとつ」フェアクロスは地区検事をさえぎった。「わずかな証拠しかないべつの犯罪を捜査するあいだ、依頼人を隔離しておきたいというだけのことであります。明々白々ではありませんか。裁判長もおわかりのはずです。記者諸君もわかっております」フェアクロスは、ぎっしり詰まった記者席を示した。有名な顔がちらほら見え、なかにはシャーロット、アトランタ、ローリーの大手放送局の記者も見受けられる。その多くは十三年前の公判も取材していた。全員の目が老弁護士に注がれ、本人もそれを意識していた。「またひとり、若い女性が気の毒にも命を奪われたことについては誰も異論をとなえるはずもないのに、地区検事は適正な手続きという憲法上の制限を回避しようとしているのであります。わたしがしばらく引っこんでいるあいだに、いろいろ変わったのですかな、裁判長。検察が権力をかさに着てそのようなことを画策するとは、わが国はどこかの独裁国家にでもなったのでしょうか」

判事は指先でこつこつ叩きながら、記者たちに二度、目をやった。元検察官の彼は、たいていはそっちに肩入れをする傾向にある。記者たちが見方を変えたのが老弁護士にもわかった。そして判事も。「検事？」

「エイドリアンは殺人犯として有罪判決を受けた人物です、裁判長。この界隈に親族はおりませんし、資産も所有していません。今後も出廷するといくら言ったところで、口約束でしかありません。検察側は再留置を要求いたします」

「わずか二件の軽罪で？」クライベイビーは記者のほうに半分だけ顔を向けた。「裁判長、お願いです」

判事は唇をすぼめ、渋い顔を地区検事に向けた。「そちらは重罪で起訴する意向なのですか？」

「現時点ではいたしません、裁判長」

「ミスタ・ジョーンズ？」

「依頼人が逮捕された場所は、南北戦争以前より彼の一族が所有していた土地であります。十三年の刑務所暮らしを終え、そこを再訪したいと思い立つのはもっともなことです。さらに言うなら、逮捕時に抵抗したのは、警察側の強硬すぎる姿勢に反応したにすぎません。報告書によれば、十二人の警官が逮捕に関与したとのこと。ここは声を大にして繰り返しますが、不法侵入に対し十二人もの警官が対応にあたったのです。そのことから州側の意図はあきらかです。一方、ウォール家は一八〇七年の冬以来、この郡で暮らしてきました。依頼人にはここを離れるつもりはなく、必ずや出廷し、このようなちっぽけな容疑に対する弁論を展開いたす所存です。以上の理由から、再留置の要求は不合理もはなはだしく、妥当な保釈保証金を要求するものであります」

弁護士が穏やかに締めくくり、しんと静まり返った法廷内に、言葉のひとつひとつが響きわたった。エリザベスは周囲にぴりぴりした空気が流れるのを感じた。それは地区検事のいらだちや、フェアクロスの堂々たる態度をうわまわるいきおいだった。女性が死に、エイドリアンは過去五十年でもっとも悪名高い殺人犯だ。記者が各自の座席から首をのばしている。地区検事自身も息をつめていた。

「保釈保証金を五百ドルとします」

木槌《きづち》が振りおろされた。

法廷内が騒然となる。

「次」

外に出たエリザベスは、人ごみから少しはずれたところにフェアクロス・ジョーンズの姿を見つけた。彼は彼女を待っているかのように、杖にもたれていた。「また会えましたね、フェアクロス」エリザベスは彼の手を取り、強く握った。「予想もしてなかったけど、うれしいわ」

「わたしの腕を取ってもらえんか。少し歩こう」

エリザベスは彼と腕を組み、先に立って人ごみをかき分けた。大きな大理石の階段をおり、歩道に出た。五、六人ほどが声をかけてきたり、老弁護士の腕に触れてきた。彼はそのひとりひとりにほほえみかけ、軽く会釈し、ぼそぼそとあいさつの言葉を返した。ようやく人ごみを抜けると、エリザベスは彼をぐっと引き寄せた。「ずいぶんと華々《はなばな》しく登場しましたね」

「きみも勘づいていると思うが、法というのは芝居と理屈が半々なんだよ。優秀な頭脳を持った学者が法廷では苦労する一方、凡庸《ぼんよう》な思想家がやすやすとやってのける。論理と天性の勘、そして、ここぞというときの押しの強さ。そういったものが法廷弁護士に必要な素質なんだ。わたしが記者の件を持ち出したときの判事の顔を見たかね？　いやはや。気味の悪い生き物が法衣の下に突然棲《す》みついたような顔だったじゃないか」

彼はこらえきれずに笑いだし、エリザベスもつられて噴きだした。「駆けつけてくれて本当にありがとう、フェアクロス。エイドリアンを知りもしなければ、気にかけもしない国選弁護士ではあの人のためにならないと案じていたところでした」

フェアクロスは礼にはおよばないとばかりに手を振った。「たいしたことじゃないさ。何千回とこなしてきた出廷のうちのひとつにすぎん」

「だまされませんよ、ミスタ・ジョーンズ」エリザベスは彼の腕をさらにしっかり引き寄せた。「わたしはあなたの一列うしろにいたんですからね」

「ほう、そうだったか」彼はやせこけた顎を少し引いた。「では、襟に汗染みがついているのも見られたわけだ。両手がわずかにみっともなく震えていたのも」

「それは気づかなかったわ」

「本当かね？」おどけたような言い方で、目を生き生きと輝かせたものだから、エリザベスはまたも、こらえきれずに笑った。「だとしたら、そのきれいなおめめを検査してもらったほうがいい」

ふたりは人ごみの最後の輪を抜け、ゆっくりとした足取りでさらに三十ヤードほど、左にアスファルト、右に陽にあぶられた芝生を見ながら進んだ。どちらも無言だったが、フェアクロスはエリザベスの手をしっかり腕に押しつけていた。日陰にベンチを見つけて腰をおろすと、制服警官が手すりのところで一列に並び、自分たちのほうをじっと見ているのに気がついた。彼らはエイドリアンの保釈が決まったのが気に食わず、保釈を勝ち取った弁護士とリズが並んですわっているのを不快に思っているようだ。「物騒ながめだ」フェアクロスが言った。

「誰もがわたしたちと同じ目でエイドリアンを見るわけじゃないですからね」

「ろくに知りもしない相手なのにか？　そういうのは新聞の見出しや中傷のたぐいがやることだと思っていたよ」

「殺人で有罪判決を受けた場合もです」老弁護士は顔をそむけたが、その前にエリザベスは自分がもたらした苦悶の表情に気がついた。「ごめんなさい。そんなつもりで言ったわけじゃ」

「いいんだよ。べつに忘れていたわけではないのだから」

エリザベスは制服警官たちに目を戻した。あいかわらず彼女をじっと見ている。それも、憎々しそうに。「一度も面会に行かなかったんです」彼女は言った。「何度か行こうとしたけど、駐車場から先に進めなくて。とてもじゃないけど無理でした」

「あの男を愛していたからだね」

それは質問ではなかった。エリザベスは自分の口があんぐりとあき、顔がかっと熱くなるのがわかった。「なにを根拠にそんなことを？」

「わたしは年寄りかもしれないが、目は昔と変わらずしっかりしているんだよ。若く美しい女性は、よっぽどの事情がなければ熱心に傍聴などしないものだ。きみがあの男を見る目は、誰が見たってわかるとも」

「べつにそんな……わたしはけっして……」

老弁護士は肩で彼女を軽く押した。「べつに悪いことだと言ってるわけじゃない。それに、女性がそういう気持ちを抱く理由はよくわかる。気まずい思いをさせたのなら申し訳なかったね」

エリザベスは一度だけ肩をすくめると、ベンチにすわり直し、両腕で片方の膝を抱えこんだ。「あなたはどうでした？」

「面会のことかね？　いや、一度も行かなかった」

「どうして？」

フェアクロスはため息をひとつつき、ほかの男だったら昔の恋人を見るような目で裁判所を見やった。「最初のうちは行こうと思ったんだが、彼のほうが会おうとしなくてね。

誰に会うのもつらいと言って。かける言葉もなかったよ。ああいう評決になったのはわたしの責任だと思われたのかもしれんが、べつに確認したわけじゃない。最初の一ヵ月が過ぎると、ひたすら避けられるようになった。また今度と自分に言い聞かせたが、そのままずるずると一週間が過ぎ、また一週間が過ぎた。そのうち、あれこれ理由を見つけては、刑務所があるほうに足が向かなくなった。刑務所に行く道を通ることさえ避けるようになった。うそや作り話をでっちあげ、彼もわかってくれるはずだと自分に言い訳した。もうわたしもいい歳だし、法律とは縁を切ったんだとか、彼との関係はあくまで弁護士としてのものだとね。毎日少しずつ自分の本当の気持ちを削り取っては手の届かないところに埋めていったんだよ」彼はかぶりを振ったが、目は裁判所に据えられていた。「エイドリアンがあそこに入れられたのは、わたしの力不足によるものだ。わたしのような人間にとって、その現実は受け入れがたかった。そのせいで酒を飲みすぎ、よく眠れなくなった。妻や友人、その他、人間として弁護士として大事にしてきたすべてのものに背を向けた。わたしが罪の意識に埋没していったのは、エイドリアンがこれまで弁護したなかでもっともすばらしい人間だったのに、出てくるときは別人になっているだろうと思ったからだ。そのあとは憎しみが忍び寄ってきた」

「エイドリアンはあなたを憎んでなんかいないわ、フェアクロス」

「このわたしのことを言ったんだ。自己嫌悪の威力の話だ」

「いまも同じように感じてます?」

「いまかね? いいや」

エリザベスはそのうそから顔をそむけた。老人はずっと苦しんできた。それはいまも変わっていない。「釈放されるまでにどのくらいかかるのかしら」

「これから保釈保証金を払いにいく」フェアクロスは言った。「基本的に手続きはだらだらと時間がかかる。おそらく数時間というところだろう。本人さえよければ、わたしの家に連れて帰るつもりだ。部屋はあるし予備の衣類もある、しかもこの老骨は幸いにもまだ生きている。好きなだけいてくれてかまわない」老弁護士は苦労しながら立ちあがり、エリザベスの案内で歩道に戻った。「車まで連れていってもらえんか。あそこにある」彼が杖で示したほうを見ると、黒い車が一台とまっており、運転手が後部ドアのそばに立っていた。ふたりで歩道を歩いていったが、フェアクロスがバンパーの数フィート手前で足をとめた。片方の手は真っ白になるほど杖を強く握り、もう片方の手はエリザベスの腕にかけたままだ。「彼は具合が悪そうだったな、え?」

「ええ」エリザベスは顔をくもらせた。「本当に」

「監禁生活が有する危険というやつだ」運転手がドアをあけたが、弁護士は手を振ってしりぞけた。急に目が輝いていた。「今夜、拙宅《せったく》に来ないかね? ここだけの話だが、わたしたちでちょっとは気を楽にしてやろうじゃないか。そうだな、八時から一杯やって、そのあと夕食というのでどうだろう?」

顔をそむけたエリザベスにフェアクロスは訴えた。「どうか来てほしい。わが家は広すぎるし、いるのはわれわれだけ、むさい男がふたりだ。きみがいてくれれば華やかになる」

「そういうことなら、うかがうしかないですね」

「よかった。ありがたい」彼は顔を上向け、大きく息を吸った。「いやはや、ほとんど忘れかけていたよ。新鮮な空気に、どこまでも広がる空。もっとじっくり味わわねばいかんな。なにしろきょうは、八十九年の人生ではじめて、強制勾留される危険をおかしたのだから」

「どういうこと?」

「免許なしに弁護士業務をおこなうのは違法なんだよ」彼はすばやくウィンクし、老いた顔をにやりとさせた。「わたしのはもう何年も前に失効している」

13

遠くから裁判所を見張っていた男は、いくつも知った顔があるのに気がついた。警察関係者、弁護士、それに記者のうち何人かも。これだけ長くひとつの街に住んでいると、知り合いは多い。しかし、男はあの女を、彼女の一挙手一投足を、目を伏せて老人の肘に触れる様子をじっと見つめていた。

エリザベス。

リズ。

長かった、と思う。最後は彼女だと思いながら、暗闇のなかで横になっていたことが何度もあった。

やれるだけの力が自分にはあるだろうか。

計画を頭のなかで何度も転がし、ばらばらにし、またもとの状態に戻した。ほかの連中は全員、赤の他人だった。たしかに名前は知っていたし、住んでいるところも、なぜ自分が目をつけたかもわかっていた。それでも、側溝を流れる水のように、彼にとってはどうでもいい女たちばかりだ。

ここへきて、事態はしだいに複雑な様相を呈してきている。

同じ街。

見知った顔。

男はシートに深く身を沈め、女の顎の輪郭を、肩のラインをじっと見つめた。弁護士をリムジンに乗せたとき、女がこっちを向いたが、車に隠れている彼の姿が目に入ることはなかった。男は彼女が歩き去るのを見届け、次の女を思い浮かべた。考えるだけで胸が悪くなったが、それはいつものことだ。

吐き気がおさまると、車を発進させ、六ブロックほど走ってから縁石に寄せた。ウィンドウの向こうで、子どもたちがデイケア施設の職員に見守られながら駆けまわり、遊んでいる。職員の女性たちはほぼ全員がくたびれていた。ベンチにぐったりとすわり、木陰で煙草をふかしている。男が選んだ女はまったくちがっていた。滑り台のそばに立ち、にこにこほほえみながら幼い男の子の手を握っている。男の子は六歳くらいだろうか、小柄で、両親が仕事でいないのに楽しそうだ。ほかの子どもたちはひとりとして、彼のほうをろくに見ていない。男の子が滑っていくと、地面に着いたところで女が抱きあげ、笑いながらまわりはじめた。いきおいがよすぎて男の子の踵があがり、靴底が見えた。

なぜあの女を選んだのか理由を言えと言われても、おそらく説明できないだろう。外見はちがっているが、もちろん、目だけはべつだ。それにたぶん、顎の輪郭も。しかし、あの女はエイドリアンと同じ街に住んでおり、エイドリアンもこの計画の一環なのだ。

とはいえ……。

さらに一分見張った。女の動き、まつげ、ほくろ。女は気持ちのいい笑い方をするし美人だし、首のかしげ方が独特だった。頭もいいだろうか。男のうそを見抜くだろうか。それとも、遠くに建つ教会を理解してくれるだろうか。

けっきょく、そんなことはどうでもいいのだと気づき、男はどのようになるのかを思い浮かべた。白い布に温かい肌、死ぬときにがっくり垂れる首と一体感。考えるうち、また気分が悪くなった。しかしすでに彼の目は潤んでいた。

今度こそうまくいく。

今度こそ、彼女が見つかる。

男はあたりが暗くなり、女が家でひとりになるのを待った。一時間にわたって、女の家に灯る明かりを見ていた。それからそのブロックを一周し、もう一時間、見張った。なんの動きもなかった。道行く人も、ポーチにぼんやりすわる者も、ぶらぶらしているだけの者もいない。九時をまわるころには、確信した。

女は家にひとりだ。

通りにいるのは自分だけだ。ライトはつけずに車のエンジンをかけると、いったん前に出して、女の家のドライブウェイにバックで乗り入れた。反対側は隣の家がすぐそばまで迫っているが、男の車がおさまっているのはポーチから十歩しか離れていない、油の染みがついているところだ。そちら側は茂みがあり、木立があり、よどんだような闇があるだけだ。

ポーチにあがり、窓ガラスごしに女をうかがった。ソファに横ずわりしている。男は窓を叩き、女が眉根を寄せて、ためらいがちに玄関に向かってくるのをじっと見ていた。片手をあげ、窓ガラスごしに見せつける。気さくな顔の男が気さくに手を振っているように見せかける。ドアが数インチだけあいた。

「なにかご用でしょうか？」不安そうな表情が一瞬のぞいたが、女はすぐにそれを引っこめた。若くて物腰がやわらかく、いかにも南部女性らしい。彼女のような若い女性は必ず引っこめる。

「お邪魔して申し訳ない。遅い時間なのは承知していますが、デイケア施設のことでちょっと」

ドアがさらに六インチあき、女が素足にジーンズ姿で、ブラジャーをつけていないのが見えた。着ているTシャツが着古して薄くなっていたので、思わず目をそむけたが間に合わず、女は顔をしかめ、ドアの隙間がまた狭くなった。

「施設のこと？」

「問題がありまして。突然なのはわかっています。よければ、わたしの車で行きましょう」

「すみません、前にもお会いしたことが？」

もちろん、あるわけがない。男は施設とはなんの関係もないのだ。「ミセス・マクラスキーが電話に出なくて、ドアをノックしても応答がないんです。意識を失ってるんじゃないかと心配で」男は人のよさそうな笑みを浮かべた。「それで、とっさにあなたのことを思い出したんです」

「どちら様と言ったかしら？」

「ミセス・マクラスキーの友人です」

女は足を見おろした――両方の太ももにそれぞれ手を置いた状態で。しごく簡単に思えた。「靴を取ってこなくちゃ」

「靴なんかいりませんよ」

「え？」

ばかなことを言った。迂闊《うかつ》にもほどがある。自分で思っている以上に緊張しているか、それとも失敗を恐れているのかもしれない。「すみません」そうしたほうがいいと思い、笑いながら言った。「思ってもいないことを口走ってしまいまして。もちろん、靴を履いていただかないと」

女は笑顔の男のうしろに目をやり、アプローチにとまった車を見つめた。埃だらけで、あちこちへこみがあり、さびが筋状に浮いている。あれを使っているのは、必要とあらば燃やすか、川に沈めればいいからだが、こういう問題も発生する。

「急ぎましょう」男がうながしたのは、二ブロック先にヘッドライトが見えたからだ。女を車に乗せるのに時間がかかりすぎている。

ドアがさらに一インチ閉まった。「わたしからミセス・マクラスキーに電話してみます」

「ええ、ぜひお願いします。わたしはただ、力になれればと思っただけですので」

「なにが問題だとおっしゃいましたっけ?」

女は電話をしようと家に引っこんだ。ヘッドライトは一ブロックのところにまで迫っており、あと数秒もすれば、このポーチを明るく照らすはずだ。そのときにここに突っ立っているわけにはいかない。「とくにくわしい話はまだ……」

女はポーチで待つようにというようなことを言ったが、男はすでに行動を開始していた。女の二歩うしろからドアをつかんだ。電話は部屋の奥にあったが、女はそっちには向かわなかった。くるりと向きを変えるとドアを押しやり、男の顔に叩きつけた。女のシャツをつかんだ男は、生地が破けるのが感じでわかった。だが、女は逃げていなかった。横によろけながら、片手をドアのうしろにのばし、隙間からバットを取り出すと、それを男の頭に振りおろした。男は片腕をさっとあげ、殴打を肘で受けとめたが、黄色い熱が炸裂《さくれつ》した。女はもう一度、殴りかかったが、男は一歩さがってやりすごし、女の顎の下にてのひらを押しつけて黙らせ、白目《しろめ》を剝《む》かせた。

じたばたもがく様子に、男は一瞬、女の無言の攻撃力のすさまじさに感じ入った。叫ぶことも、泣くこともしない。

だが、それも終わった。

片腕で女を抱えると、華奢《きやしや》なウエストと、異常にはやい心臓の鼓動が伝わってきた。蚊がぶんぶん飛び交うなか、男は階段をおり、車のリアハッチをあけて、スペースをつくった。室内に引き返し、さわった場所をすべて拭いた。ドアのへり、そしてバット。それが終わると、通りをうかがい、女を車まで運んだ。

女の体はぴったりおさまった。箱のなかのキャンディのように。

14

八時、エリザベスが訪ねると、フェアクロス・ジョーンズは古い屋敷のポーチにいた。連れはなく、片手に飲み物、もう片方の手に葉巻を持っていた。「やあ、エリザベス」彼は立ちあがると、かさかさした頰を彼女の頰に押しつけた。「例の友人を探しているなら、あいにく彼は時間と事情がどうとかと言って、いなくなったよ」ポーチは暗かったが、あいた窓から四角い光が射していた。長らく手入れをしていない植え込みが手すりを圧迫していた。崖の下では川が大人数でささやき合っているような音をたてながら流れている。

「飲み物はどうだ？ 約束したとおりの夜にはならなかったが、上等なボルドーワインを抜栓したよ。もちろん、ベルヴェデールもある。それにおいしいスペイン産チーズも」

「わからないわ。エイドリアンはどこに行ったんですか？」

「それが自宅なんだよ。しかも歩いて向かった」フェアクロスは丘の下のほうに頭を傾けた。「川沿いの道を知っていれば、せいぜい数マイルの距離だ。当然、彼はよく知っている」

エリザベスがロッキングチェアに腰をおろすと、老弁護士もそれにならった。「さっき事情がどうとかって」

「狭苦しい空間と妄想のせいだそうだ。予定どおり、あの男をこの家に連れてきたが、わが家の屋根の下、あるいはわが家の壁のあいだに閉じこめられるのがどうしてもいやだと言ってね。だが、無作法なふるまいをしたわけではないよ。何度も何度も礼を言い、愛想もよかった。それでも、どうしても無理だそうだ。どうやら、星空の下で眠るつもりらしい。また不法侵入で捕まる可能性もあると言ったが聞かなくてね。あの場所への愛着なんだろう。エイドリアンがそうとう苦しんでいるのはたしかだ」

「それに閉所恐怖症でもあるし」

「よくわかったね」弁護士は目を細めてほほえんだ。「そこまで見抜いた者はあまり多くないんだが」

「拘禁中の彼を見たんです」エリザベスは両手を膝に強く押しつけた。「気持ちのいい光景じゃなかった」

「理由について、彼から一度聞いたことがある。その後一年間、わたしまで悪夢を見ることになったがね」

「話してください」

「エイドリアンにはペンシルヴェニア州の農村地帯に親族がいてね。たしか、お母さんのご両親ではなかったかな。とにかく小さな町で、トウモロコシ畑とトラックとくだらない喧嘩しかないようなところだ。彼が六歳だか七歳のときのことだ。隣の農場をうろうろしているうちに、使われなくなった井戸に落ち、六十フィートのところではさまってしまったんだよ。翌日の昼食時まで見つからなかったそうだ。見つかってからも、無事に救出されるまでにさらに三十時間を要した。探すのなら、どこかに新聞の記事があるはずだ。一面扱いだった。写真を見るだけでも心が痛むよ。あんなにうつろな目と傷ついた表情の子どもは、見たことがない。たしか、事故のあと一カ月はしゃべれなかったという話だ」

まばたきすると、拘禁房に入れられたエイドリアンがまぶたに浮かんだ。上半身裸で、全身に傷を負い、汗だくになりながら、ぶつぶつひとりごとをつぶやいていた姿が。「気の毒に」

「まったくだ」

「わたしも一杯いただこうかしら」

「ベルヴェデールにするかね?」

「ええ」弁護士は家のなかに引っこみ、グラスを持って戻ってくると、カランという音をたてながら、エリザベスに差し出した。「さっき妄想がどうのって……」

「ああ、そうだった」弁護士はふたたび椅子にすわった。「裁判所からわたしたちをつけてきている者がいると言うんだ。灰色の車で、乗っているのは男ふたりだそうだ。そうとう興奮していたよ。もう三度も見かけたと言ってね。動機や目的はなんだとしつこく尋ねたところ、本人はくわしく話したがらなかったが、素振《そぶ》りからすると、察しがついている感じだった」

エリザベスはいきおいこんだ。「具体的なことはなにか言ってました？」

「なんにも」

「話に信憑性はありましたか？」

「不安を感じているのはたしかだった。もちろん、顔には出していなかったが、はやく立ち去りたくてしょうがない様子だったよ。サイズの合う服を探す時間はくれたが、金を渡すまで待たせておくことはできなかった。わたしたちがすわっている、ここで服を脱いでね、着ていた服は燃やしてほしいと頼んだうえ、わたしにも身の安全のためにこの家を出るよううながしたんだよ。何日かはホテルにでも泊まったほうがいいと言ってね。まったくあきれたものだ」

「なぜ彼は、あなたの身が危ないと考えたのかしら」

「わたしがあまりに頑固なので、頭にきたようだったがね。あっちのほうを何度もちらちら見ていたよ」クライベイビーは左を指差した。「わたしのことを頭の堅い愚か者だの、いい歳をして信じるべき相手とそうでない相手の区別もつかないのかだのと言っていた。一緒に逃げよう、せめて警察に連絡しろとね。あのときは、ばかも休み休み言えと思ったんだがね」

「あのときは、というと？」

老弁護士の目が夜の闇に光った。「きみは街のほうから来たんだね？　あそこの川を渡って」彼は右の、崖になっているあたりを示した。「橋を渡り、そこからまっすぐうちの私道に入ったのだろう？」

「ええ」

「そうか」彼は葉巻を吸い、細い脚を膝のところで組んだ。「左に目をやると――」彼は木立の隙間を示した。「――土地が高くなって尾根伝いを走る道路が見えるはずだ。距離はあるが、とにかくそうなんだ。しかし、そこに枝道が一本あって、そこからだと家が一軒見える。ときどき、観光客が見つけていくがね。紅葉がたけなわの時期にはいい写真が撮れる」

「いったい、なんの話をしているんです？」

「話をしているというより、待っているんだよ」

「待っているとはなにを……？」

「あれだ。きみにも聞こえるかな？」

最初は聞こえなかったが、すぐにわかった。車が一台、道路を走っている。小さな音がしだいに大きくなり、やがて橋を渡る音が聞こえたところで、老弁護士は葉巻で左を示した。「あの隙間のところを見ていなさい」エリザベスが言われたとおりにすると、車の音がし、木立のなかをのぼってくるライトが見えた。「見えるかね？」カーブを曲がりきると、ライトの動きは水平になった。車は尾根を走っており、その下の道路が光っている。見えたのは三秒間だけだった。やがて車が隙間を通りすぎたとき、べつの車が道路わきにとまっているのが見えた。

「見えたかね？」クライベイビーが訊いた。

「見えました」

「乗っている男たちも？」

「たぶん。ぼんやりとだけど」

「車は何色だった？」

「灰色にまちがいないわ」

「やっぱりそうだったか」老弁護士は椅子の背にもたれ、グラスのなかのものを干した。「カクテル三杯を飲みながら、あの丘を二時間見つめるうち、頭のおかしくなった友人の妄想がうつったのかと思いはじめていたところだよ」

エリザベスは私道の出口まではヘッドライトを消したまま進んだ。道路が見えてくるとライトをつけ、左に曲がった。尾根の頂上に出たところでアクセルを踏みこみ、駐車車両が見えると青ランプを点灯させた。フォードのセダンで、塗装の状態からするとかなり新しいもののようだ。すぐうしろに車をつけると、前の座席にすわる男たちの輪郭が見え、その形が変わったかと思うとふたりがうしろを振り向いた。エリザベスはヘッドライトは消さず、フロントグリルの青ランプも点滅させたまま、ナンバーをノートPCに打ちこんだ。目にした結果はほとんど意味をなさなかったが、結果は結果だ。

ナンバー。

登録。

片手を拳銃のグリップにかけ、エリザベスはドアをあけて外に出た。懐中電灯を高いところで持ち、拳銃を低い位置にかまえると、目指す車のバンパーから離れて立った。車のなかのふたりはじっと動かないため、姿形がはっきりわかる。ふたりとも濃い色の野球帽をかぶっていた。がっしりした肩、ブルージーンズ、濃色のシャツ。年齢はおそらく三十代後半か、四十代前半といったところ。運転席の男は両手をハンドルにのせているが、助手席の男の手は見えなかった。そこでエリザベスは銃を持ちあげ、ウィンドウがするするとおりるあいだ、高いところでかまえていた。「なにかあったんですか、おまわりさん?」

彼女は運転手の左肩のうしろに立ち、男の顎のラインと、ハンドルに置いた手に目をこらした。「助手席の人も手を見えるところに置いて。はやく」暗闇から二本の手があがり、男の膝におりた。エリザベスは後部座席を確認し、少し身を乗り出すようにした。アルコールのにおいはしない。あきらかに違法と思われる点はひとつもない。「身分証を」

運転席の男は両肩をあげ、帽子で懐中電灯の光から目を守ろうと、頭を少しさげた。

「そんな必要はないでしょう」

その態度にエリザベスはいらだった。男の表情にも。半分隠れてはいるものの、やけにえらそうで、不快なほど落ち着いている。「免許証と車の登録証を出しなさい。はやく」

「おまわりさんがいるのは、郡境から五マイル内側ですよ。なんの権限もないんじゃないですか」

「市と郡は必要とあらば協力し合います。五分もあれば、保安官助手を呼ぶこともできるんですよ」

「それはどうでしょうね。あなたは停職中で捜査を受けている身じゃありませんか。保安官が尻尾を振ってくれるとは思えませんよ、お嬢さん。あなたからの電話も受けないんじゃないですかね」

エリザベスは男たちをさらに念入りに調べた。短く刈りこんだ髪に青白い肌。懐中電灯の光で顔立ちはわかりにくいが、運転手にはどこか見覚えがある。丸顔、色味のない目、いかにも粘着質そうな表情。「前にも会ったことが？」

「そういうこともないわけじゃないでしょう」

その言葉の裏に嘲笑《ちょうしょう》が、さっきと同じ、人を小ばかにしたような態度と安っぽい虚栄心が見え隠れしていた。エリザベスの頭のなかで車輪がまわりはじめ、歯車が嚙み合いかけた。「この車両は刑務所の名義になっているようですが」

「もう帰りますので、ミズ・ブラック」

「あなたたちはエイドリアン・ウォールを尾行しているんですか？」

「では、失礼します」

「なぜ、あそこの家を見張っているんです？」

運転手はキーをまわした。エンジンがかかり、エリザベスがうしろに飛びのくと同時に、砂利をまき散らしながら、なめらかな舗装路に出ていった。見ていると車は坂をあがってくだり、やがて次の丘の向こうに消えた。そのときになってはじめて、最後の歯車がようやく嚙み合った。

ミズ・ブラック……。

銃をホルスターにおさめ、記憶をたどる。

やっぱり。

知っている男だった。

エイドリアンは農場には行かなかった。川沿いを歩きながら、なかなか聞こえてこない風の声に耳をすましていた。川の水がしゃべる。木の葉も枝も、履いている靴の底もしゃべる。動くものすべてが声を出したが、どれも必要としているものをあたえてはくれなかった。看守と刑務所長と秘密の回廊のようなエイドリアンの傷を知っているのはイーライ・ローレンスだけだ。暗く寒いなか、どうにか正気をたもてたのはイーライのおかげだった。彼こそエイドリアンをまっすぐ立たせてくれた鋼鉄であり、正気という糸を集めてくれた頼もしい手であった。

「やつらがつけてきてる」エイドリアンは言った。「農場にも現われたみたいだ。しかも、今度はクライベイビーの自宅も見張っていた」

返事はなく、声も気配もわずかなユーモアも感じられなかった。エイドリアンは夜にひとりきりだった。岩やぬかるみ、倒木や苔《こけ》、それにつるつるした黒い根を足に感じながら、踏み分け道をゆっくり進んだ。小さな流れがあるところまで来ると、土手が傾斜していた。エイドリアンはスズカケノキやマツの枝につかまりながら歩いた。水を跳ねあげながら小川を渡り、反対岸にあがった。

「連中がまだあそこにいたらどうする？　あの人を痛い目に遭わせているかもしれない」

弁護士さんには手を出さないさ。

安堵の気持ちが薬のように体じゅうを駆けめぐった。本当に声が聞こえているわけではないのはわかっている——刑務所と闇と無数の恐ろしい夜の名残《なごり》だ——が、もうずっと、彼にはそれしかなかった。イーライの声と忍耐強さ、ぼんやりとした小さな太陽のような目。

「ありがとう、イーライ。来てくれてありがとう」

礼を言うなら自分に言え。この幻聴はおまえさんが創り出したものなんだから。

しかし、エイドリアンは必ずしもそう思えなかった。「はじめて運動場に出たときのこと、あんたも覚えてるか？」倒木を一本、また一本とよじのぼった。「警官だったせいで、おれはあいつらに殺されるところだった。それをあんたが追っ払ってくれた。おれの命を救ってくれたんだ」

自分じゃ数えられないくらい、塀のなかで過ごしてきたからな。おれの言うことを聞くやつが何人かいただけのことさ。

エイドリアンはあまりに控えめな答えに、思わずほほえんだ。いまも、イーライ・ローレンスのためなら殺すことも死ぬこともいとわない者は何人もいる。危険な男たち。忘れられた男たち。イーライは死んだその日まで、運動場における良識の声であり、仲裁人であり、調停役であった。彼が救った命はエイドリアンのものだけにかぎらなかった。

「あんたの声が聞けてうれしいよ、イーライ。あんたが死ぬのを見てからもう八年になるが、いまだにうれしくなる」

ひとりごとを言っているにすぎんがな。

「わかってるさ。おれがそんなこともわからないと思ってるのか？」

おや、今度は自分で自分に喧嘩を売りはじめたか。

川幅が広くなっているところで足をとめた。死んだ男と会話している彼の姿を、他人はおかしく思うだろう。だが、おかしくなっているのは世の中も同じで、音のひとつひとつにそれが身にしみて感じられる。川が流れていく音、マツの木がきしむ音。このあたりは少年のころから知っている。三十マイル上流でも下流でも魚釣りをしたし、どの踏み分け道も歩いたし、川面に枝をのばしている木のほとんどにのぼったことがある。それがなぜ、いまはこんなにも違和感があるのだろう？　いったいなにがおかしいのか。

それはおまえさんがどん底にいるからさ。

「黙っててくれ、イーライ。少し考えるから」

土手をおり、川に手をひたした。これは本物だし、昔と変わっていない、とひとりつぶやく。しかし空は広々しすぎているし、木々は高すぎる。エイドリアンは土手をのぼって踏み分け道に戻り、醜い真実から顔をそむけようとした。自分が変わっただけで、世界はこれまでと変わらずまわっているという真実から。歩きながら考えるうち、いつしかぼんやりと立ちつくし、空には月がのぼっていた。片手を差しあげ、指のあいだから月光がこぼれ落ちるのに目をこらした。十三年ぶりの月明かりを見るうち、ふと、リズのことが頭に浮かんだ。彼女が美人だからではなく——美人なのは事実だが——採石場にいる彼女を見つけたのも、彼女がはじめて逮捕をおこなったのも、いまと同じ月が出ていた夜だったからだ。光を浴びた彼女を思い描いた。月を。彼女の肌を。

おやおや。こんな美人を……。

エイドリアンは大笑いした。記憶にあるかぎり、これほど心から笑ったのははじめてだ。

「ありがとう、イーライ。そう言ってくれてよかった」

あいかわらずひとりごとを言ってるぞ。

「わかってる」エイドリアンは歩きはじめた。「たいていは、ちゃんと自覚してるから」

川は西に流れを転じ、踏み分け道も西に向きを変えた。一マイル進んだところでふたたび湾曲したので、エイドリアンは低地からそれて斜面をのぼり、右にのびる土の道に出た。半マイルほどはそれでよかった。しかし、この道もまた、行きたい方向からそれはじめたので、雑木林を突っ切り、さらに明かりの灯った小さな白い家がある農場を突っ切った。ポーチで犬が二度吠えたが、エイドリアンはすばやく静かに行動するすべを心得ていたから、犬の鼻がにおいをとらえるより先に夜の闇にまぎれこんだ。農場の裏を走る道路を三マイルほど歩くと十字路に出た。左に行けば市街地、右に行けば山裾に広がる平地があり、ちょっとした住宅街になっている。

エイドリアンは右に折れた。

フランシス・ダイヤーが住んでいるのは右だ。

ダイヤーの自宅まで行くと、郵便受けの名前を確認してから呼び鈴を鳴らした。誰も出てこないので、窓からのぞくと、なかは明かりがついていて、記憶にある品々が見えた。新人警官だったころと、刑事になったときのダイヤーの写真、革の家具にオリエンタルカーペット、最後にパートナーとして友人としてハンティングに行ったときと変わらぬ銃のコレクション。見るのがつらいのは思い出すからだ。笑い声と照りつける太陽を。獲物の鳥をテールゲートに並べ終え、最後の一挺を古いトラックの後部にしまったあとの内に秘めた競争心とバーボンを。息をきらしてずぶ濡れで横たわる犬たちを。自分とフランシスがかつては友人だったという悲しい事実を突きつけられる思いだった。さらには裁判と落胆、ふたりがきっぱりと縁を切ったというういやな記憶までよみがえる。

エイドリアンの裁判でフランシスが証言したことはすべて事実だった。ジュリアは男を悪事に駆り立てるような顔をしていたし、エイドリアンはたしかに心を奪われていた。あまりに激しく、そして一瞬にして惹《ひ》かれたものだから、いま思い出してもめまいがしてくるほどだ。しかし、顔だけの問題ではなかった。あれは理性では抑えられない、ぞくぞくとした、いてもたってもいられない思いのなせるわざだった。当時のふたりは幸せではなく、はじめて会ったときは、街全体を明るくできるほどのパワーが全身をつらぬいた。邂《かい》逅《こう》。欲望。いまも感じる強い思い。ふたりが必死にこらえたのは、おたがい結婚していたからというだけではなかった。彼女の夫が郡の職員で、数十万ドルにおよぶ横領事件の捜査に協力していたからでもあった。長年にわたって金が使途不明になっていた。こっちで五千ドル、あっちで一万ドルという具合に。総額で二十三万ドルにものぼっていた。かなりの額で、深刻な事件だった。

一週間もたつと、ほとんど気にならなくなっていた。

一カ月後にはすっかりのめりこんでいた。

エイドリアンはポーチに力なくすわりこみ、彼女の死が何年も昔ではなく、わずか数日前の出来事のように感じていた。

「ああ、ジュリア……」

もう長いこと、思い出すという贅沢にひたっていなかった。タフでいなくてはいけないときにタフでいられなくなるから、刑務所ではできなかったことだ。そもそも、彼女は死んでおり、死は永遠だ。そしていま自分はどうなった？　刑務所を出たものの孤独で、無人の家の前にすわって、はちきれそうな思いを抱えている。

十三年！

その間ずっと、連中は彼を精神的にも肉体的にも痛めつけ、彼がなくしたものと、合わないパズルのピースについて何時間も考えさせた。

「フランシス！」

もう一度、ドアを強く叩いたが、無駄なのはわかっていた。

だったら、あの男を待て。

「それがあんたの助言なのか、イーライ。あいつを待てと？」

ドアを叩き壊すか、無人の家と会話するつもりでないならな。

エイドリアンは大きく息を吸い、はやる気持ちを抑えようとした。ここに来たのは情報がほしいのと、話をするためだ。つまり、イーライの助言が正しい。乱暴なまねはだめだ。

「わかった。一緒に待とう」

ポーチに暗がりを見つけ、壁を背にしてすわりこんだ。がらんとした通りを見つめ、怒りを追い払おうとした。しかし、そのあとになにが残るのか。

答え？

心の平安？

おまえさん、あまり具合がよくなさそうだな。

エイドリアンは暗いなかで唇をゆがめた。「たしかにあんまりよくないよ」

おまえさんならやれる。それだけの力がある。

「おれは死んだやつに話しかける前科者だ。もうなにもかもわからない」

おれの秘密を知っているじゃないか。

「連中に見張られてるんだぞ」

いまは見張られていないぞ。いますぐ向かえばいい。どこでも好きなところへ行き、なんでも望みのものを手に入れろ。

「おれの望みはやつらを殺すことなんだよ」

それはもう話し合ったじゃないか。

「殺さなければ、こっちが見つかってしまう」

そんなのは囚人のたわごとだ。

「おれはひとりになりたくないんだよ、イーライ」

やつだ。

「おれを置いていかないでくれ」

黙るんだ。声が揺らぎ、小さくなった。あんちくしょうが帰ってきたぞ。

エイドリアンが目をあけると、フランシス・ダイヤーがポーチにあがってくるところだった。ダークグレーのスーツ。ぴかぴかの靴。彼は銃を水平にかまえ、射撃姿勢をたもちながら、四隅と庭を確認した。

エイドリアンは両手を見せた。「落ち着け、フランシス」

「誰と話していた？」

「ひとりごとだよ。よくやるんだ」

ダイヤーはもう一度、四隅を確認した。手のなかの銃は、昔、携行していたのと同じリボルバーのようだ。「こんなところでなにをしてる？」

「訊きたいことがある」

「なんだ？」

「おれの女房はどこに行った？」

ダイヤーの顔に緊張の色が浮かび、銃を握る手が白くなった。「それを尋ねにわざわざ来たのか？」

「理由のひとつだ」

エイドリアンは立ちあがろうとしたが、ダイヤーは気に入らなかった。「わたしがいいと言うまですわっていろ。もう一度、両手を見せろ」

エイドリアンは床につけた手を持ちあげ、てのひらを見せた。

「ここはわたしの家だ、エイドリアン。わたしの自宅だ。有罪になったやつが警官の自宅に現われるのはいいことじゃない。撃たれるのがオチだ」

「だったら撃てよ」エイドリアンは両手を床につけると、壁につけた背中を上へ上へと滑らせていき、最後には立ちあがった。ささやかな勝利だが、とにかく勝ち取った。「女房はどこにいる？」

「知らないよ」

「農場が焼けていた。女房が姿を消したことはリズから聞いた」

「奥さんがもっとはやく出ていかなかったことのほうが驚きだ」

リボルバーはぴくりとも動かなかった。エイドリアンは相手の細めた目と引き結んだ唇をじっと見つめた。キャサリンとフランシスは仲がよかった。そうじゃない。殺人事件と裁判の前は、エイドリアンも含め、三人とも仲がよかったのだ。

「おまえは女房の友だちだった」

「わたしは彼女の亭主のパートナーだったんだ。全然ちがう」

「頭をさげろと言うのか、フランシス？　七年もパートナーだったのに？　まあ、それはいい。頭をさげろと言うなら、さげるよ。頼む、女房がどうなったか教えてくれ。べつに彼女になにかせびろうとか、彼女の人生をめちゃくちゃにしようってわけじゃない。ただ、いまどこにいるのか知りたいんだ。元気でやっているのかを」

エイドリアンの口調か、あるいはパートナーだったころの思い出にほだされたのか。とにかくダイヤーは銃をホルスターにおさめた。薄暗がりのなかで見ると、いかつい体形と黒い目しかわからない。次に彼が口をひらいたとき、その声は驚くほど穏やかだった。

「裁判が終わると、キャサリンはわたしたちの誰とも話そうとしなかった。わたし、ベケット、とにかく署の誰ともだ。わたしたちはなんとか連絡を取りつづけようとしたが、彼女は電話に出ず、訪ねていってもドアをあけなかった。そんなことが三、四ヵ月はつづいたろうか。最後に会いに出向いたとき、家は完全に閉め切ってあった。車は見あたらず、郵便物が玄関にたまっていた。その二ヵ月後、家が火事で焼けた。彼女には荷が重かったんだろう。だから出ていった。そういう単純な話だと思っている」

「だが、いまもあの農場は彼女のもののはずだ」

質問をこめてそう言ったところ、ダイヤーは理解した。「三年後、州が押収したよ。税金の未払いで」

エイドリアンは壁にもたれた。あの土地は南北戦争以来、彼の一族のものだった。自分を十三年にわたって監禁した連中に取りあげられるとは、不当にもほどがある。「おれはジュリアを殺してない」

「よせ」

「ただの世間話だよ」

「彼女の話はするな、絶対に」

フランシス・ダイヤーはどこから見てもシャープになっていた。肩も、顎も。

「だったら、ビール缶の話をしよう」

「なんだと？」

エイドリアンはうその痕跡はないかと、ダイヤーの表情をうかがった。「おれの指紋がついたフォスターズビールの十二オンス缶が、教会から三十ヤード離れた側溝で見つかった。おれを殺害現場に結びつけた証拠だが、ここでひとつ問題がある」エイドリアンは一歩前に踏み出した。ダイヤーは動かなかった。「おれはあの教会の近くでビールを飲んだことはない。缶をあそこに捨てたこともない。ありえないんだ。おれが最後にフォスターズを飲んだ場所はここ、この家だ。彼女が死ぬ二日前に」

「わたしが証拠を捏造したと思ってるのか？」

「捏造したのか？」

「あの晩はほかの連中もいたぞ。ベケット。ランドルフ。リズもいた。五十人は名前をあげられる。パーティだったからな。だいいち、おまえを有罪にするのに証拠を捏造する必要なんかなかったじゃないか。それに関しちゃ、おまえが自分で証拠を残したんだから」

ダイヤーが言っているのはDNAと皮膚片と引っかき傷のことだ。それはしかたのないことだと思っているが、缶は捜査初日に発見された証拠だ。現場にエイドリアンの指紋がなければ、身体検査を要求する裁判所命令が出ることはなく、つまりは首に引っかき傷があることはわからず、彼を殺人と結びつける証拠も出てこなかったはずだ。

「何者かが缶を現場に置いたんだ」

「誰もおまえをはめたりしないよ」

「缶がひとりでにあそこに行くわけがない」

「なあ、もうやめないか」

「おれは彼女を殺してないんだ、フランシス」

「あとひとことでもジュリアの話を持ち出してみろ、本当に撃つぞ。本気だからな」

エイドリアンはまばたきもせず、うしろにさがりもしなかった。かつてのパートナーのまなざしをしっかり受けとめ、その奥にあるすべての思いを感じ取った。「そんなにおれが憎いのか？」

「なぜかはわかってるだろうが」ダイヤーは言った。彼の苦々しげな黒い目をのぞきこみ、エイドリアンはその理由を知った。

フランシス・ダイヤーはいつも嫉妬していたからだ。

彼もジュリアを愛していたからだ。

昔のパートナーが住む界隈から歩いて出ていく途中、その確信はしだいに大きくなった。公判では缶は証拠としてあまり重要視されず、どうでもいいというほどではないにしろ、付け足しのように扱われた。そのころまでには、検察側はエイドリアンの首についた引っかき傷と、ジュリアの爪から見つかった皮膚片という証拠を得ていた。被害者宅からは彼の指紋が検出されたし、パートナーまでもが不利な証言をした。それらが論証を強固なものにしたため、教会近くで見つかったビール缶はささいなものになっていた。しかし、それは裁判でのことであり、捜査の初期段階はまったく様相がちがっていた。リズが古い教会で発見したジュリアの亡骸《なきがら》は、白くて無機質で汚れひとつなく、まるで大理石が祭壇にのっているようだった。通報を受けたときに全身をつらぬいた怒りと悲しみは、いまも生々しく思い出されるし、すべて克明に覚えている——数えきれないほど何度も頭のなかで再生した。車で教会に向かい、生涯の恋人である彼女の変わり果てた姿をこの目で見たこと。硬材の床に両膝をつき、人目を気にせず、子どものように泣いたこと。しかしそれを見られていた。フランシスやほかの警官に。目撃した連中は首をひねった。やがて鑑識がエイドリアンの指紋を発見し、それからすべてが変わった。単に疑惑を向けられ、不快な顔をされるだけにとどまらず、裁判所命令で血液サンプルを採取され、身体検査を受けた結果、首に引っかき傷がついているのがわかった。何年にもわたってバッジに守られてきたエイドリアンは、それを剝奪され、容疑者となった。身分も信頼も失い、最後には大事にしてきたものすべてを失った。

まずはジュリア。

そして、それまでの人生。

パートナーが嫉妬のあまり証拠を捏造したという考えは、独房に入れられた最初の年まで思いつかなかった。あまりに突飛で、まともでないこの考えは、ささやかな思い出にひたっているときに思いついたものだった。ジュリアは片肘をついて体を起こし、腰のところにシーツをかけていた。ふたりがいるのはシャーロットにあるホテルで、十階の部屋だった。街明かりが射しこんでいたが、それ以外は暗かった。彼女が死ぬ一週間前のことで、彼女は美しかった。

〈わたしたちって悪い人間かしら、エイドリアン？〉

彼は彼女の顔にそっと触れた。〈そうかもな〉

〈それだけの価値がある？〉

ふたりのあいだで何度も出た質問だった。エイドリアンは彼女にキスをしてから言った。

〈ああ、あるに決まってる〉

しかし、疑いの念が室内に充満し、闇が迫る。

〈あなたのパートナーは気づいてるみたい〉

〈どうしてそう思う？〉

〈顔つきかな。なんとなくだけど〉

〈たとえば？〉

〈必要以上にじっと見てたりするの〉

それだけだった。その夜はそれ以上なにもなかった。だが、奥行き八フィート、幅六フィートの監房に閉じこめられ、永遠にも思える時を過ごしていると、無はしだいに大きくなる。エイドリアンはこの記憶を百回再生し、さらに千回再生した。二日後、缶というパズルのピースをくわえ、それがどうおさまるかと考えた。ありうるとは思うが、それは信憑性があると同義ではない。しかし、缶も信憑性があるわけではなかった。彼の指紋がついていなければ。

場所が教会でなければ。

フランシスはいつも自信なさげで、エイドリアンの陰に隠れてしまうこともよくあった。警官にはそういうことが往々にしてある。ひとりがいつも先にドアをくぐり、もうひとりがあとにつづく。片方がマスコミの注目を集める。片方が英雄とされる。しかし、嫉妬心だけでは証拠の捏造という悪質な行為の説明には不充分だ。もっと強い感情がなくてはならない。おもてにはまぶしいほどの愛、裏には黒々とした嫉妬が描かれた硬貨を鋳造しなくては。それをくるくるまわしたら、なにが見える？

無口でぎこちなくなったパートナー？

必要以上にじっと見つめる男？

やはりありうるようには思うが、道路わきでも、遠くでかすかに光る星の下でも、確信は持てなかった。焼け落ちた家のぼろぼろの壁のあいだから、なにかがひらめいてくることもなかった。エイドリアンは前回と同じように火をつけ、いくつかの疑問をきちんと整理しようとした。誰がジュリアを殺したのか？　そしてその理由は？　なぜ現場が教会だったのか。布の意味は？　なんのためらいもなく首を絞める残忍さはどこから来ているのか？

誰かほかの人間が缶を置いた可能性はあるだろうか？

最後には、それらの疑問は大勢の囚人の声にかき消された。エイドリアンは昔と同じ人間ではなくなり、それはよく自覚している。思考がときどき混乱するようになった。記憶が飛ぶこともある。こうなったのは刑務所長と看守たちのせいだ。そうは言っても、明晰《めいせき》な思考が完全に失われたわけではない。ひらけた空間と善意の表情。これらは彼にとって大事なものであり、ある種の希望をあたえてくれる。リズは友だちだ——それはまちがいない。弁護士も、この土地も、覚悟を決めることがどれほど大事かに関する記憶も。あのときの自分はいなくなってしまったのだろうか。なにもかもそぎ落とされてしまったのだろうか。

さらに一時間、あれこれ考えたのち、隅に腰をおろした。夜は暗く静かで、それもまた、単なる記憶のように過ぎ去っていった。

彼は金属の台に寝かされていた。

彼は叫んでいた。

「そいつを押さえつけろ。腕をつかめ！」

連中は自由なほうの腕をあらためて縛り、しっかりと固定した。彼がさるぐつわをかまされた口で叫ぶと、先の鋭い金属が赤くひらめいた。口のなかに血の味がした。舌を、頬の内側を嚙んだようだ。部屋は漂白剤と汗と銅のにおいがした。刑務所長の顔に血の筋がついていた。天井はさびた金属だった。

「さて、もう一度訊く」所長が顔を近づけた。黒いガラスのような目が迫り、金属がまたひらめき、エイドリアンの胸に熱を持った筋がひとつついた。「ちゃんと聞こえているか？」別の場所を切られ、台に血がたまりはじめた。「話す気になったらうなずけ。わたしが話しているときはわたしの顔を見ろ。わたしを見るんだ！」

エイドリアンはいましめをはずそうとこころみたが、皮膚が裂けただけに終わった。

「やりすぎです」誰かが言った。「失血死してしまいます」

「針をよこせ。そいつの指を押さえろ」針が爪の下に差しこまれた。エイドリアンは大声でわめき、背中をそらした。「もう一本」今度のはもっと強く、そして深くまで入った。「さあ、これで話す気になったか？　わたしを見ろ、天井ではなく。イーライはきみになんと言った？」エイドリアンの顔に平手打ちが飛んだ。「気を失うんじゃない。最初からもう一度やってやるぞ。ウォール受刑囚？　エイドリアン？　起きてるか？　イーライ・ローレンスはきみになにをしゃべった？」

二発殴られ、エイドリアンは頭をがくがくさせた。所長はひとつため息をつくと、友だち同士のように声をひそめた。

「きみがあの男と親しかったのはわかっている。友だちに義理立てしているのだろう。それは認める。本当だ。しかし、問題がある」所長はぐっしょり濡れたエイドリアンの髪に片手を滑らせると、額のところでとめ、さらに顔を近づけた。「あの老いぼれはきみを息子のように思っていたから、死ぬ前に秘密の情報を漏らしたはずだ。なにが問題かわかるかね？　どうしても確認しておきたいんだよ。そして——」所長はてのひらに血がつくのもかまわず、エイドリアンの額を軽く叩いた。「——方法はこれしかない。さてと、理解した印に、うなずいてもらえるかな」

エイドリアンはうなずいた。

「なにも死ななくてもよかろう」所長がさるぐつわをはずすと、エイドリアンは顔を横に向けて吐いた。「これで終わりにできる。わたしが求めている情報を言いさえすれば、もう苦痛を味わわずにすむんだ」

エイドリアンは口を動かした。

「なんだ？」所長はまたも顔を近づけた。

距離にして八インチ。

六インチ。

エイドリアンは所長の顔に唾を吐きかけ、その結果、さらに悲惨なことになった。より深く切られ、より長い針を差しこまれた。もう耐えきれないと思った瞬間、イーライの姿がまぶたに浮かんだ。明かりの向こうに影のように見える老人。子ども時代からいままで唯一、敬愛の情を抱いた相手。

「イーライ」

悲鳴と血と所長の質問が場を占めていたから、頭のなかで名前を呼んだ。黄色い目を、ひからびたような肌をじっと見つめた。老人は理解したようにうなずいた。「生きようと思うのは罪ではない」

「イーライ……」

「必要と思うことをすればいい」

「あんたは死んだはずだ。おれは死ぬところを見た」

「その男にほしがってるものをくれてやれ」

「教えたが最後、おれは殺されるよ」

「そうか？」

「こいつらがそうするのはあんただってわかってるだろ」

「だったら、おれの顔を見ろ」老人がひとつまばたきをし、台のわきに幽霊となって現われた。「おれの声を聴いていろ」

「体じゅうが痛い」

「ほら、おれはこんなに軽いだろう？　ふわふわ浮いてるだろう？」

「痛くて痛くて……」

「だが、痛みは少しずつ消えてきてるぞ。だんだん遠ざかってきたろう？」

「あんたがいないとさびしくてたまらないよ」

「さあ、落ち着いて」

「イーライ……」

「おれの声に集中するんだ」

彼らのねらいは、イーライがエィドリアンに話した内容という単純明快なものだった。そのために連中はすべてを調べた。通話、手紙、ほかの看守たち。つまり、彼らにはそれだけの力があり、それだけの時間もあった。一年におよんだナイフと針による脅しが不首尾に終わると、次は心理作戦に切り替わった。闇。剝奪。飢え。最後には囚人仲間までもが、ひとり、またひとりと彼に背を向けていき、やがて起きている時間も悪夢に変わった。

ルールは単純だ。痛めつけろ、だが殺すな。

しかし痛めつけるというのは大げさだった。

奇襲。威嚇《いかく》。隔離。好意的な表情が減りはじめた。一年のあいだに三人が死んだが、全員が頭蓋底をナイフでひと突きされていた。連中の仕業か？ エイドリアンはそう確信していた。運動場で小耳にはさんだ噂。テーブルの定位置だった場所。本当の悪夢は隔離棟に入れられてからだった。閉所がおよぼす影響に気づくと、彼らは創造力を発揮しはじめた。刑務所というところは地下にいくらでも部屋があるし、古いボイラーや使われていない配管にもことかかない。配管や裂け目など、空気がよどんで、息をするたびに金属味を感じるようなさびだらけの空間を想像すると、それだけでエイドリアンは身震いした。連中は嬉々《きき》として彼を逆さにして配管に押しこみ、なかを水浸しにしては、乱暴に引っ張りあげるのを繰り返した。ネズミを使うこともあった。一度など、そのまま二日放置され、子ども時代の恐怖がよみがえったこともある。それをやられたあとは一週間も廃人同然だった。明かりのスイッチが入っては切れ、食事は手つかずのまま下げられた。意識がようやく戻ったときも、のろのろと這うようにして出てきた。連中は一週間おいてから、また同じことを繰り返した。闇のなかで金属の台に寝かせ、痛めつけては治るのを待ち、次はネズミとともにボイラーに押しこめた。

あるとき、これまでになくすごみのある声がした。その声は、終わりにすれば心の平安が訪れると説き、イーライの秘密を吐いて、沈黙に終止符を打てと訴えた。その説得も無駄に終わると、こいつは本当になにも知らないのかもしれないと思われるようになった。その後何カ月かはなんの手出しもされずにすんだ。普通に隔離された普通の囚人だった。ときとして、思考が混沌《こんとん》と入り乱れることがあり、すべて夢だったのだろうか、傷は公式記録にあるようにほかの囚人と喧嘩したせいなのだろうかと思うことがあった。質問されることはなくなっていた。誰も彼のほうを見なくなっていた。

そして釈放された。

エイドリアンは炎のそばにしゃがんだ。何本か棒きれをくべると、ゆっくり、物音をたてないようにしながら、自宅という殻の外に広がる闇のなかに出た。雑草が高く生《お》い茂っているため、私道から離れないよう、水路沿いに中腰で進んだ。月明かりを浴びて白亜《はくあ》に輝く道路が見えてくると、草むらに身をひそめ、車が見える位置まで近づいた。弁護士の家まで尾行してきたのとはべつの車だった。あれは灰色だったが、こっちは黒だ。しかし、あるのは事実で、つまり、記憶も正しいということだ。

妄想ではなかった。

正気を失ったわけではなかったのだ。

家に戻ると、炎にまた数本の枝をくべ、それがぱちぱちとはぜる炎に覆われるまでかきまわした。

「話してくれ、イーライ」彼はまた言った。頭上で古い木々が枝をのばし、空はどこまでも広がっている。「どうすればいいか教えてくれ」

しかしイーライの話は終わっており、そのことが焼け跡で過ごす一夜をむなしいものにしていた。いっとき、起きあがって、道路までそっと戻ってみた。車はなくなっていたが、地面に跡が残っていた。寝不足でぼろぼろの状態とはいえ、連中がなにを望んでいるのかも、それを手に入れるためにどんな手を使ってくるのかもわかっていた。そのせいでエイドリアンは慎重になっただけでなく、危険にもなった。まだ誰も死んでいないのは、ひとえに彼自身がまだそこまでしようとは思っていないのと、連中のほうもまだ迷っているからだ。

彼はイーライの秘密を知っているのか、いないのか。

連中が決めかねているのは、あれだけの苦痛をあたえてもまだ口を割らないのはありえないとの思いからだった。なにしろ長年にわたって痛めつけたのだ。ナイフとネズミと十七カ所の骨折で脅したのだ。あの連中には理由がわかっていない。エイドリアンは強欲ゆえに秘密を守りとおしたのではない。それよりも古くからある単純な理由のためだ。

彼は愛のために耐えた。

と同時に、憎しみゆえに耐えた。

手前で膝をつき、いちばんくっきりついたタイヤの跡に触れてみた。煙草の吸い殻がいくつも落ち、土が湿っているところは小便のにおいがした。連中がここを離れてもう一時間か、それ以上がたっただろう。あきらめたのか？　それはない。おそらく、サボっているだけだ。煙草でも買いにいったのだろう。

火のところに戻り、炎が高くあがるまで木を積みあげた。流れてきた濃い雲が月を覆い隠しているせいで、たき火をしていても闇がじわじわ迫ってくる。炎を見つめているのに、目に映るのは闇ばかりだ。

「あいつら、ふざけやがって。ダイヤーもだ」

怒りをしっかり抱えこんでいたのは、それが闇を押しのけてくれるからだった。地面は現実であり、焼失した家も炎も現実だ。怒りがそれらを明るく照らすなか、エイドリアンは所長や看守たちのことを考え、やはり流血の結末を迎えることになるのだろうかと考えていた。しばらくはそれが奏功《そうこう》したが、一度、まばたきをして目をあけたところ、一時間もかけてまばたきしたかのように、火がほとんど消えていた。例のごとく朦朧《もうろう》としていたようだ。まばたき一回で意識が飛んだらしい。しゃっきりしようとするものの、体がひどく重い。なにもかもが重かった。またまばたきすると、今度はリズが見えた。最初は遠かったが、しだいに近づき、煙をはさんだ反対側にまでやって来た。潤んだ目は心配そうで、ありえないほど深みがあった。

「ここでなにをしてる、リズ？」

彼女は幽霊のように動き、音もなく地面にすわった。顔は輪郭がぼやけ、髪は周囲にただよう煙のように黒くてふわふわしていた。

「わたしが飛びおりるつもりだったのは知ってた？」

エイドリアンは目をこらそうとしたが、だめだった。ひょっとしたら夢を見ているのかもしれない。「飛びおりるはずがないと思ってたよ」

「じゃあ、知ってたのね」

「きみが怯えていて、若いということだけは知っていた」

エリザベスがあのありえない目で見つめてきた。「つらかったでしょう？　なにをされたの？」

エイドリアンは黙っていた。皮膚が熱くなってくる。目の具合がおかしい。彼女がじっとこっちをうかがうと同時に、ふわふわ浮かんでいるようにも見える。

「そこががらんどうになってるのね」

彼女は彼の胸を指差し、ハートの絵を描いた。

「その話はしたくないんだ」彼は言った。

「まだ少しはあなたらしいところが残ってるかもしれない。連中が見逃した部分が」

「なぜこんなことをする？」

「こんなことって？　これは夢よ」

彼女は首をかしげた。マネキンのような体にマネキンのような顔。エイドリアンは立ちあがって見おろした。

「あいつらを殺すつもりなんでしょう？」

「そうだ」

「彼らがイーライにしたことの復讐？」

「殺すのはやめたほうがいいなんて言わないでくれよ」

「なんでわたしがそんなことを言うと思うの？」

エリザベスも立ちあがると、彼の顔をはさんで激しいキスをした。

「きみは何者なんだ？」

「新聞はわたしをなんて呼んでる？」

「きみがあのふたりを殺したとしても、おれはなんとも思わない」

「ほら、やっぱりわたしの夢を見てる。あなたは人殺しの夢を見ていて、わたしとあなたが同類だと思いたいのよ」

15

男は朝の光が好きだが、それはまっさらな感じがするからだ。やわらかなピンク色の唇が世界に押しあてられていればどんなことでも可能に思え、男は少し時間をおき——自分のためだけに——それから女をサイロから引きずり出した。今度の女はこれまでの女より激しく抵抗したため、肌が汚れ、指先が擦りむけて血だらけになっていた。女は足を蹴り出し、悲鳴をあげた。手首のところで手錠をがちゃがちゃいわせながら、張り出した金属をしっかり握っている。男は女の腰が浮くまで引っ張ってから、いったん大きく息をつき、スタンガンを皮膚の一部に押しあてた。女の体から力が抜けたところで脚をおろし、顔の汗をぬぐうために後ずさった。いつもなら、サイロに入れておけば女たちは御しやすくなる。恐怖。渇き。今回の女はしぶとかったが、男はそれをいい兆候と考えた。

呼吸が落ち着くと、男は女をブルーシートに転がし、着ているものを脱がせ、たっぷり時間をかけてきれいにした。ここは重要な過程だ。明るいなかで見る女は美しいが、胸ではなく顔に、両脚のつけ根ではなく脚そのものに神経を集中させる。爪についた乾いた血をこそげ、顔をていねいに拭いた。膝のうしろにスポンジを差し入れると女は動き、それをたいらな腹部にあてがったときにもぴくりとした。女がまばたきしたので、男はもう一度スタンガンを使い、それ以降はもっとてきぱき作業した。明るくなると女の表情がけわしく、老けたようになるのはわかっている。時間をかけすぎると、まったくの別人になってしまうのだ。体をきれいに洗って水気をぬぐうと、絹のひもで足首と手首を結び、車に乗せ、教会に向かった。ドアは黄色い現場保存テープで封鎖されていたが、このテープはなにを排除しているのか。警察？　それとも不安な思いか？

女を祭壇に横たえ、同じ絹ひもで体を固定し、両脚をぴったり合わせてくると、肩のラインがくっきり出るよう両腕を下におろした。女がもぞもぞ動きだしたので作業の手を速めた。白い布で覆い、完璧に見えるよう折りたたんだ。このころには視界がぼやけはじめていた。両目ともすっかり潤んでおり、まったく時間がたっていないような、過去といまを隔てる歳月が一枚のガラスのような気がしていた。女の口があいて、息がそよぐ。心の奥深くにいる自分は幻想なのをわかっているが、泣いている自分は大いなる喜びを味わいながら受け入れた。頬に触れると、女の目が小さく震え、瞳孔が大きくひらいた。「ずっと見ているからね」そう言って首を絞めた。このあと、何度となく繰り返される行為の最初の一回だった。

女が息絶えるまでには長い時間がかかった。女は泣いていたし、男も泣いていた。終わると、男は教会の床下にもぐり、重い足を引きずりながら祭壇の真下の踏みならされた場所まで行き、これまで何度となくしているように地面に丸くなった。ここは、教会の下の教会ともいうべき、彼にとって特別な場所だった。しかしそこでも、真実から隠れることはできなかった。

失敗した。

選び方がまずかったのか。どこかまちがったのか。

目をつぶって悲しみが消えるのを待ち、それから浅い墓にひとつひとつ触れていった。

九人の女。

九つの塚。

それらがゆるやかな弧を描いて彼のまわりに並んでいるが、そこに大いなる慰めを見出している自分に戸惑いをおぼえた。たしかに彼はこの女たちを殺したが、この世にはそうせずにはいられない孤独というものがある。男は地面に触れ、その下に眠る女たちに思いをはせた。ジュリアもここに葬るべきだったし、ラモーナ・モーガンと真上にいる女も同様だ。ここは彼の場所であるのと同時に、彼女たちの場所でもあり、彼女たちには教会の下で静かに眠る権利がある。心臓がゆっくりと、苦痛を味わいながら鼓動を停止した教会の下で。

16

ベケットは新しい一日の最初の十分で、悪いニュースをふたつ受け取った。最初のひとつは予期していたもので、二番めはそうではなかった。「なんだと、リアム？」

いまいるのは刑事部屋で、午前七時四十一分だった。ハミルトンとマーシュはガラスで仕切られたダイヤーのオフィスにいる。そこへ、麻薬課のリアム・ハウがやってきた。室内は蜂の巣をつついたような騒々しさだった。そこらじゅう警官だらけで、騒がしく、わさわさしていた。

「最低だと言ったんです」

ハウは向かいの椅子にすとんと腰をおろしたが、ベケットはほとんど気にとめていなかった。彼は六十秒前にこのデスクを離れたばかりの州警察官を見ていた。いまふたりはベケットにしたのと同じ話をダイヤーに聞かせているはずだ。ガラスの仕切りからはまったく声が漏れてこないが、召喚状、チャニング・ショア、それに妨害という単語くらいはベケットにもわかる。お遊びはここまでだ。彼らはリズを追いつめるつもりだ。しかも徹底的に。なぜか？　彼女がきちんと話をしないからだ。理解と節度を心がけている彼らに対し、同じ答えを——要するにうせろという意味の答えを繰り返すばかりだからだ。「なあ、おい」ベケットはデスクの下から脚を振り出した。「ちょっと歩こう」

最後にもう一度、州警察官を見て渋い顔をしてから、ハウの先に立って刑事部屋を出ると、奥の階段に向かった。外の専用駐車場に出ると、白い空はへりのほうが青く、アスファルトから熱が立ちのぼっていた。「さて、リアム。もう一度、くわしく話してくれ」

「だから、言われたとおり調べたんですけどね。札をちらつかせて、訊いてまわりました。モンロー兄弟がステロイドを売ってた形跡はまったくありません。アルザス・ショアが使ってた可能性はありますが、その場合、べつのルートから入手してたってことです」

ベケットはハウの説明を少しのあいだじっくり考え、すぐに受け流した。「どっちにしても、そんなに期待してたわけじゃないけどな。で、オチはなんだ？」

「オチは女房のほうです」

ハウの言い方でぴんときた。「彼女も常習者なのか？」

「ええ。それもかなりの量ですよ。おもに処方薬ですがね。オキシコンチン。ヴァイコデン。鎮痛剤の仲間ならなんでもありです。たまにコカインもやってたようですね」

「彼女に前科はあるのか？」

麻薬課の刑事は首を横に振った。「全部、大もとのところで消されてます。コネがあるか、便宜をはかってもらったかでしょう。何度か関係先として言及されてますが、起訴にはいたらなかったようですね。おれがその事実を知ってるのは、引退した何人かに訊いてみたからなんです。その結果、お金持ちの主婦たちが大勢、悪の道に転落してるってことがわかりました。見て見ぬふりをするってのが暗黙のルールのようです。長年にわたって鬱積した欲求不満、暴君のような夫、そして増えすぎた体重ってところですかね」

小さな街というのはどこも似たようなものだと、ベケットは納得した。コネと秘密、世襲の財産と昔ながらの堕落。わずかばかりの主婦がヤクでラリってるくらい、かまわないじゃないか。ドラッグが街の半分をだめにしているなどと、口先だけの説教ならやめることだ。「彼女はどこで薬を手に入れているんだ？」

ハウはかぶりを振り、煙草に火をつけた。「この話はハッピーエンドにはなりませんよ」

「いいから話せ」

「題してビリー・ベルの物語」

八時十五分過ぎ、ベケットはショア宅を訪れた。二種類の悪いニュースを携え、ふたつの異なる理由から。アルザス・ショアはひとつめのニュースについては知っていた。「もう州警察には話したことだから、同じことを繰り返す。チャニングの居場所は知らない。

知っていたとしても、あなたに話すつもりはないがね。妙なあてこすりも召喚状も知ったことじゃない」

仕立てたスーツを着て光沢のある靴を履いたショアは大きく見えた。彼のうしろでは家じゅうの明かりが煌々《こうこう》と灯っている。右の書斎に人がいるのが見えた。スーツを着た男たちと、ピンク色のシャネルスーツを着た小柄なブロンド女性。

「召喚状のことでうかがったのではありません」

「ならばなんです？」

チャニングの父親からは古タイヤから空気が漏れるように敵意が漏れ出ていたが、それでもやはり、責めるわけにはいかなかった。州警察が娘に対する召喚状を取り、太陽がまだ木立から顔を出す前に執行しようとしたのだ。まさに不意打ちだった。ベケットも同じ立場なら怒り心頭に発したろう。「娘さんは本当にこちらにいないんですね？」

「州警察に話したとおりだ」

「どこに行ったかはご存じですか？」

「知らないね」

「無事かどうかぐらいはおわかりなのでは？」

「無事ですよ」不承不承という口調だったが、おそらく本当だろう。「母親のところに届いた携帯メールによれば、無事でいるが、家にはしばらく帰らないと」

「よくあることですか？」

「メールはちがう。だが、これまでにも家をあけたことは何度もある。チャペル・ヒルでパーティだの、シャーロットのクラブに行くだの。男の子が一緒のこともあった。十代の若者のちょっとした冒険みたいなものだ」

ベケットはその答えを吟味《ぎんみ》し、納得した。「なかに入っても？」

「いいでしょう。この家には郡の全警官が足を踏み入れてるからね」ショアはベケットがついてくると決めつけ、背中を向けた。書斎に入り、片腕をあげた。「あそこにいるのがわたしの弁護士だ」三人が立ちあがった。「家内のことは覚えているでしょう」

彼女は体が重すぎて沈んでしまったというように、濃色のベルベットの海にすわっていた。ピンクのスーツはくしゃくしゃで、化粧が崩れている。クスリをやっているな、とベケットは思った。ぼうっとした様子だ。

「ミセス・ショア」彼女は顔もあげず、返事もしなかったが、部屋にいるほかの四人の反応からすると、彼女の状態はいまさら驚くほどのことでもないらしい。「ここにいらしてよかった。あなたのことでうかがいたいことがありまして」

ベケットのその言葉は、静寂に投下された爆弾だった。

「なにについてですか？」弁護士のひとりが尋ねた。

白い眉と赤ら顔の男だった。シャーロットでもかなり大手の事務所に勤めているにちがいない、とベケットは見当をつけた。最低でも一時間あたり五百ドルは請求するはずだ。

「とりあえずは世間話を」ベケットは腹の底で怒りが沸《わ》きたっていたものの、落ち着き払った声をたもった。「死んだ兄弟、退屈した主婦、そしてささやかな裏の秘密に満ちた街についての話です」

「奥さんへの質問は認めませんよ」

「わたしが一方的に話をするだけです。ちょっとした世間話ですって」ベケットは弁護士を、そして夫を押しのけ、妻を上から見おろした。「おもしろい物語の常で、この話も核となる問題を中心に展開しますが、その問題とはタイタスとブレンドンのモンロー兄弟という下劣なふたりが、いかにしてチャニングのような少女と接触を持つようになったかです。麻薬の密売人で誘拐犯でレイプ魔。あなたもこの物語はご存じでしょう」ベケットは毅然としていた。ミセス・ショアはそうではなかった。「最初はブランチの席での酒から始まったとにらんでいます。五年前？　いや、十年前ですかね。ブランチは午後のワインになり、やがて午後五時のカクテルに、さらにはディナーの席のワインに変わっていきました。週に四日が七日になった。もちろん、パーティもあった。知り合いからマリファナをもらったのかもしれない。それに医師の処方薬。どれも害のないお楽しみでしたが、盗まれた錠剤、コカイン、それらを扱う下劣な売人がかかわるようになって状況が変わった」

かなりきつい調子の声に、彼女はびっくりしたように顔をあげた。「アルザス――」

「おたくには庭師がいますね」ベケットはさえぎった。「ウィリアム・ベル。通称ビリー」

「ええ、いますが」

「タイタス・モンローが最後に麻薬の密売で逮捕されたのは、おたくの庭師のビリー・ベルにオキシコンチンを売った容疑です。十九カ月前の火曜日でした。ご主人はビリーの保釈保証金を払っただけでなく、彼が刑務所に入らずにすむよう、弁護士費用まで払っています」

「もういいだろう、刑事さん」ショアがすぐそばまで迫っていた。

ベケットは取り合わなかった。「チャニングさんは通りで拉致されたのではないんでしょう？」

「質問はしないと言ったじゃないか」ショアの声は大きかったが、怒りのせいではなかった。彼は懇願し、妻はますますソファに深く沈みこんだ。

「どこにでもあるありふれた話です」ベケットは失意の女性の正面に腰をおろした。「結末以外は」彼女は動かなかったが、涙がひと粒、こけた頬を落ちていった。「モンロー兄弟をご存じでしたか、ミセス・ショア？　彼らはこの家に来たことがあるんじゃないですか？」

「答えてはいけません」

ベケットは弁護士の声を閉め出した。ここではっきりさせなくてはいけないのは真実であり、責任であり、親のあやまちだ。「わたしを見てください」

ミセス・ショアの頭が動いたが、弁護士が割って入った。「これはフォード判事がサインした一時的接近禁止命令だ」弁護士はベケットの目の前に一枚の紙を突きつけた。「主治医が出廷して聴聞がおこなわれるまでは、本件に関する警察の事情聴取を回避するとある」

「なんだと？」

「依頼人は治療中なんです」

ベケットは紙を受け取り、目をとおした。「精神科医による治療」

「判事がべつの判断をしないかぎり、どのような治療かは関係ありません。ミセス・ショアは体が弱っており、裁判所の保護下にあるということです」

「日付が十二日になっている」

「いつ命令が出たかも関係ありません。これ以上の質問はひかえていただきたい」

「あなたは何日も前から知っていた」ベケットは紙を落とし、ショアに詰め寄った。「自分の娘があんな目に遭ったんですよ。それを知っていながら、なんてことを」

外に出ると、ベケットの気分に比してはるかに暑く、空は真っ青だった。拉致は偶発的なものではなく、犯人は通りでチャニングをたまたま見かけたわけではなかった。しかも父親はその事実を知っていた。

いい、いいくそったれめが……。

「わたしはあとになるまで知らなかったんだ」

ベケットはくるりと振り返った。

アルザス・ショアが外までついてきていた。ひとまわり小さくなって呆然とした姿は、すがりつく有力者といった風情《ふぜい》だ。「どうか信じてくれ。娘の行方がわからなかったときに知っていたら、刑事さんにちゃんと話したよ。どんなことでもしたよ」

「あなたは証拠を隠匿《いんとく》したんですよ、ショアさん。娘さんの拉致は偶発的なものではなかったんです。彼女の身に起こったことは、奥さんの責任です」

「わたしだってそのくらいわかっている。家内だってわかっている」ショアが自宅を指差したとき、ベケットは彼が悲しみだの心の痛みだの永遠に変わらないものについて話したのを思い出した。「娘の身に起きたことをなかったことにはできない。しかし、家内を守ることはできる。それはご理解願いたい」ショアは両手をあげ、組み合わせた。「刑事さんも結婚しているんだったね。奥さんを巻きこまないために、どんなことをするかね？」

ベケットはまばたきした。太陽が、頬にそのてのひらをあてたように感じられる。

「理解したと言ってくれ、刑事さん。あなただって同じことをするでしょうに」

リズが二杯めのコーヒーを飲んでいると、ドアを強く叩く音がしはじめた。ベケットが二件のメッセージを残していたから、そのうち来るとは思っていた。あらたな一日。決意。十二回ノックされたところでドアをあけた。彼女は色あせたジーンズと古い赤のトレーナーという恰好で、寝ていたせいで顔にまだ血の気がなく、髪はばらばらに乱れていた。

「ずいぶん早いのね、チャーリー。なにかあった？　署にコーヒーがなかったとか？」

ベケットはリズの皮肉をまったく無視してなかに入ろうとした。「いいね、コーヒー。ありがたくもらうよ」

「わかった。どうぞ入って」彼女はドアを閉めた。

カップにコーヒーを注ぎ、ベケットの好みの量のミルクをくわえた。ベケットはテーブルにつき、彼女をじっと見ていた。「ハミルトンとマーシュが召喚状を取った。チャニングは地下室での出来事について、事情聴取に応じなくてはならない。それも、宣誓したうえで」

リズはぴくりとも視線を動かさなかった。「どうぞ」カップとソーサーをベケットに渡し、向かいの椅子に腰をおろした。

「けさ、執行しようとしたが、チャニングがいなくなっていたそうだ。両親は行き先を知らないとのことだ。だが、携帯メールを送ってきてる」

「あの子にしては気がきくわね」

「いつもはそんなことはしないそうだ。こっそり抜け出すのはよくあるらしいが、メールが送られてきたことは一度もないらしい」

「ふうん」エリザベスは自分のコーヒーに口をつけた。「おかしなこともあるものね」

「彼女はどこだ、リズ？」

エリザベスはコーヒーをおろした。「チャニングへの気持ちは、前にも話したでしょ」

「彼女がいなくなったんだよ。大変なことになってる。おまえでは彼女を守れない。守ってはいけないんだ」

「守ろうとするのがまちがってると言いたいの？」

「彼女は被害者で、おまえは警官だ。警官は被害者と私的なつき合いをしちゃいけないんだよ。おまえの身を守るためのルールなんだから」

エリザベスは磁器のカップを持つ自分の指を見つめた。長くてほっそりしている。ピアニストの指みたいだと母に言われたことがある。しかし、目を閉じれば、その指が血で真っ赤に染まり、震えているのが見えるはずだ。「もうルールなんてどうでもいい」ぽつりとそう言っただけで、そのあとは言わずにおいた。もう警官でいるのもどうでもよく、もしかしたら——クライベイビーのように——肝腎なものを失ってしまったのかもしれないとは。被害者のためじゃないなら、なぜこんなことをしているのだろう。自分が被害者になったら、これになんの意味があるんだろう。答えるのはむずかしいが、とくに動揺はしていなかった。むしろ冷静で落ち着いていて、ベケットが——とても有能な人なのに——気づいていないらしいのを妙に穏やかな気持ちで受けとめていた。

「おれにチャニングを署に連れていかせてくれれば、おまえの名前は伏せてやれる。司法妨害の容疑をかけられることもない。経歴にはなにもつかない」ベケットが手をのばしてきて、自分の手に重ねるのをエリザベスはじっと見ていた。「あの子が真相をしゃべれば、終わりになる。州の捜査も、刑務所入りのリスクも。おまえは自分の人生を取り戻せるが、そのためにはいまじゃなきゃだめだ。連中がここでチャニングを見つけたが最後……」ベケットはそのまま言葉を濁したが、目は大まじめだった。

「求めてるものは差し出せないの。悪いけど」

「無理にでもと言ったらどうする？」

「危険な道を歩くことになるわよ」

「悪いな、リズ。おれとしてはその道を歩くしかないんだよ」

最後の言葉を言い終わらないうちにベケットは立ちあがった。短い廊下を進みながら、エリザベスがとめようとしないのに驚いていた。最初のドアをあけ、次にべつのドアをあけた。二番めのドアをあけたところで、くしゃくしゃの髪と血色の悪い肌とからまったシーツを長いこと見つめた。戻ってくると、さっきと同じ椅子に腰をおろした。「あの子がおまえのベッドで眠ってた」

「そうよ」

「客用寝室ですらなかった。おまえのベッド。おまえの寝室」

エリザベスはコーヒーをひとくち飲み、カップをソーサーに戻した。「あなたには理解できないだろうから、説明はしない」

「おまえは重要参考人をかくまい、州警察の捜査を妨害しているんだぞ」

「州警察にはなんの義理もないもの」

「真相はどうでもいいのか？」

「真相ね」

エリザベスがうんざりしたように笑うと、ベケットはテーブルの向こうから身を乗り出した。「連中に見つかったら、チャニングはどんな話をするんだろうな。発砲があったとき、自分は針金で縛られ、マットレスから動けなかったと？　おまえが暗いなかで男ふたりを撃ったと？」

エリザベスは顔をそむけたが、ベケットはごまかされなかった。

「今度はそんな説明は通用しないぞ、リズ。検死、弾道検査、飛沫《ひまつ》血痕の分析の結果があるんだからな。兄弟はべつべつの部屋で撃たれていた。弾の大半は貫通していた。発砲された十八発のうち、十四発が床に穴をあけていた。それがどういうことかわかるはずだ」

「わかると思ってる」

「なら言ってみろ」

「兄弟は床に倒れたところを撃たれたと思われる。脅威でもなんでもない状態だった」

「つまり、拷問したうえで殺したってことだ」

「チャーリー――」

「おまえを刑務所に行かせるわけにはいかないんだ」ベケットは苦労しながらふさわしい言葉をひねり出した。「おまえはものすごく……不可欠な存在なんだから」

「そう言ってくれてありがとう」エリザベスは彼の手をぎゅっと握り、本心からだとわからせた。「気にかけてくれたこともうれしい」

「だったら、いいんだな?」

ベケットは握る手に力をこめ、大きなてのひらとエリザベスの袖口から一インチのところにある指がどれほど強いかを暗に伝えた。一触即発の緊張状態のなか、ふたりの目が合い、エリザベスは喉を詰まらせ、子どものような声を出した。「だめ」

「おれを信頼してるのか、してないのかどっちだ?」

「やめて。お願い」

たった二語。弱々しい。ベケットは彼女の袖、それから、わずかにのぞく磁器のような手首に目をやった。ベケットが袖をまくることも、エリザベスにはそれをとめようがないこともふたりともわかっている。彼のほうがはるかに腕っぷしが強く、しかも意志を強く固めている。その気になれば答えを手に入れ、ついでにあきらめと真実とふたりの友情の残骸も見つけるだろう。「なぜおまえはあの子たちをそんなにかまう？　ギデオンにしろチャニングにしろ。心に傷を抱えた子どもを前にすると、おまえはまともに考えられなくなる。いままでもずっとそうだった」

鉄のようなベケットの手にきつく握られ、指の感覚がほとんどなくなっていた。「あなたには関係ないことよ、チャーリー」

「たしかにこれまではそうだった。でも、いまは関係あるんだよ」

「放して」

「質問に答えろ」

「わかった」エリザベスはベケットと目を合わせ、臆することなくじっと見つめた。「わたしはね、自分の子どもが持てない体なの」

「リズ、うそだろ……」

「いまも、これからも。子どものときにレイプされた話をしましょうか？　それとも、その後あったいろんなことを話しましょうか？　複雑にからみ合った事情、うそ、そして父がいまだにわたしを昔のように見ようとしない理由を。それでもあなたに関係あっていうの、チャーリー？　手首がどうなってるかがあなたに関係あるの？」

「リズ……」

「どうなの？」

「ない」彼は言った。「関係ない」

「だったら、手を放して」

息をのむような気まずい瞬間だった。しかしこれでエリザベスのことがはっきりわかった。彼女がいつくしむ子どもたち。たくさんの壊れた関係と、彼女がしばしば見せる内にこもった冷ややかな態度。ベケットは彼女の手を握りしめ——そっと一度だけ——言われたとおり、手を放した。

「連中を近づけないよう、協力するよ」立ちあがったベケットは、どこから見てもぎくしゃくとした巨人だった。「できるかぎりの手段を講じて、チャニングがここにいる事実を伏せておく」エリザベスはそれでいいというようにうなずいたが、ベケットは彼女のあらゆる表情を知っている。「チャニングのスコアは公文書に記載されている」彼は言った。「彼女の射撃の腕前は隠しとおせない。いずれ誰かが突きとめる。いずれ、彼女は見つかる」

「少しでも先のばしにできれば、それでいいの」

「そもそもどうしてなんだ？　おまえの言い分は聞いた。子どもたちを守りたいんだろ。

それはわかる。それがおまえにとって大事だってこともな。でも、おまえの人生なんだぞ」彼は肉づきのいい手を、苦労して広げた。「なぜ棒に振るようなまねをする?」

「チャニングには未来があるから」

「おまえにはないのか?」

「あの子のほうが大事だもの」

エリザベスが頭をそらしたのを見て、ベケットはようやく、彼女の献身の深さを理解した。駆け引きや遅延行為とはまったくちがう。彼女はチャニングの身代わりとなって非難にさらされる覚悟を決めている。殺人。拷問。チャニングの代わりに自滅するつもりだ。

「だめだ、リズ……」

「いいのよ、チャーリー。本当に」

彼は一瞬、目をそむけたが、視線を戻したときにはさらに強気になっていた。「もっとまともな理由を聞かせろ」

「まともな理由?」

「たしかにおれはいままでいくつも間違いをおかしたし、なかにはとんでもないのもいくつかある。いまさら、またひとつ間違いを重ねるくらい、なんともないさ。だから、おまえのほうにそれなりの理由があるなら――子ども時代に負った傷だの生々《なまなま》しい感情だのより説得力のある理由があるなら――」

「あったら、どうだっていうの？」

「その場合は、あらゆる手立てを講じておまえに協力する」

エリザベスは彼の誠意を推《お》し量り、それから両方の袖をたくしあげ、ベケットがすべてを理解できるよう、両腕をあげた。獰猛《どうもう》な目つきと罪の意識、まだ治っていないピンク色の傷とそれが意味するすべてを。「チャニングがいなければ、わたしは死んでいた。レイプされたあげく殺されていた。それで理由として充分でしょう？」

そう言われ、ベケットはそのとおりだと思い、うなずいた。彼女の顔を見ながら、これほどまでにもろいものも、毅然としたものも、あるいはこの世のものとは思えないほど美しいものも見たことがないと、はっきりわかったからだ。

ベケットが出ていくと、エリザベスはドアを閉め、車に向かう彼を見送った。その足取りはゆっくりとリズミカルで、やがてうしろに目をやることなく走り去った。

振り返ると、廊下にチャニングが立っていた。毛布を包み紙のように巻きつけている。寝起きのせいで顔に寝具の跡がついていた。「あたし、刑事さんの人生をめちゃくちゃにしてるんだね」

エリザベスはドアに背中をつけ、胸の下で腕を組んだ。「あなたにそんな力はないわよ」

「あの人にした話、聞いちゃった」

「あなたが心配することじゃないわ」

「でも、あたしのせいで刑事さんが刑務所に行くことになるんでしょ？」

「そんなことにはならないから」

「そんなのわかんないじゃない」

「わかるのよ」エリザベスは少女の肩に腕をまわした。チャニングはもっとまともな答えを聞きたいにちがいないけれど、あいにく持ち合わせていなかった。「よく眠れた？」

「また吐きそうになった。でも、起こしたくなかったから」

エリザベスは罪悪感をおぼえた。チャニングのぬくもりのおかげで、自分はよく眠れたからだ。「なにか食べなきゃだめよ」

「無理」

少女はガラスのようにもろく、腕の血管が淡青色に浮いていた。エリザベスの気持ちを反映したような姿だった。目の下の皮膚も黒ずんでいた。

「着替えてきなさい。出かけるから」

「どこに？」

「見せたいものがあるの。そのあと食事に行きましょう」

ふたりは幌をおろしたマスタングに乗りこんだ。すでに急激に暑さが増していたが、鬱蒼とした木々が通りに影を落とし、エリザベスの近所の芝生は青々していた。気持ちのいドライブを楽しみながら、エリザベスはチャニングの様子を何度もうかがった。「どうして砂漠なの？」

「うん？」

「このあいだ、砂漠に行けばいいって言ったでしょ。あのとき、妙だなと思って」エリザベスは言った。「というのもね、その直前、わたしもまったく同じことを考えてたから。どうしてかはわからないんだけど。それまで砂漠のことなんか考えたこともなかったし、そんなところに住みたいどころか、行ってみたいとすら思わなかったんだもの。わたしの人生はここにある。ここしか知らないのに、夜中にふと目を覚ましたときなんか、砂漠にはオーブンから吹きつけてくるような風が吹いてるんだろうな、と考えるの。赤い岩と砂、遠くの茶色い山々がまぶたに浮かんでくるの」エリザベスは少女に目を向けた。「どうして砂漠がいいの？」

「むずかしくもなんともないと思うけど」

「でも、ぴんとこないのよ」

「青いかびも白いかびもないから」チャニングは目を閉じ、太陽に顔を向けた。「砂漠なら地下室みたいなにおいがしないから」

そのあとはふたりとも無言だった。車の量が多くなった。チャニングは目を閉じたままだ。オフィス街まで来ると、エリザベスは高速の出口を降り、広場の六ブロック手前に出た。オフィスビルや荷物でいっぱいのカートを押すホームレスの前を通りすぎた。広場が見えてくると、裁判所をぐるりとまわり、メイン・ストリートに入った。わずかな買い物客とスーツを着こんだ人がちらほら見える。コーヒーショップ、パン屋、弁護士事務所の前を走りすぎた。チャニングはパーカのフードをかぶり、他人の目が怖いというようにシートに深く身を沈めている。

「大丈夫だから」エリザベスは声をかけた。

「どこに行くの？」

「ここよ」

「ここってどこ？」

「すぐにわかるわ」

エリザベスは車を路肩にとめ、ドアをあけ、チャニングとともに歩道に立った。並んで金物店と質屋の前を通りすぎた。その隣にあるガラスのドアは、濃緑色に塗った木のまわり縁がついていた、ガラスに書かれた文字には〝スパイヴィー保険　ハリソン・スパイヴィー代行代理業務〟とある。ちりんとベルを鳴らしながら、ふたりはコーヒーと整髪料と木製家具用つや出し剤のにおいがする小さな部屋に入った。

「あいつはいる？」エリザベスは訊いた。

あいさつなし。遠慮なし。受付係が立ちあがった。カーディガンの前を片手でかき合わせ、やわらかそうな顔を真っ赤にしている。「なにしに来たの？」

エリザベスはチャニングに耳打ちした。「あの人、いつも同じことを訊くの」

「あなたはうちのお客さんじゃないし、保険に入りに来たなんて一秒だって思わない。警察の用事なの？」

「スパイヴィー氏に個人的に用があって。あいつ、いるの、いないの？」

「スパイヴィーさんは金曜は遅い出勤なの」

「何時？」

「そろそろ来るはず」

「待たせてもらうわ」

「ここで待つのはお断りよ」

「じゃあ、外で待つ」

エリザベスは背を向けて出ていき、チャニングもそのあとを追い、ベルがまたちりんと鳴って受付係がふたりが出ていったドアに鍵をかけた。歩道に出るとエリザベスは日陰になった四阿《あずまや》に足を向けた。「悪いことをしたわ。彼女は本当はいい人だけど、わたしが訪ねてくる理由を上司が話さない以上、わたしが話すわけにはいかないでしょ」

「それならそれでいいんじゃない」チャニングはあいかわらず身を縮め、パーカに埋もれるようにしていた。

「いまの事務所、誰のだかわかる？」

「こんなことしなくたっていいのに」

「物事は変えられるってことを示したいの。大事なことだから。とってもね」

少女はまだ同意しかねる様子で、自分の両肩を抱き寄せていた。「どのくらい待つの？」

「もうすぐでしょ。ほら、来た」

一台の車が重低音を響かせながら通りすぎていき、エリザベスは顔を伏せた。運転席の男はハンドルを軽く叩きながら、なにか歌っているらしく、口を動かしていた。男は二百フィートほど先であいている場所に車を入れて降りた。三十をいくらか過ぎ、腹まわりが太く、頭のてっぺんが薄くなっているが、それをべつにすれば、目が覚めるような美形だった。

「あなたはなにも言わなくていいから」エリザベスは歩きだした。「わたしのそばを離れないで。あいつの顔をよく見てるのよ」

ふたりは歩道を歩いていった。チャニングにはああ言ったものの、エリザベスは屈辱感が細い指をのばしてくるのを感じていた。大人になって警官になりはしたが、こんな遠くから見るだけでも、あの男の重みとマツ葉の味、手の甲に重ねられた彼の手の熱さといった記憶がよみがえってくる。何年も悪夢に悩まされたし、恥辱と自己嫌悪とで自殺する一歩手前までいったこともあった。だけど、そんなことはもうどうでもいい。大事なのはその後の人生、力と意志と妥協しない心だ。チャニングのために。

「こんにちは、ハリソン」

下を向いて歩いていた相手は、彼女の声から電気が流れてきたみたいにぴくりとした。

「エリザベス。びっくりさせるなよ」手を心臓のところに持っていき、よたよたと足をとめた。唇をなめ、落ち着きのない様子で事務所のドアをうかがった。「ここでなにをしてる？」

「べつに。ただ、ひさしぶりだなと思って。こちらはわたしの友だち。彼女にあいさつして」

彼はチャニングを見つめ、顔を真っ赤にした。

「あいさつもできないの？」エリザベスは言った。

彼はなにやらもごもご言い、顔には玉のような汗が噴き出していた。目をチャニングからエリザベスへ、ふたたびチャニングへとせわしなく動かす。「職場に……ええと……行かないと……だからその……」彼は事務所を指差した。

「ええ、わかってる。お仕事が第一だものね」エリザベスはわきにのき、彼がすり抜けられるだけの余裕をつくってやった。「元気でね、ハリソン。会えてうれしかったわ」ふたりは彼があたふたと事務所に向かい、自分の鍵でドアをあけ、吸いこまれるようになかに消えるのをじっと見ていた。

彼が見えなくなると、チャニングは口をひらいた。「あんなことをするなんて、信じられない」

「やりすぎだった？」

「そうかも」

「あいつがやったことは、わたしだけの秘密にするべきだった？」

「ううん。そんなことない」

「あいつの顔にどんな表情が浮かんでた？」

「羞恥心《しゅうちしん》。後悔」

「ほかには？」

「恐怖も見えた」チャニングは言った。「ものすごく怖がっているみたいだった」

チャニングがその大事な点をのみこむあいだ、エリザベスは郡の反対側のがらんとした道路沿いにある、古いダイナーに向かって車を走らせていた。でこぼこのないアスファルトが流れていき、頭上では空が半円を描いている。

少女はおいしそうに食べ、ウェイトレスに二度ほほえみかけたが、車に戻るとげっそりした顔になった。「なにもかも大丈夫になるって言ってくれたら、そう信じることにする」

「なにもかも大丈夫になるわ」

「約束できる？」

エリザベスは左折し、信号でとまった。「あなたは傷ついているだけ。傷はいずれ治る」

「絶対に？」

「気持ちを強く持っていればね」信号が青に変わった。「そして、あなたが正しい道を歩めば」

そのあとふたりは黙りこみ、車の外はますます明るくなっていた。チャニングはラジオで音楽を聴きながら、ウィンドウの外に垂らした手をひらき、吹きつける風を受けていた。いい一日になりそう、とエリザベスは思った。実際、いまのところはいい一日だった。エリザベスの家に戻ると、時間がゆっくりと過ぎていった。ポーチは陽が射しこんでおらず、ふたりのあいだに流れる沈黙は心地よかった。話をするにしても、ささいなことばかりだった。通りの若者のこと、餌《えさ》やり場にとまるハチドリのこと。しかし、チャニングが目を閉じると、まぶたがこわばり、両腕を肋骨《ろっこつ》にぐっと押しつけているのにエリザベスは気がついた。少女時代のあの気持ちがよみがえった。なんの前ぶれもなくばらばらに壊れてしまうような感覚もまた、ふたりが共有しているものだった。「大丈夫?」

「なんとも言えない感じ」少女の目があき、椅子の揺れがとまった。「お風呂を使ってもいい?」

「ゆっくり入ってきなさい。わたしはどこにも行かないから」

「約束する?」

「なんだったら、そこの窓をあけておけばいいわ。なにかいるものがあったら呼んでね」

チャニングはうなずき、エリザベスは少女が家に入っていくのを見送った。一分ほどして、窓がぎしぎしいいながらあき、古い磁器の浴槽に湯をためる音が聞こえた。それから長い時間をかけて、自分の気持ちを落ち着かせようとしたけれど、それもまた無理だった。

そこへ父が追い討ちをかけた。

父の車が木陰になった通路をゆっくりと入ってくるのが見えると、そのせいで芽生えた大きな不安を抑えこもうとした。父は娘の人生を構成する要素を避けている。警察署。この界隈。顔を合わせるのは母が同席しているときか、あるいはどこか中立な場所にかぎられていた。その方針はどちらにとっても都合がよかった。腹がたったり、神経を逆なでされることが減り、言い合いになる可能性も減るのだから。そのため、このときも家からできるだけ離れた場所で父を迎え、父のほうも同じ気持ちらしく、ポーチの二十フィート手前でとまり、目に手をかざしながら車を降りた。

「なにしに来たの？」エリザベスの言葉はとげとげしく響いたが、それはいつものことだ。

「娘を訪ねてはいけないのかい？」

「いままで一度も訪ねてきたことなんかないくせに」

ほっそりと長い手が黒いズボンのポケットにおさまった。父はため息をついてかぶりを振ったが、エリザベスはだまされなかった。父がすることには必ず目的があるし、明確な理由もなしに娘の家を訪ねたりするはずがない。

「なにしに来たの、お父さん？　いまさら、なんなの？」

「ハリソンから電話があった」

「なるほどね。それでわたしが訪ねていったことを聞いたわけ」

父はまたため息をつき、黒い目でじっと娘を見すえた。「おまえには思いやる気持ちというものがないのか？」

「ハリソン・スパイヴィーを？」

「十六年にわたって後悔しつづけている男に対してだ。過去の罪を正そうともがいている実直な男に対してだ」

「そのためにわざわざここまで来たの？　わたしにはもがいているようには見えなかった

けど」

「だが、彼は子どもを育て、慈悲深く、おまえの赦《ゆる》しだけをひたすら求めているんだぞ」

「ハリソン・スパイヴィーの話は聞きたくないわ」

「では、これについて説明してもらえないか？」

父は前部座席から写真を出し、車のボンネットにぽんと置いた。それを手にしたエリザベスは、急な吐き気に襲われた。「こんなの、どこで手に入れたの？」

「お母さんが受け取った」父は言った。「すっかりショックを受けてしまい、なぐさめようもないほどだ」

エリザベスは写真の束を一枚一枚見ていったが、なにが写っているかは知っていた。検死解剖と地下室の現場写真は、カラーで生々しかった。「州警察ね？」父の顔に答えが書いてあった。「あの人たち、なんの目的でこんなものを？」

「不審な行動、告白、後悔している様子はないかと訊いていった」

「それで、連中がこんな写真をお母さんに見せるのを黙って見てたわけ？」

「わたしに八つ当たりするのはやめなさい、エリザベス。わたしたちがいまここにこうしているのは、おまえのやったことが原因なんだぞ」

「お母さんは大丈夫なの？」

「おまえのつまらない見栄と反抗心――」

「お父さん、やめて」

「暴力と正義とエイドリアン・ウォールへの執着」

父の声はあまりに大きく、エリザベスはチャニングにも聞こえているはずだと思いながら、家を振り返った。「お願いだから、声を小さくして」

「おまえはこの写真のふたりを殺したのか？」

エリザベスは父の視線を受けとめ、その非難の重みを感じた。ふたりのあいだはこれまでもずっとこうだったし、今度もそれは変わらないだろう。老いと若さ。神のルールと人間のルール。

「州警察が言っているように、おまえはこの男たちを拷問して殺したのか？」

長身をまっすぐにのばした父は、最悪のシナリオでも鵜呑《うの》みにしそうないきおいだった。それは早とちりだと言うためだけに真相を打ち明けたくなったが、うしろで少女が聞いていることを思い出し、暗闇のなかで絶望にとらわれる気持ちに、ふたたび失意のどん底に置かれる気持ちに思いをはせた。チャニングはエリザベスをそんな運命から、夜にうごめく怪物と体のいたるところから血のように流れ出る感情から救ってくれたのだ。その事実は父よりも、自分のプライドよりも、とにかくすべてにおいて優先されなくてはならず、だからエリザベスは胸を張って答えた。「ええ、殺したわ」そして写真を父に返した。

「必要ならば、何度でもやってやる」

父はいらだちと失望と悲しみが入り交じった深いため息をついた。「おまえは後悔というものを知らないのか？」

「普通の人よりはよっぽどわかっているつもりよ」

「だが、やけに得意そうな声ではないか」

「いまのわたしを創りあげたのは神と父親なのよ」

酷な言い方に父は思わず顔をそむけた。娘は人を殺しながら、それを悔いていない。その事実を受け入れるしかないのだ。「お母さんにはどう言えばいいんだね？」

「愛していると伝えて」

「それ以外には？」写真とリズと彼女の告白を指してのことだ。

「わたしのなかにある亀裂は深すぎて、神の光ですら底が照らせないとダイヤー警部に言ったそうね。本気でそう思ってるの？」

「おまえは地獄からも落ちかけていると思っている」

「だったら、もう話し合うことなんかないわ」

「エリザベス、頼むから――」

「じゃあね、お父さん」

エリザベスは車のドアをあけてやり、それでふたりの時間は後味の悪さを残して終わった。父は最後にもう一度娘の顔を見やると、疲れきった表情でうなずき、車に乗りこんだ。

エリザベスは父の車が往来のない道にバックで出ていき、走り去るのを見送った。車が見えなくなると、浴室の窓に目を向け、それから庭を突っ切り、またポーチに腰をおろした。外に出てきたチャニングは、さっきと同じ服を着ていたが、髪が濡れ、湯上がりで顔が上気していた。埃の積もった床をじっと見つめる様子に、エリザベスは確信した。「さっきの話、全部聞いたんでしょ」

「ところどころ。べつに盗み聞きしたわけじゃないよ」

「したとしてもかまわないわ」

「あたしはこの家の客だもん。そんなことはしないって」少女は洟《はな》をすすり、目を大きくひらいた。「さっきの人がお父さん？」

「そう」

「あたしにうそをついたのね」チャニングは言った。

「ええ。ごめん」

「その子が刑事さんにしたこと、お父さんには話さなかったって言ってたのに」

「怒らせちゃった？」

「あたしたち、友だちだと思ってた。刑事さんならわかってくれると」

「友だちよ。ちゃんとわかってる」

「だったら、どうして？」

「どうしてうそをついたか聞きたいの？」チャニングがうなずくと、エリザベスは少し間をおいた。というのも、あけるのがむずかしいドアもあれば、閉めることができないドアもあるからだ。エリザベスは穏やかで慎重な口調で話しはじめた。「わたしは父の教会で育ったようなものなの。祈りや禁欲や敬虔《けいけん》を教えこまれたわ。質素な子ども時代だったけど、神の愛と父の見識を信じて疑わなかった。自分がものすごく世間知らずだったことも、いまの子どもには理解できないくらいうぶだったことも知らなかった。うちにはテレビもインターネットもテレビゲームもなかった。わたしは映画に行ったことも、小説を読んだこともなくて、ほかの十七歳の女の子みたいに男の子のことをぼんやり考えたこともなかった。教会は家族で、とても身近な存在だったの。わかる？　箱入りで、他人とのつき合いが全然なかったのよ」チャニングがうなずくと、エリザベスはすわっていた椅子の向きを変え、少女と正面から向かい合った。「ハリソンに暴行されたあと、五週間ほど父に黙ってたんだけど、そのときはそうするしかなかったからよ。でも、そうするうち、自分が汚れたように、小さくなったように感じてきてね。父になんとかしてほしかったし、わたしはなにも悪くないと言ってほしかった。要するに、ハリソンに自分のした罪を償《つぐな》わせてほしかったのよ」

「彼はそうした？」

「償ったかってこと？　いいえ。父は電話で彼を教会に呼び出し、わたしと一緒に祈らせた。わたしたちふたりを並べてね。わたしは正義を望んだのに、父が望んだのは大いなる救いだったの。わたしたちは五時間もひざまずき、赦しがたいものをお赦しください、もとに戻せないものをもとにお戻しくださいと祈ったわ。二日後、わたしは採石場で自殺しかけた。父は警察に知らせなかったわ」

「お父さんとうまくいってないのはそのせいなのね」

「ええ」

「でも、それだけじゃない気がする。こんなに時がたっても、そこまで嫌うなんて」

エリザベスは少女の鋭い洞察力に舌を巻き、相手をまじまじと見つめた。「ええ、それで話は終わりじゃない。なぜわたしたちがろくに口をきかないか。なぜわたしは採石場に行ったか」エリザベスがそこで立ちあがったのは、これだけの歳月をへてもなお、これがすべての肝《きも》であり、どくどくと脈打ち、血が通っている核だからだ。「わたしは妊娠したの」と打ち明けた。「父は産めと言ったわ」

（下巻につづく）

本書は、二〇一六年八月にハヤカワ・ミステリ
として刊行された作品を文庫化したものです。

ミスティック・リバー

Mystic River

デニス・ルヘイン

加賀山卓朗訳

〔映画化原作〕友だった、ショーン、ジミー、デイヴ。が、十一歳のある日デイヴが男たちにさらわれ、少年時代が終わる。デイヴは戻ったが、何をされたかは明らかだった。二十五年後、ジミーの娘が殺された。事件担当は刑事となったショーン。そして捜査線上にデイヴの名が……青春ミステリの大作。解説／関口苑生

ハヤカワ文庫

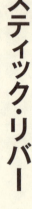

二流小説家

The Serialist

デイヴィッド・ゴードン
青木千鶴訳

〔映画化原作〕筆名でポルノや安っぽいSF、ヴァンパイア小説を書き続ける日日……そんな冴えない作家が、服役中の連続殺人鬼から告白本の執筆を依頼される。ベストセラー間違いなしのおいしい話に勇躍刑務所へと面会に向かうが、その裏には思いもよらないことが……三大ベストテンの第一位を制覇した超話題作

ハヤカワ文庫

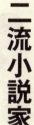

解錠師

The Lock Artist

スティーヴ・ハミルトン

越前敏弥訳

〔アメリカ探偵作家クラブ賞最優秀長篇賞／英国推理作家協会賞スティール・ダガー賞受賞作〕ある出来事をきっかけに八歳で言葉を失い、十七歳でプロの錠前破りとなったマイケル。だが彼の運命はひとつの計画を機に急転する。犯罪者の非情な世界に生きる少年の光と影をみずみずしく描き、全世界を感動させた傑作

邪悪な少女たち

The Wicked Girls

アレックス・マーウッド
長島水際訳

〔アメリカ探偵作家クラブ賞最優秀ペイパーバック賞受賞作〕その夏、絆で結ばれた11歳の少女二人は4歳の少女を〝殺した〟――裕福な家で育った名門校の生徒アナベルと、貧困家庭に育ち読み書きできないジェイド。二人が偶然友人になり、偶然近隣の少女と遊んだ時に悲劇が。別々の矯正施設へ送られて20年後……

ハヤカワ文庫

ホッグ連続殺人

The HOG Murders

ウィリアム・L・デアンドリア

真崎義博訳

雪に閉ざされた町は、殺人鬼の凶行に震え上がった。彼は被害者を選ばない。手口も選ばない。どんな状況でも確実に獲物をとらえ、事故や自殺を偽装した上で声明文をよこす。署名はＨＯＧ――この難事件に、天才犯罪研究家ベネデッティ教授が挑む！　アメリカ探偵作家クラブ賞に輝く傑作本格推理。解説／福井健太

ハヤカワ文庫

駄作

Potboiler

ジェシー・ケラーマン

林 香織訳

世界的ベストセラー作家だった親友が死んだ。追悼式に出席した売れない作家プフェファコーンは、親友の手になる未発表の新作原稿を発見。秘かにその原稿を持ち出し、自作と偽って刊行すると、思惑通りの大ヒットとなったが……ベストセラー作家を両親に持つ著者が、その才能を開花させた驚天動地の傑作スリラー

弁護士の血

The Defence

スティーヴ・キャヴァナー

横山啓明訳

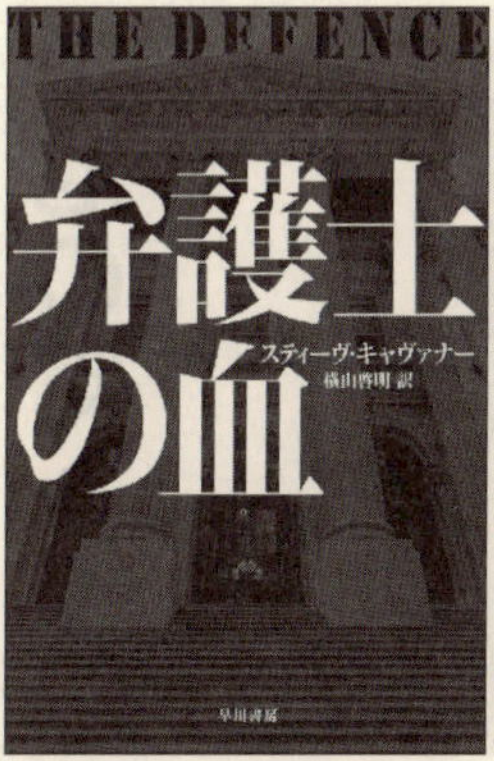

有能な弁護士だったフリンは、苛烈な裁判闘争に擦り切れ、酒に溺れた。妻と娘は彼から離れ、自身は弁護士も辞める。その彼の背中に押しつけられた銃。「法廷に爆弾をしかけて証人を殺せ、断れば娘を消す」――ロシアマフィアの残虐な脅迫。自分はどうなってもいい、娘のために闘う決意をした男が取ったのは……

ハヤカワ文庫

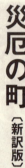

さよなら、愛しい人

Farewell, My Lovely

レイモンド・チャンドラー

村上春樹訳

刑務所から出所したばかりの大男、へら鹿マロイは、八年前に別れた恋人ヴェルマを探しに黒人街の酒場にやってきた。しかしそこで激情に駆られ殺人を犯してしまう。偶然、現場に居合わせた私立探偵のマーロウは、行方をくらましたマロイと女を探して夜の酒場をさまよう。狂おしいほど一途な愛を待ち受ける哀しい結末とは？　名作『さらば愛しき女よ』を村上春樹が新訳した話題作。

ハヤカワ文庫

ロング・グッドバイ

The Long Goodbye

レイモンド・チャンドラー
村上春樹訳

私立探偵フィリップ・マーロウは、億万長者の娘シルヴィアの夫テリー・レノックスと知り合う。あり余る富に囲まれていながら、男はどこか暗い陰を宿していた。何度か会って杯を重ねるうち、互いに友情を覚えはじめた二人。しかし、やがてレノックスは妻殺しの容疑をかけられ自殺を遂げてしまう。その裏には哀しくも奥深い真相が隠されていた。新時代の『長いお別れ』が文庫で登場

ハヤカワ文庫

訳者略歴　上智大学外国語学部英語学科卒，英米文学翻訳家　訳書『川は静かに流れ』『ラスト・チャイルド』ハート，『ボストン、沈黙の街』ランディ（以上早川書房刊）他多数

HM=Hayakawa Mystery
SF=Science Fiction
JA=Japanese Author
NV=Novel
NF=Nonfiction
FT=Fantasy

終《お》わりなき道《みち》
〔上〕

〈HM㉛-7〉

二〇一八年六月二十日　印刷
二〇一八年六月二十五日　発行
（定価はカバーに表示してあります）

著者　ジョン・ハート
訳者　東《ひがし》野《の》さやか
発行者　早川浩
発行所　株式会社 早川書房
郵便番号　一〇一 - 〇〇四六
東京都千代田区神田多町二ノ二
電話　〇三 - 三二五二 - 三一一一（大代表）
振替　〇〇一六〇 - 三 - 四七七九九
http://www.hayakawa-online.co.jp

乱丁・落丁本は小社制作部宛お送り下さい。
送料小社負担にてお取りかえいたします。

印刷・星野精版印刷株式会社　製本・株式会社フォーネット社
Printed and bound in Japan
ISBN978-4-15-176707-4 C0197

本書は活字が大きく読みやすい〈トールサイズ〉です。